고양이 행성의 기록

- 이 책의 원서는 1933년 중국 상하이의 현대서국(现代书局)에서 처음 출판되었습니다.
- 장별 소제목은 독자의 이해를 돕기 위해 추가한 것입니다.
- 각주는 모두 옮긴이주입니다.
- 중국어 인명은 처음에만 한자를 병기했습니다.
- 거리, 용량 등의 단위는 모두 원서에 쓰인 대로 표기했습니다.
  책에 나오는 단위를 우리 식으로 환산하면 다음과 같습니다.
  1근=약 500그램
  1척=1자=약 30센티미터
  1치=1장=약 3센티미터
  1야드=약 90센티미터

猫城記

고양이 행성의 기록

라오서 老舍 지음

홍명교 옮김

돛과닻

서문

나는 내 소설의 서문을 써본 적이 없다. 일단 귀찮기 때문이다. 그리고 또 다른 이유는, 해야 할 말은 이미 책 속에 썼기 때문이다. 뭐 하러 시시콜콜한 소리를 덧붙이겠는가? 스스로를 칭찬하는 것은 별로 좋지 않고, 스스로를 저주하는 것은 더 별로다. 아무 말도 하지 않는 게 제일 낫지 않나 싶다.

한데 이번엔 현대서국(现代书局)[1]의 의뢰로 별 수 없이 『고양이 행성의 기록』[2]의 서문을 쓰게 됐는데, 너무나 어렵다! 정확하게 기억하고 있는지 모르겠지만, 셰익스피어는 "인생은 짧다. 그 짧은 인생조차 천하게 보내기에는 너무나 길다."라고 말한 적 있다. 나 역시 울고불고 하는 꼴이 말이 아니다만, 생겨먹은 게 원래 별로다. 어쩌겠는가.

소설 『고양이 행성의 기록』은 하나의 악몽이다. 나는 왜 이걸 썼을까? 가장 큰 원인은 배가 불러서다. 하지만 꽤 나쁘지

1. 1927년 중국 상하이에서 설립된 출판사.

2. 원서의 제목 '猫城记(묘성기)'를 직역하면 '고양이 도시의 기록'이지만, 화성에 불시착해 전개되는 전체 이야기의 공간적 배경에 의미를 두어 한국어판 제목은 '고양이 행성의 기록'으로 옮겼다.

않게 쓴 것 같다. 둘째 누나와 조카는 내게 엄지손가락을 내밀기도 했다. 비록 나 스스로 만족스럽지 못한 부분이 있지만 말이다.

그리 유머러스하지는 않다. 하지만 배가 부를 때 크게 웃다가 뱃가죽이 터지면 어떻게 다시 밥을 먹겠나. 못마땅해도 별 수 없다. 사람이 빵을 위해 사는 건 아니니 말이다. 햄이 든 빵이라면 모를까.

둘째 누나가 너무 비관적인 거 아니냐고 불만을 표하기에, 이렇게 말했다. 고양이는 고양이일 뿐이고, 우리와는 상관없다고. 비관적이든 아니든 괜찮다고. 둘째 누나는 그제야 고개를 끄덕였다.

조카는 내게 삼촌은 어느 파에 속하는 작가인지, 어느 계급에 속하는지, 어떤 사람들을 대표해 말하고자 하는 것인지, 척추동물인지 아닌지, 원고료는 얼마나 받았는지 물었다. 나는 조카에게 열 근의 사과를 사주고 입을 틀어막았다. 조카는 다시 묻지 않았고, 나는 기쁜 마음으로 푹 잘 수 있었다. 꿈속에서라면 혹시 모르지. 『개 행성의 기록』도 쓸 수 있을지 말이다. 이상 서문을 마친다.

자다가 막 깨어나 연월일[3]은 모르겠음.

라오서(老舍)

3. 상하이에서 발행되던 《현대(现代)》지에 1932년 8월부터 1933년 4월까지 9개월 간 연재되었고, 같은 해 8월 단행본으로 출판됐으므로 1933년 여름으로 추정된다.

차례

一

불시착

우주선이 박살났다.

소꿉동무인 내 친구는 보름 넘게 우주선을 운행했는데, 뼈가 다 으스러져버렸다. 그럼 나는? 아마도 살아 있는 게 아닐까? 난 어떻게 안 죽은 걸까? 신선이라면 대충 알 것이다. 나는 슬퍼할 겨를이 없다.

우리의 목적지는 화성이었다. 죽은 내 친구의 계산에 따르면 우주선은 사고 나기 전 확실히 화성 대기권에 진입했다. 그러면 나는 화성에 떨어진 걸까? 만약 그렇다면, 내 친구의 영혼은 편히 잠들 수 있을 거다. 화성에 도착한 첫 번째 중국인이라. 죽을 가치가 있다! 하지만 도대체 어디란 말인가.

나는 이곳이 화성이라고 믿을 수밖에 없다. 아니어도 상관없다. 왜냐하면 그 진위를 증명할 수 없기 때문이다. 천문학적으로는 이곳이 어느 별인지 단정할 수 없다. 애석하게도 나는 천문학에 대한 지식 측면에서는 고대 이집트 문자에 대해 그렇듯, 아는 게 아무것도 없다! 내 친구는 조금도 주저하지 않고 내게 알려줄 수 있지만, 그… 내 친구는… 아,

내 친구, 어릴 적부터 함께했던 내 친구!

우주선은 부서졌다. 어떻게 해야 지구로 돌아갈 수 있을까? 감히 생각할 수도 없다. 몸에는 잘게 짓이겨진 시금치 같은 옷을 걸치고 있고, 배 속엔 말라붙은 음식물이 있을 뿐이다. 돌아갈 계획은 고사하고 앞으로 어떻게 생존해나갈 것인지 엄두도 낼 수 없는 상황이다. 언어도 통하지 않을 거고, 여기가 어떤 곳인지에 대한 지식도 없다. 인류와 닮은 동물이 있으려나? 문제가 너무 많아 생각하고 싶지도 않다. '화성 위의 표류자'는 위안을 찾을 수 있을까? 걱정에서 용기를 빼버리면 얼마나 밑지는 일인가!

추락 당시를 떠올려보면 이렇다. 그땐 머리가 어지러웠다. 뒤죽박죽인 머릿속에서 엮일 수 없는 사념들이 무수하게 떠올랐던 것 같다. 벌써 기억도 안 난다. 완전히 정신이 깨어난 후 나는 어떻게 돌아갈 것이며, 어떻게 생존할지와 같은 생각에 몰두했다. 땅 위에는 풍파에 밀려 온 두 장의 나무판자가 있었고, 우주선은 이미 박살난 상태였다.

정신이 돌아왔다. 첫 번째 할 일은 내 친구의 몸뚱이를 묻을 방법을 강구하는 것이다. 나는 우주선을 보기가 겁났다. 그것은 우리 둘을 이곳까지 실어다 준 충성스런 기계이자, 나의 친구다. 친구들은 모두 죽었는데 나만 살아 있다니. 두 친구의 불행은 아무래도 내 잘못인 것만 같다. 능력 있는 둘은 모두 죽어버렸는데, 살아남은 나는 이리도 무능력하다. 머저리에게만 복이 있다니, 얼마나 역겨운 위로인가! 내 손으로 친구를 묻어줄 수는 있지만, 우주선까지 묻어줄 수는

없을 것이다. 그래서 차마 그것을 볼 수가 없었던 거다.

친구를 묻기 위해 구덩이를 파야 했지만, 그러지 않았다. 멍하니 사방을 바라볼 뿐이었다. 나는 왜 그 몸뚱이를 안고 한바탕 통곡하지 않았을까? 왜 즉시 구덩이를 파지 않았던 걸까? 막 정신을 차린 상황에서 이런저런 행동들은 책임질 수 없는 것이었다. 이제 와서 생각해 보니 이는 어쩌면 최근의 내 감정에 대한 변명이자 분노가 아닐까 싶다.

멍하니 도처를 둘러봤다. 이상하게도 그때 내가 본 것들을 선명하게 기억하고 있고, 언제든 눈을 감으면 그 풍경들을 다시 볼 수 있다. 알록달록한 빛깔로 내 앞에 펼쳐져 있었는데, 색깔들이 서로 교차하는 지점의 가는 선도 하나같이 또렷했다. 어린 시절 어머니를 따라 처음으로 아버지 묘소를 찾았을 때의 모습과 함께 평생 동안 잊을 수 없는 장면이다.

특별히 무엇을 신경 썼는지 말하기는 어렵지만 주변 모든 것을 똑같이 사려 깊게 살피지는 못했다고 하는 게 어느 정도 맞는 말일 것이다. 나는 마치 빗방울이 조금만 떨어져도 잎이 움직이는 작은 나무와 같았다.

회색빛 하늘을 봤다. 흐린 날씨는 아니지만 회색 공기[1]로 가득했다. 햇빛이 강하지 않았다고 할 순 없다. 무척 더웠기 때문이다. 하지만 빛의 열에너지는 반드시 빛의 양에 비례하지는 않는다. 열은 열일 뿐, 눈부신 빛은 없었다. 나는

1. 원문의 '灰氣'은 직역하면 회색 공기를 뜻하지만, 동시에 불운, (모습이)애처롭다, 낙심하다 등의 은유적인 뜻을 갖기도 한다.

사방의 두텁고도 뜨겁고, 빽빽하면서도 음습한 회색 공기를 만질 수 있을 것만 같았다. 멀리 있는 것조차 꽤나 분명히 보였으니 먼지는 아니었다. 모래바람도 아니었다. 햇빛은 재속에서 사그라들어 고루 흩어졌다. 그 때문에 곳곳이 회색빛으로 반짝거렸다. 일종의 은회색 우주와도 같았다. 여름 건기 중국 북부지방의 하늘엔 움직이지 않는 회색 구름이 뭉게뭉게 떠 있어서 햇빛을 차감하는데, 그러면서도 온도는 여전히 높다. 조금은 이곳과 비슷하다고 할 수 있다. 하지만 이곳의 회색 공기는 더 어둡고 무거우며, 그 어둡고 무거운 구름이 마치 내 얼굴에 바싹 붙어 있는 것만 같다. 늦은 밤 두부 공장에는 열기가 가득한데, 오직 등유 램프 하나가 내뿜는 열기가 도깨비 빛처럼 흩어진다. 그 역시 이 우주의 원형이라고 할 수 있지 않을까 싶다. 이런 공기는 나를 불편하게 한다. 먼 곳에 있는 작은 산들도 하늘보다 더 깊은 회색빛을 띤다. 햇빛이 없는 건 아니기 때문에 작은 산 위는 담홍색을 띤 먼지를 두르고 있다. 그건 마치 산비둘기의 목덜미 빛깔과도 같다.

회색의 나라! 이렇게 생각했던 기억이 난다. 비록 그때 나는 그곳에 국가가 있는지조차 알지 못했지만 말이다.

먼 곳으로 눈을 돌리니 들판 역시도 온통 뿌옇게 보였다. 나무도 집도 없고, 밭도 전혀 없는 평평한 벌판이었다. 싫증날

정도로 평평했다. 땅에는 풀이 나 있는데 죄다 바싹 마른 채 자라 있었고, 잎은 아주 컸지만 꼿꼿이 선 줄기는 없었다. 토맥(土脈)이 기름져 보여서 대체 왜 여기서 농사를 짓지 않는지 의아했다.

멀지 않은 곳에서 독수리처럼 생긴 새 몇 마리가 날아왔다. 역시 회색빛을 띠고 있었고, 꼬리만 하얬다. 그 흰 꼬리새가 온통 회색빛인 세계에 약간의 변화를 줬지만, 그렇다고 해서 이곳 전체의 어둠침침하고 음울한 기운을 누그러뜨리진 못했다. 마치 음산한 하늘 위에 지폐 몇 조각이 떠 있는 것만 같았다. 독수리들은 내가 있는 쪽을 향해 날아왔다. 그러자 별안간 마음이 움직였다. 저놈들은 내 친구를 보고 있는 것이었다. 그 덩어리를…….

멀리서 또 몇 마리가 날아오자, 이제 나는 정말 애가 탔다. 본능적으로 땅 위를 훑어봤지만 삽도, 나무막대도 없었다! 우주선에 의지할 수밖에 없었다. 쇠막대기가 있다면 천천히 구덩이를 하나 팔 수 있었을 것이다. 하지만 어느덧 새들이 머리 위를 맴돌고 있었다. 나는 개의치 않고 다시 쳐다봤지만, 그것들이 갈수록 낮게 날고 있다는 생각이 들었다. 길고 쓴 울음소리가 머리 위에서 들렸다. 자세히 볼 겨를도 없이 나는 어느 부분인지 정확히 알 수 없는 우주선 일부를 붙잡고 미친 듯이 잡아당겼다. 새 한 마리가 내려왔다. 나는 죽을힘을 다해 소리쳤다. 그 새의 굳은 날개가 몇 차례 흔들리더니 두 발이 땅으로 떨어지려는 찰나 흰 꼬리가 휙 낚아 다시 날아가버렸다. 그러자 다시 두세 마리가 날아왔고, 하나같이

까치가 먹이라도 얻은 것처럼 울어댔다. 위쪽에서는 이 새들의 울음소리가 더 길어졌고, 마치 아래쪽을 향해 기다려달라고 애원하는 것 같았다. '좌악!' 소리가 났다. 우주선을 잡아당기다가 손바닥에 피가 나 끈적거리는 것 같았다. 하지만 아프지는 않았다. 손으로 당기고 또 당겼지만 소용없었다. 나는 독수리들을 향해 뛰어들어 발로 차면서 소리를 질렀다. 새들은 날개를 펴고 사방으로 몸을 숨겼지만, 날아갈 뜻은 없어 보였다. 한 마리는 어느덧 친구에게 날아가서는… 한 입을 쪼아 먹었다! 눈앞에 붉은 빛이 솟아올랐고, 나는 다시 그들을 덮쳐 손으로 움켜쥐려 했다. 그렇게 해서 간신히 한 마리를 잡고 나면, 나머지 놈들이 둘러싸서 공격해댔다. 그러면 나는 또 허우적대고, 이것들은 짹짹 소리 내며 날개를 펴고 여기저기 숨어버렸다. 내가 발길질을 거두기만 하면 이놈들은 눈을 붉히며 공격해댔다. 게다가 공격할 땐 다시 물러나지 않으려고 의도적으로 발을 쪼았다.

그때 갑자기 허리에 찬 권총이 떠올랐다. 나는 자세를 고치고 총을 쥐려고 했다. 그런데 대체 언제 나타난 건지, 나로부터 예닐곱 걸음 떨어진 곳에 한 무리의 사람들이 서 있는 것이었다. 이들의 모습은 한눈에 또렷하게 보였는데, 고양이 얼굴을 한 사람들[2]이었다!

---

2. 얼굴은 고양이, 몸은 사람의 모습. 이하 '묘인(猫人)'.

二

체포

권총을 꺼낼까, 아니면 좀 기다려야 할까? 오만가지 생각이 들었다. 어서 냉정을 되찾으려 했지만, 그럴수록 마음은 더 혼란스러워졌다. 결국 손을 떨구고 혼자서 실없이 웃었다. 이건 내가 자초한 일이다. 화성에 모험을 온 것은 나 자신이 원해서였는데, 결국 이 묘인들이 나를 죽여버리겠구나 싶었다. 하지만 순전히 상상일 뿐이지, 그들이 자선을 베풀지 아닐지 내가 어찌 알겠는가? 내가 왜 먼저 총을 꺼내야만 할까! 작은 선의는 항상 사람을 용감하게 한다. 나는 조금도 무섭지 않다. 어차피 이판사판이다. 모든 걸 운에 맡기고, 어떠한 경우에도 먼저 도발해선 안 된다.

내가 움직이지 않자, 그들은 두 걸음 정도 내 쪽으로 다가왔다. 천천히, 하지만 단호하게. 고양이가 쥐를 잡을 때의 모습과 똑같았다.

새들도 날아왔다. 부리 안에는 덩어리가……. 나는 눈을 질끈 감았다!

눈을 뜨지 못한 상태에서 (사실 아주 짧은 순간 감았을

뿐이지만) 묘인들에게 두 손을 붙들리고 말았다. 묘인들의 움직임이 이렇게 빠르고 능수능란할지는 몰랐다. 더구나 발걸음 소리조차 듣지 못했다.

총을 꺼내지 않았던 것은 잘못이었다. 아니야, 내 양심은 나를 책망하지 않았다. 위기와 재난은 모험이 있는 삶의 양식이야! 이렇게 생각하니 평정을 되찾을 수 있었고, 눈도 뜨고 싶지 않았다. 그냥 마음이 풀어져 그런 것일 뿐, '2보 전진을 위한 1보 후퇴' 따위는 아니었다. 묘인들은 내 두 팔을 잡고 점점 더 옥죄었다. 내가 저항하지 않는다고 해서 느슨해지는 것도 아니었다. 이 자식들은 참 의심이 많구나, 나는 생각했다. 정신적인 우월함은 나를 더 교만하게 만들었고, 그러면 더욱 그들과 힘을 겨루지 말아야겠다는 생각이 들었다. 내 팔뚝엔 네다섯 개의 손이 붙어 있었는데, 부드럽지만 꽉 조였고, 탄력이 있었다. 손으로 잡고 있다기보다는 둘둘 감긴 가죽끈이 내 몸속으로 조여드는 것만 같았다. 발버둥 쳐봤자 소용없었다. 내가 힘을 써서 팔뚝을 내리치면 그들의 손은 더더욱 깊이 파고들 것 같았다. 그들은 불분명한 이유로 사람을 체포하고, 반항하든 안 하든 극단적으로 잔혹한 육체적 학대를 가하는 그런 자들이었다. 만약 육체적인 고통으로 정신의 광명이 퇴색한다면, 부끄럽게도 나는 후회할 게 틀림없다. 내 추측이 틀리지 않다면, 이러한 놈들에 대해서는 먼저 공격을 가하는 게 맞다. '탕' 한 방으로 저들은 죄다 도망가버릴 것이다. 하지만 이미 일을 그르쳐버렸으니 후회해 봤자 지금의 상황을 바꿀

순 없었다. 공명정대는 내 스스로 설정한 함정일 뿐이었다. 나만의 광명 아래에서 죽어야지 뭐, 어쩌겠나!

눈을 떴다. 놈들은 모두 내 등 뒤에 있었는데, 아마도 내가 눈을 떠도 자기들을 보지 못하도록 약속이라도 한 것 같았다. 이런 의뭉스러운 행동은 나도 모르게 이놈들에 대한 혐오감을 불러일으켰다. 죽는 건 두렵지 않았다.

“나는 이미 너희 수중에 떨어졌어. 날 죽여라. 굳이 이렇게 은근슬쩍 움직일 필요 있어? 꼭 이래야 되는 건가?” 나도 모르게 내뱉었지만, 내 말을 알아먹지 못하는 것 같아 입을 다물었다. 그런데 팔이 더 조여졌다. 거참, 말 한 마디의 효과가 있구만! 속으로 생각했다. ‘그러니까 내 말을 알아먹는다는 거군. 말을 허비한 게 아니었어!’ 나는 머리도 돌리지 않았고, 그들에 의해 좌지우지됐다. 그저 그들이 밧줄로 나를 묶어주길 바랄 뿐이었다. 내 정신은 육체와 같아서 이렇게 부드러움과 팽팽함, 뜨거움, 증오가 뒤섞여 옥죄는 것은 참 견딜 수가 없었다!

하늘에 수많은 새가 모여들었다. 날개를 활짝 펴고, 머리를 갈고리처럼 쭈욱 빼고는 땅으로 내려올 기회를 엿보았다. 내 소꿉친구의 살점을 향유할 기회를…. 등 뒤에서 이놈들은 대체 무슨 장난을 치는 걸까? 정말이지 이처럼 서서히 고통을 주는 방식을 견딜 수가 없었다! 하지만 나는 계속해서 고개를 들고 새들을 응시했다. 잔혹한 새들은 불과 몇 분 정도면 내 친구를 모조리 뜯어먹을 수 있을 것 같았다. 정말 몇 분이면 한 사람을 뜯어먹을 수 있는 걸까?

그럼 새들을 잔혹하다고만 할 순 없을지도 모른다. 갑자기 나는 죽은 내 친구가 부러워졌다. 친구야, 너는 참 순식간에 죽어버리고 순식간에 소멸해버리는구나. 내가 이렇게 시달리는 것에 비하면 넌 무지하게 행복한 거야!

"빨리 해치워보시지!" 몇 번이고 이렇게 말하려다 혀끝에서 말을 삼켰다. 비록 나는 묘인들의 성격이나 습관에 대해 하나도 알지 못하지만, 몇 분 동안의 접촉을 통해 직관적으로나마 그들이 우주에서 가장 잔혹한 족속들이라는 걸 감지할 수 있었다. 잔혹한 이들은 '간단명료'라는 말을 이해하지 못한다. 그들은 톱 따위로 느리고 길게 누군가를 고통스럽게 하는 것을 즐긴다. 이런 말을 해 봤자 무슨 소용이 있을까? 나는 바늘 끝으로 손톱 밑을 찌르는 고문과 콧구멍 속으로 등유를 들이붓는 고문을 당할지도 모른다고 생각했다. 화성에도 바늘과 등유가 있다면 말이다.

눈물이 났다. 두려워서가 아니라 비참한 고향이 생각나서다. 광명의 중국, 위대한 중국에는 이런 잔혹한 폭력도, 독한 형벌도, 시체를 뜯어먹는 새 따위도 없다지 아마? 아마도 난 영원히 그 아름다운 땅을 다시 볼 수 없을 거다. 앞으로 영원히 합리적인 사회에서의 삶을 누릴 수 없을 테지. 설령 화성에서 목숨을 부지할 수 있다고 하더라도, 어쩌면 삶을 즐기는 것조차 고통이겠지!

다리에 몇 개의 손이 뻗어왔다. 그들은 말 한마디도 하지 않았지만, 내쉬는 숨이 후끈거리며 내 등과 다리에 불어왔다. 마음속에선 마치 한 마리의 뱀이 똬리를 트는 것처럼

혐오감이 일었다.

쨍그랑하는 소리가 몇 년의 정적을 깨뜨리듯 똑똑히 들렸다. 지금까지도 나는 종종 그 소리를 듣곤 한다. 그렇게 다리에 족쇄가 채워졌다! 이미 이런 상황이 벌어질 거라고 예상하고 있었다. 발목에는 감각이 없어 금방이라도 죽을 것 같았다.

대체 내가 무슨 죄를 지은 걸까? 이놈들의 저의가 뭘까? 생각나지도 않았고, 생각할 필요도 없었다. 고양이 얼굴을 한 자들의 사회에서 이성은 쓸데없는 것이고, 인정은 더 말할 나위 없다. 그러니 무엇하러 생각이란 걸 하겠는가.

손목에도 수갑이 채워졌다. 그런데 추측과는 달리 그들의 손은 아직도 내 팔다리를 감고 있었다. 과도한 신중함—바로 여기서 기이한 잔인함이 만들어졌다—은 어두운 삶의 요건이었다. 날 묶어 두더라도 그 뜨거운 손만은 치워줬으면 했지만, 아무래도 그건 지나친 사치였다.

목에도 두 개의 뜨거운 손이 붙어 있었다. 내가 고개도 돌리지 못하게 하겠다는 표시였다. 사실 내가 뭐 하러 시간 들여 그들을 보려고 하겠는가! 아무리 못난 인간이라 해도 자존감이란 게 있다. 내가 그들을 너무 깔보는 건지 모르겠지만, 아마도 이 역시 과도한 신중함에서 나온 행각일 것이다. 차마 말은 못해도 목덜미 쪽에 번쩍이는 칼 몇 자루가 있을지도 모른다.

'도망칠 수도 있지 않을까?'하고 속으로 생각하고 있는데 그들도 때로는 민첩함을 뽐낼 때가 있는지 내 발등을 툭 차며

이동하라고 명령했다. 발목이 묶여 있었기에 다리가 저렸다. 나도 모르게 앞으로 곤두박질쳤지만, 그들의 손이 부드럽고도 딱딱한 갈고리처럼 갈비뼈를 휘감고 있었다. 나는 뒤에서 피식거리는 소리를 몇 번 들었다. 아마 묘인의 웃음소리였을 것이다. 이런 식으로 나를 괴롭히는 게 꽤나 만족스러운 모양이었다. 얼마나 많은 땀이 흘렀는지 모르겠다. 그들이 빨리 움직이려 했다면 얼마든지 나를 들고 움직일 수도 있었을 게다. 물론 이 역시 내 소망에 불과하지만 말이다. 나는 제대로 걸을 수조차 없었다. 땀 때문에 눈을 뜨기도 어려웠다. 머리를 좌우로 흔들어 땀방울을 떨어뜨리고 싶었지만 손이 뒤로 묶여 있어서 이마저도 할 수 없었다. 묘인들이 내 목을 붙들고 있었기 때문이다! 나는 꼿꼿하게 걸어가야 했다. 아니, 걷는다는 표현은 틀렸다. 하지만 뛰고, 절룩이고, 넘어지고, 비틀거리는 등 모든 것들이 뒤섞인 행위를 표현할 말을 찾는 건 불가능하다.

고작 몇 걸음을 떼었을 때—다행히도 묘인 병사들이 내 귀까지 막지는 않은지라—새들이 일제히 '쉭-'하고 소리 내는 것을 들었다. 살육을 위해 전장으로 돌진하는 듯한 소리였는데, 여지없이 모든 새들이 날아 내려와 식사를 즐기고 있었다. 나는 내 자신이 미워졌다. 만약 조금 더 일찍 움직였다면 친구를 충분히 묻어줄 수 있었을지도 모른다. 왜 그리도 멍청하게 보고만 있었을까! 친구야! 설령 내가 죽지 않는다고 해도, 다시 여기 돌아오면 널 못 찾게 되겠구나! 평생에 걸쳐 쌓은 달콤하고 아름다운 기억을 다 합친다고

해도 이 비통하고 부끄러운 일엔 견줄 수가 없겠네. 언제 떠올리건 난 인류에서 가장 무가치한 놈이라 여겨질 거야.

악몽과도 같았다. 비록 몸은 고통받고 있었지만, 여전히 생각을 할 여지는 있었다. 내 머릿속은 죽은 친구에 대한 생각으로 가득 찼다. 눈을 감고 머릿속에서 독수리들을 떠올렸다. 그들은 내 친구의 살덩어리를 쪼아대고, 내 마음도 쪼아대고 있었다. 어디쯤 갔을까? 눈을 뜰 수는 있었지만 그러지 않았다. 길을 기억한다고 해서 탈출이나 싸움을 준비할 수 있을까? 묘인들은 알 것이다. 내 마음은 여기에 있지 않다. 육체는 이미 내 것이 아닌 것 같았다. 나는 그저 얼굴에 땀이 줄줄 흐른다는 점을 생각할 뿐이었다. 마치 중상을 입은 후에 약간의 지각이 남아 있을 뿐 몸뚱이가 어디에 있는지조차 제대로 알아차리기 어려운 것처럼 정신이 가물가물했다. 그저 몸 어딘가에서 땀이 흐른다는 걸 알 뿐, 목숨은 이미 내 손을 떠나버린 것 같았다. 그러면서도 고통을 느끼지는 않았다.

눈앞이 완전히 캄캄해졌다. 한참 지나 눈을 떴는데 마치 술에 만취했다가 막 깬 것 같은 기분이었다. 발목에 구멍이 뚫린 것처럼 아팠다. 본능적으로 만져보려 했지만 여전히 손목이 묶여 있었다. 한참 동안 눈을 뜨고 있자 그제야 뭔가 보였다. 나는 작은 배 위에 있었는데, 당최 언제 배에 탔는지, 어떻게 배에 오르게 됐는지 전혀 알 수 없었다. 반나절쯤은 지난 것 같았는데, 발목의 감각이 살아나 통증이 오기 시작했다.

고개를 돌려보니 목 위에 얹어져 있던 두 개의 뜨거운

손은 없어진 후였다. 주위에 아무것도 없었다. 머리 위에는 은회색 하늘이 보였고, 밑으로는 미끈미끈하고 짙은 회색의 강이 흐르고 있었다. 아무 소리도 들리지 않았지만 물결은 매우 빠르게 흘렀다. 이 짙은 강과 은회색 하늘 사이에 오직 나와 작은 배 한 척이 물살을 따라 흘러가고 있을 뿐이었다.

탈출

어떤 위험도 신경 쓸 겨를이 없었다. '위험'이라는 두 글자는 머릿속에서 완전히 사라진 상태였다. 우주선에 오른 지 보름도 넘었기 때문에 더위와 굶주림, 갈증, 통증보다도 피곤이 컸다. 어떻게 해서 발버둥치듯 비스듬히 누워 잠에 들었는지 모르겠다. 반듯하게 눕는 것은 불가능했고, 손목에 채워진 수갑으로 인해 등을 제대로 펼 수도 없었다. 이 뿌옇고 끈적거리는 증기열로 가득한 강물에 목숨을 맡기고 잠을 청할 뿐이었다. 이런 상황에서 어찌 기분 좋은 꿈을 꿀 수 있겠는가.

다시 눈을 뜨니 나는 작은 방 귀퉁이에 기대 앉아 있었다. 아니, 방이라기보다는 작은 굴이라고 하는 게 진실에 가까울 것이다. 창문이나 문도 없었고, 사방의 벽은 풀도 뽑지 않은 땅 조각으로 둘러싸여 있는 것 같았으며, 천장은 은회색 하늘로 덮여 있었다. 수갑은 풀려 있었지만 굵은 밧줄의 한쪽이 허리에 묶여 있었다. 이따위 밧줄은 필요도 없지만 말이다. 밧줄의 다른 한쪽 끝은 보이지 않았는데, 벽 너머에 묶여 있는 것 같았다. 분명 나는 뚫린 천장에서 내려와 묶였을 것이다.

한데 품속에는 여전히 권총이 있다니, 참 이상했다.

이건 무슨 뜻일까? 납치? 지구를 향해 돈을 요구하려는 걸까? 그러기엔 너무 번거롭다. 괴물을 잡았으니 동물원으로 데려가 전시하기 위한 조련을 준비하는 것인가? 아니면 생물학 실험실에 데려가 해부하려는 걸까? 의외로 이쪽이 제일 이치에 맞아 보인다. 웃음이 나왔다. 확실히 나는 좀 미쳐 가고 있었다. 목이 말라 죽을 것 같았다. 대체 내 권총은 왜 가져가지 않은 거지? 이런 경이로움과 위로가 갈증을 해소시켜주진 않았다.

사방을 둘러보며 절체절명의 위기를 넘어서야겠다는 생각이 들었다. 앉아 있는 곳 맞은편 벽 모퉁이에 돌 항아리가 보였다. 저 안엔 뭐가 있을까? 누가 뭐라고 하건 반드시 살펴봐야 했다. 본능은 이성보다 총명하니까. 발목이 아직 붙들려 있었기 때문에 점프를 해야 했다. 고통을 참으며 몇 번이고 일어나려 시도했지만 다리가 말을 듣지 않았다. 그래, 일단 앉아보자. 가슴이 찢어질 정도로 목이 말랐다. 육체적 욕구로 고상한 정신은 사라져버렸다. 그래, 기어올라보자! 이 작은 굴은 그리 넓지 않고 바닥에 엎드리면 불과 몇 치밖에 모자라지 않으니까. 손을 뻗으면 목숨 걸고 원하는 간절한 희망, 그러니까 그 작은 항아리를 더듬을 수도 있을 터였다. 하지만 허리에 묶인 밧줄이 팽팽하게 당겨져 나를 눕지도 못하게 했다. 만약 내가 앞으로 가려 한다면 그 줄이 나를 들어 올릴 게 분명했다. 희망은 사라졌다.

입안의 갈증이 다시 내 이성을 자극했다. 발을 앞으로

하고 똑바로 누워 전진하면, 몸을 뒤집을 수 없는 작은 갑각류처럼 움직일 수 있지 않을까. 밧줄이 아주 팽팽하긴 하지만 힘껏 발버둥 치면 옆구리를 고르게 펼 수 있다. 옆구리는 발뒤꿈치보다는 가늘기 때문에 흉부까지도 쫙 펼 수 있다. 그러면 발을 항아리에 닿게 할 수 있지 않을까. 옆구리가 마모되어버린다 한들 지금처럼 목말라 죽을 것 같은 상태보단 나을 테지. 살갗이 찢어진다 해도 신경 쓰지 않았다. 아, 마침내 발로 항아리를 건드렸다!

발목이 조여져 있었기에 두 발끝을 곧게 펴 항아리까지 닿을 수는 있었지만 열 수가 없었다. 발로 감을 수도 없었다. 다리를 조금 구부리면 발끝을 좀 더 벌릴 수 있었지만 항아리에 닿지는 않았다. 희망은 사라졌다.

이젠 그저 하늘을 쳐다볼 수밖에 없었다. 나도 모르게 권총에 손이 갔다. 목이 무척 탔다. 영롱하고도 가벼운 권총을 봤다. 눈을 감고 반질반질하고 동그란 총구를 관자놀이에 들이댔다. 이제 손가락을 살짝 움직이면 나는 영원히 목이 마르지 않을 게다. 문득 정신이 번뜩 나서 재빨리 일어나 앉았다. 모퉁이를 향해 몸을 돌리고는 눈앞에 있는 굵은 밧줄을 겨누었다. 탕! 탕! 두 발을 쏘자 밧줄에 불이 붙었다. 손으로 뜯고 이빨로 물어 정신 나간 사람처럼 밧줄을 끊어버렸다. 미칠 듯이 기뻐 족쇄가 묶여 있다는 사실도 잊고 갑자기 일어나는 바람에 다시 넘어지고 말았다. 기세를 타 돌 항아리 쪽으로 기어갔다. 항아리를 들어 올리자, 안에서 약간의 빛이 새어 나왔다. 물이었다! 망설일 틈이 없었다. 돌

항아리는 너무 두꺼워서 마시기가 쉽지 않았다. 하지만 한 모금 들이켜니 너무나도 시원했다. 마치 신선의 옥수를 얻은 것만 같았다. 노력에는 항상 보수가 따르기 마련이다. 생명의 진리가 뭔지 깨달은 것만 같다는 생각이 들었다.

물이 많지 않다 보니 어느새 한 방울도 남지 않았다.

나는 그 보물 항아리를 끌어안고 있었다. 마음이 좀 편안해지자 꿈이 생겼다. 지구로 돌아갈 수 있다면 이걸 꼭 가져가리라. 가망이 없을까? 나는 멍하니 서 있었다. 화성에서 얼마나 머무를지는 모르겠다. 물끄러미 항아리 입만 쳐다보았다.

머리 위로 한 무리의 새들이 날아와 짧은 울음소리를 내며 나를 깨웠다. 고개를 들어보니 하늘에 옅은 복숭앗빛의 노을이 피어 있었다. 회색을 완전히 덮지는 못했지만, 하늘은 더 높아지고 또렷해졌다. 벽 끄트머리에도 에너지틱한 빛이 스며들어왔다. 날이 곧 어두워질 것 같다는 생각이 들었다.

이제 뭘 해야 할까?

지구상에서 행할 수 있는 계획은 이곳에서는 적용되지 않을 것이다. 나를 이렇게 가둔 적이 누군지 알 수 없는데 어찌 무엇을 할지 결정할 수 있겠는가. 내가 겪는 고난을 경험하지 않은 로빈슨 크루소는 스스로 목숨을 끊을 수 있었다. 그는 스스로를 구할 수 있었다. 한데 나는 알지도 못하는 묘인들의 손아귀에서 구사일생해야만 한다. 대체 누가 묘인들의 역사라도 읽어본 적이 있겠는가.

그럼에도 내가 꼭 해야 하는 일은 뭘까?

일단 족쇄를 제거하는 것이 그 첫걸음이다. 족쇄는 당연히 철로 만들어졌을 거라고 여겼기 때문에 발에 매여 있는 게 뭔지 살피지도 않았다. 이제는 그것을 확인해야만 한다. 그런데 제대로 보니 철이 아니었다. 은백색을 띠고 있었기 때문이다. 대체 왜 내 권총을 몰수하지 않은 걸까? 답을 해보자면, 화성에는 철이 없기 때문이라 말할 수 있다. 고양이들은 너무나도 신중한 나머지 혹여나 알지 못하는 걸 만졌을 때 해를 입을까봐 감히 꼼짝도 하지 않은 것이다. 나는 족쇄에 손을 뻗어 만져봤다. 비록 철은 아니지만 딱딱했다. 있는 힘껏 잡아당겨봐도 끄떡없었다. 대체 뭘로 만든 걸까? 흥미로움과 도망쳐야겠다는 절박함이 한데 뒤섞였다. 총구를 두드리자 금속 소리가 났지만 쇳소리 같지는 않았다. 은인가? 아니면 납? 무쇠보다 무르다면 갈아서 부러뜨릴 수 있을 것이다. 예를 들어 돌 항아리를 깨뜨리고 모서리를 이용해 문지른다면 어떨까. (나는 돌 항아리를 지구로 가져가고자 했던 계획을 싹 잊어버렸다.) 돌덩어리를 들고 벽에 부딪쳐볼까. 감히 그럴 엄두는 나지 않았다. 혹시라도 밖에 있는 사람의 주의를 끌까 싶어서다. 분명 벽 너머엔 누군가 지키고 있을 것이란 생각이 들었다. 아니, 그럴 리 없지. 방금 총을 쐈을 때 아무 인기척도 없었으니까. 아까 들린 총소리 때문에 겁을 먹은 사람들이 나중에 우르르 들어온다면? 하지만 이왕 오지 않았다면 용기를 내보지, 뭐. 항아리를 깨트리니 작은 조각이 나왔다. 꽤 날카로웠다. 나는 일을 시작했다.

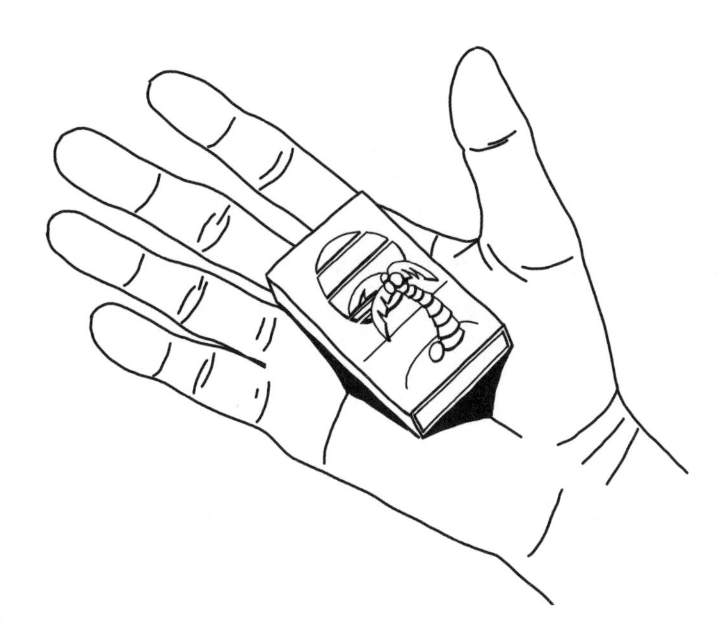

철로 된 대들보를 갈아 자수바늘로 만드는 것은 가능할지 몰라도, 짧은 시간 안에 돌멩이로 금속 족쇄를 끊는 것은 지나치게 낙관적이라는 생각이 들었다. 하지만 대부분의 경험이란 '실패'의 아들딸이기에 나 역시 낙관적으로 실패해 보는 수밖에 없다. 지구상에서 가져온 경험은 이곳에서는 그다지 가치가 없다. 한참을 갈아본다 한들 그게 무슨 소용이 있겠는가. 그것은 꿈쩍도 하지 않아서, 마치 돌로 다이아몬드를 자르려 시도하는 것 같았다.

몸에 걸친 천 조각을 만져보고, 신발을 만져보고, 머리카락을 만져보았다. 혹시 도움이 될 만한 무언가를 발견하길 바라면서 말이다. 아마 난 이미 반쯤은 이성이 마비된 동물이 아닌가 싶다.

아! 허리띠 아래의 바지 주머니 안에 성냥갑이 있었다. 쇠로 된 성냥갑 하나였다. 세심하게 여기저기 찾지 않았다면 정말 이걸 생각해 내지 못했을 게다. 더구나 나는 담배를 피우지도 않아서 성냥갑을 갖고 다니는 습관도 없다. 이걸 왜 주머니에 넣어 뒀던 걸까? 생각나지 않는다. 오! 생각났다. 한 친구가 내게 줬던 거다. 그는 내가 화성으로 탐험을 간다는 소리를 듣고 비행장까지 와서 배웅해주었는데, 달리 줄 게 없다면서 이 성냥갑을 내 주머니에 쑤셔 넣었다. "이 쪼그만 게 우주선 적재량에 부담이 되진 않겠지!" 그가 이렇게 말했던 게 기억난다. 마치 몇 년쯤은 된 일인 것만 같았다. 보름간의 비행은 마음을 평온하고 명쾌하게 할 만한 여정은 못 되니 말이다.

나는 이 작은 성냥갑을 만지작거리며 보름 전 일을 떠올렸다. 눈앞에는 아무런 희망이 없으니 이렇게 지난날의 감미로움을 회상할 수밖에 없다. 살아 있다는 것만으로 이리도 다양하게 스스로를 위로한다.

날이 어두워지니 배가 고팠다. 성냥을 그어 이 방 안에 먹을 만한 게 있나 없나 찾아보려 했다. 그런데 불이 꺼져버렸다. 다시 성냥을 그었다. 무심코 이 작은 성냥불을 발목에 채워진 수갑에 올려놓고 태웠다. 후- 즈으- 발목에는 순식간에 석회만 남았다. 한 줄기 좋은 냄새가 콧구멍을 파고들어 토할 것만 같았다.

묘인들은 화학을 이용해 물건을 만들 줄도 아는구나! 생각지도 못했던 일이었다.

四
만남

팔자가 자유롭지 못한데 손발에 채워진 수갑을 푼다 한들 뭔 소용이겠는가. 그러나 나는 그런 이유로 의기소침해지진 않았다. 적어도 묘인들 대신 이 땅굴을 지켜야 할 책임은 없지 않나. 총이든 성냥갑이든 죄다 챙기고, 끊어졌던 굵은 밧줄을 끌어당겨 벽을 기어올랐다. 담벼락을 넘자 짙은 잿빛 하늘이 보였는데, 어두운 밤이 아니라 연기를 머금은 뜨거운 안개처럼 느껴졌다. 담을 넘어 뛰어내렸다. 어디로 가지? 담벼락 안에 있을 때보다 용기가 80퍼센트는 줄어들었다. 인가나 불빛이 보이지 않았고, 소리도 들리지 않았다. 멀리—거리가 가늠되지 않으니 어쩌면 멀지 않을지도 모른다—숲이 보이는 것 같았다. 섣불리 숲속으로 가도 될까? 무슨 짐승이 있는지도 모르는데?

고개를 들어 별을 보았다. 몇몇 큰 별들이 회색 하늘에서 희미하게 붉은 빛을 발하고 있었다.

목이 마르고 배가 고팠다. 한밤중에 사냥하는 게 꼭 새떼와 짐승들에 맞서는 건 아닐지라도, 나한텐 그런 재능이

없었다. 다행히도 춥지는 않았다. 아마도 이곳에서는 밤낮을 알몸으로 지낸다 해도 추위를 느끼지 못할 거다. 작은 집의 담벼락에 기대 앉아 하늘 위 별들을 봤다. 그리고 저 멀리 숲을 봤다. 감히 어떤 생각을 하긴 어려웠고, 웃긴 생각을 떠올려도 눈물이 날 지경이었다. 외로움은 고통보다도 더 견디기 어려운 것이다.

오랫동안 앉아 있다 보니 눈에 힘이 서서히 풀렸다. 하지만 나는 결단코 잠에 들어선 안 된다. 잠시 눈이 감기면 이내 마음을 움직여 눈을 뜨려 노력했지만, 다시 눈이 감겼다. 한번은 검은 그림자를 본 것 같았는데 똑바로 볼 수가 없었다. 귀신일지도 모른다는 생각이 들었지만 나 자신을 나무라며 곧 눈을 감았다. 그러고는 당최 마음이 놓이지 않아 다시 눈을 떴다. 빌어먹을! 검은 그림자가 있는 것 같아 두리번거리면 이내 보이지 않았다. 머리카락이 곤두설 지경이었다. 화성까지 와서 귀신을 잡겠다고 하는 꼴이라니 계획에서 완전히 벗어난 일이었다. 더는 눈을 감을 수가 없었다.

한참 동안 아무 일도 일어나지 않았다. 눈을 감으려 시도하면서 실눈을 뜨고 앞을 바라보았다. 보였다, 그 검은 그림자가!

무섭지 않았다. 분명 귀신은 아니었다. 그것은 묘인이었다. 묘인들은 먼 곳에서도 내가 눈을 뜨고 감는지를 볼 수 있을 정도로 시각기관이 발달한 게 분명했다. 떨리고 기뻤다. 거의 숨을 멈추고 기다렸다. 그가 다가온다면 내게도 방법이 있다. 나는 내가 묘인에 비해 우월하다고 느꼈는데,

근거는 모르겠다. 권총이 있으니까? 우스꽝스럽다.

이곳에서는 시간이 눈곱만큼의 가치도 없는 모양이다. 그가 내가 가까이 나타나기까지 몇 세기는 걸린 것만 같았다. 한 걸음마다 15분, 아니 한 시간은 걸린 듯한데, 마치 발걸음에 역사가 남겨 놓은 모든 신중함을 대동하고 있는 것만 같았다. 동쪽으로 한 걸음 서쪽으로 한 걸음, 허리를 굽혔다가 세웠다가, 왼쪽으로 비틀었다가 다시 뒤로 물러서기도 하면서, 혹은 눈송이처럼 땅 위를 바짝 기다가 이내 앞으로 기어오르고, 다시 허리를 펴면서……. 고양이가 밤에 쥐를 잡는 연습을 한다면 대충 이런 모습이었을 게다. 무척 흥미로웠다.

나는 조금도 움직이지 않았다. 내가 만약 눈을 번쩍하고 떴다면 그는 아마 단숨에 바깥쪽으로 뛰쳐나갔을 것이다.

내가 보기에 그는 아무 악의가 없었다. 오히려 내가 자신을 해할까봐 두려워했다. 손에는 어떤 도구도 없었고, 혼자였다. 그러니 나를 죽일 순 없을 것이다. 어떻게 나 역시 공격할 마음이 없다는 걸 알려줄 수 있을까? 움직이지 않는 게 가장 좋은 방법이라고 생각했다. 그리하면 적어도 그가 놀라 도망치게 하진 않을 것이다.

우리 사이의 거리는 점차 좁혀졌고, 그의 열기를 느낄 수 있을 정도가 됐다. 그는 이어달리기 경기에서처럼 몸을 기울여 바통 터치하는 자세를 취하더니, 내 눈앞에서 손을 두 번 흔들었다. 내가 고개를 아주 살짝 끄덕이자, 그는 엄청 빠르게 손을 거두고 도망치려는 자세를 취했지만 실제로

뛰지는 않았다. 그는 나를 쳐다봤고, 나는 다시 가볍게 머리를 끄덕였다. 여전히 그가 움직이지 않자, 천천히 두 손을 올리고 손바닥을 쫙 펴 그에게 보여주었다. 그는 이런 식의 수화가 뭘 의미하는지 알아챘는지, 고개를 끄덕이며 멀리 뻗어둔 다리를 거둬들였다. 나는 손바닥을 위로 향한 채로 손가락을 구부렸다. 그러자 이에 대한 인사 표시로 그 역시 고개를 끄덕였다. 허리를 곧게 펴고 그를 쳐다봤는데, 여전히 도망칠 생각은 없어 보였다. 이런 고통스럽고도 우스꽝스럽고 성가신 상황이 최소 반 시간 정도 지속된 후 나는 자리에서 일어났다.

만약 나를 성가시게 하는 게 이 묘인의 업무였다면, 그는 일을 대단히 잘 한다고 할 수 있다. 얼마나 오랜 시간을 질질 끌었는지 모르겠다. 손짓하기, 고개 흔들기, 입 실쭉거리기, 코 훌쩍이기 등 거의 온몸의 근육을 움직여 우리는 서로를 해칠 생각이 전혀 없다는 것을 표현하려 했다. 어쩌면 한 시간, 아니 일주일이라도 더 그러고 있었을지 모른다. 멀리서 검은 그림자가 다가오지 않았더라면 말이다. 묘인이 먼저 봤다. 내가 그 검은 그림자를 목격했을 때 묘인은 이미 네다섯 걸음을 뛰쳐나가면서 내게 손을 내밀었다. 나는 그를 쫓아갔다.

묘인은 조용히 그러나 빠르게 달렸다. 나는 다시 배가 고프고 갈증이 났지만, 뒤쳐지지 않고 달렸다. 뒤에 있는 묘인들에게 따라잡히면 나와 내 옆의 묘인에게 어떤 좋은 일도 일어나지 않을 거란 사실을 직감했다. 이 새로운 친구와 끝까지 떨어져서는 안 되겠단 생각이 들었다. 그는 내가 화성에서 모험을 하는 데 있어 좋은 조력자가 될 것 같았다.

뒤에서 좇아오는 자들은 무조건 따라올 터였다. 왜냐하면 이 묘인 친구가 발에 힘을 더 세게 주었기 때문이다. 다시 얼마간 버텼지만 '정말 못 해먹겠다'는 말이 입에서 튀어나올 것만 같았다. 뒤쪽에서는 날카롭고 긴 울부짖음이 들렸다! 묘인들은 분명 급해 보였다. 그렇지 않고서야 어찌 그리 함부로 소리를 내겠는가. 나는 무슨 일이 있더라도 땅에 쓰러져서는 안 됐다. 한 걸음만 헛디뎌도 내 목숨은 분명 두말없이 끝장나버렸을 것이다.

최후의 힘을 다해 권총을 꺼냈다. 나는 쓰러졌다. 어디를 향해 총을 쐈는지도 모른 채, 총소리도 듣지 못한 채, 기절해버렸다.

다시 눈을 떴다. 어떤 집안이었는데, 온통 회색이었고, 붉은 빛이 맴돌았다. 땅, 비행기, 흐르는 피, 밧줄…… 나는 또다시 눈을 감았다.

며칠이 지나고 나서야 알게 된 바에 따르면, 그 묘인은 나를 죽은 개처럼 질질 끌고 집으로 데려왔다. 그가 알려주지 않았다면 어떻게 해서 이곳에 왔는지 상상할 수도 없었을 것이다. 화성의 흙은 어찌나 고운지 내 몸에 조금도 묻지 않았다. 우리를 좇아오던 그 묘인들은 총 한 방에 놀라 대략 사흘 내내 멈추지 않고 도망쳤다고 한다. 단 열두 발의 총알이 들어가는 그 작은 권총이 나를 화성의 영웅으로 만들어주었다.

五

마취

내내 잠만 잤다. 파리 때문에 깨지 않았다면, 아마 영원히 잠들어 있었을 것이다. '파리'란 단어를 쓸 수밖에 없음을 양해하시길. 나는 그 벌레들의 이름을 모르니 말이다. 생긴 게 꼭 푸른색 나비처럼 예뻤다. 하지만 행동은 파리보다 몇 배는 더 얄미웠다. 내가 손을 들 때마다 푸른 잎사귀들이 날아올랐다.

땅 위에 누워 하룻밤을 보내니 몸이 굳어버렸다. 아마 묘인들의 언어에는 '침대'란 단어가 없을 거다. 한 손으로는 파리를 쫓고, 다른 한 손으로는 몸을 문질러야 했고, 두 눈은 사방을 주시했다. 방 안에는 볼거리 자체가 없다. 땅이 침대 역할을 하니 침실에서 가장 중요한 물건이 없는 셈이었다. 이 방에서 가장 중요한 물건은 이미 사라져버렸다. 몸을 씻고 싶어 대야가 있으면 좋겠다고 생각했다. 뜨거운 땀에 밤새도록 몸이 젖어 있었기 때문이다. 하지만 없었다. 물건이 하나도 보이지 않으니 그저 진흙으로 된 벽과 지붕만 쳐다볼 따름이다. 어떤 장식도 없었다. 악취를 둘러싼 네 개의 벽이

바로 이들의 집이었다. 벽에는 세 자쯤 되는 높이의 구멍이 있었는데, 그게 바로 문이었다. 만약 창문이 꼭 있어야 한다면, 창문이라 해도 좋다.

나는 권총을 묘인들에게 빼앗기지도, 길바닥에 떨구어 잃어버리지도 않았다. 기적이었다. 총을 꼭 쥐고 구덩이에서 기어나왔다. 알고 보니 창문이 있더라도 별 쓸모가 없었다. 그 집은 지난 밤 보았던 숲속에 있었다. 나뭇잎이 아주 빽빽해서 햇빛이 강렬해도 통과해 들어올 수 없었고, 햇빛은 회색 공기에 가로막혀 있었다. 이러니 묘인들의 시력이 좋을 수밖에. 숲은 시원하지도 않았고, 눅눅한 열기로 가득했다. 비록 햇빛을 볼 순 없었지만 열기는 마치 회색 재로 둘러싸여 있는 것 같았다. 바람도 불지 않았다.

사방을 둘러봤다. 샘이나 개천을 찾아 몸을 씻고 싶었다. 찾을 수 없었다. 그저 나뭇잎, 습기, 악취만 가득할 뿐이었다.

묘인은 나무 위에 앉아 있었다. 그는 진작부터 나를 보고 있었다. 내가 쳐다보자 그는 나뭇잎 뒤로 숨었는데, 이 때문에 나는 화가 났다. 이딴 식으로 손님을 대접하는 법이 어딨나. 먹는 것도 마시는 것도 신경 쓰지 않고, 그저 내게 냄새 나는 방 하나만 내어주다니. 나는 결코 여기에 올 생각이 없었다. 그가 나를 데려온 게 아닌가. 나는 사정없이 나무 위로 기어올라가 커다란 줄기를 안고 힘껏 흔들어댔다. 그러자 그가 어떤 소리를 냈는데, 도통 알아먹을 수가 없었다. 하지만 나무를 흔드는 것은 그만두었다. 나는 밑으로 뛰어내려 그를 기다렸다. 그는 도망칠 수 없다는 걸 알았는지 귀를 쫑긋

세우고 전쟁에서 패배한 묘인처럼 천천히 밑으로 내려왔다. 나는 고개를 뒤로 젖히고는 손가락으로 입을 가리키며 입술을 몇 번 벌렸다 닫았다. 먹고 마실 것 좀 달라는 뜻이었다. 그가 알아듣고는 나무 위를 가리켰다. 나는 그게 열매를 따 먹으라는 뜻인 줄 알았다. 묘인들은 밥을 먹지 않는 모양이구나, 하고 재빨리 추측했다. 한데 나무 위에는 열매가 없었다. 그는 다시 나무 위로 기어올라가더니 아주 조심스럽게 네다섯 개의 나뭇잎을 떼어 냈다. 자신의 입에 하나를 넣고, 나머지는 땅 위에 떨어뜨린 후 떨어진 잎을 가리켰다.

내가 양도 아니고 먹이를 이런 식으로 주다니. 참을 수가 없었다. 나는 나뭇잎을 가지러 가지 않았다. 묘인의 안색은 무척이나 좋지 않았고, 마치 화가 난 것만 같았다. 대체 왜 화가 난 걸까? 당연히 알 수가 없었다. 어쩌면 내가 왜 화가 난 건지 그도 모를 것이다. 만약 이렇게 계속 다투기만 하면 절대 좋은 결과를 얻어낼 수 없으리란 생각이 들었다. 근본적으로 그 누구도 상대를 이해하지 못할 것이다.

하지만 나는 몸소 나뭇잎을 주워 먹을 순 없었다. 손짓으로 주워달라고 표현해 봤지만, 알아듣지 못한 것 같았다. 화가 나다가 이내 의구심이 들었다. 설마 남녀칠세부동석이라는 통념이 이 별에서도 통하는 걸까? 이 묘인은 한나절 내내 시끄럽게 떠들었는데 여성인 걸까? 쳇, 감히 말한다면, 남자들끼리라 해도 친구가 되기는 어려운 걸까? (이런 추측은 틀리지 않았다. 이곳에서 며칠 머문 후 검증할 수 있었다.) 좋다. 서로를 잘 모른다고 화를 내는

건 부질없는 일이다. 나는 나뭇잎을 줍고, 손으로 문질러 닦았다. 내 손은 엄청 더러운 상태였는데, 우주선의 쇠붙이에 긁힌 곳에는 아직도 핏자국이 남아 있었다. 습관이 이미 몸에 배어버려 자연스레 문지른 것이다. 잎을 입안에 조금씩 집어넣었다. 향기롭고 즙이 많았다. 이런 나뭇잎을 먹어본 경험이 없었기 때문에 입가에 즙이 조금 흘러내렸다. 묘인은 흘러내리는 즙을 받아내려는 듯 손발을 움직였다. 분명 이 잎은 아주 귀한 물건일 것이다. 하지만 이렇게 큰 숲에서 고작 잎사귀 한두 장을 소중하게 여기는 이유는 뭘까? 신경 쓰지 말자. 희한한 일이 너무 많으니까. 나뭇잎 두 장을 연달아 먹고 나니 머리가 좀 어지러웠다. 하지만 결코 불편하지는 않았다. 그 진귀한 즙이 내 위 속으로 들어가자 온몸을 통과하는 에너지가 느껴졌다. 몸이 뻣뻣해졌지만 견디기 어렵지는 않았다. 뱃속이 찌릿찌릿해졌다. 졸음이 쏟아졌지만 잘 수는 없었다. 정신이 혼미하면서도 간지러운 와중에 약간 취한 것만 같은 자극이 느껴졌다. 내 손에는 여전히 잎사귀가 들려 있었고, 손은 막 잠에서 깨어났을 때처럼 노곤하고 편안했다. 다시는 들어 올릴 힘이 없었다. 속으로 웃음이 나왔다. 얼굴 밖으로 웃음기가 나왔는지는 모르겠다. 나는 한 그루의 나무에 기대어 잠시 눈을 감았다. 아주 짧은 시간 뒤 머리를 가볍게 두 번 흔들자 취기가 가셨다. 온몸의 모공 하나하나가 느긋해지고 행복해졌다. 모공이 웃을 수만 있다면 웃을 정도였다. 배고픔과 목마름은 전혀 느껴지지 않았다. 몸을 씻을 필요도 없었다. 진흙이나 땀, 피가 살에 엉겨 있는 것이

기분 좋았고, 평생 씻지 않아도 편안할 것 같았다.

숲은 무척이나 푸르렀다. 사방의 회색 공기는 차갑지도 뜨겁지도, 많지도 적지도 않게 적당했다. 먼지 공기 속 푸른 나무는 시적인 의미로서의 온기를 갖고 있었다. 안개의 냄새를 잘 맡아보면 역하지는 않으면서 짙고 달콤한 향이 느껴졌다. 잘 익은 멜론 같다고 해야 하나. '상쾌하다'는 말로는 내 심경을 표현하기에 부족하다. '마취'라는 말이 맞을 것이다. 마! 취! 두 장의 나뭇잎은 내 마음에 어두운 힘을 가져다주었다. 마치 물속을 헤엄치는 물고기처럼 온몸을 회색 공기에 적시는 것만 같았다.

나무 옆에 쪼그려 앉았다. 쪼그려 앉아 있는 걸 좋아하진 않았지만, 지금은 쪼그려 앉아 있어야 기분이 좋아질 것 같았다.

그 묘인을 자세히 살펴봤다. 그에 대한 혐오가 꽤나 줄어들어서인지 조금은 귀엽다는 생각마저 들었다.

소위 묘인들이란, 서서 걸어 다니고 옷도 입고 있는 그런 모습이 아니다. 그들에겐 의복이 없었다. 웃음이 나왔다. 나는 상체에 걸치고 있던 천 조각을 끌어내렸다. 춥지도 않은데 대체 뭘 위해 너저분하게 걸치고 있어야 하나? 아랫도리의 헝겊은 아직 남아 있었다. 부끄러워서가 아니라 권총을 걸어둘 수 있도록 허리띠를 매야 했기 때문이다. 사실 맨몸에 허리띠만 차고 다녀서 안 될 것도 없었다. 하지만 나는 여전히 성냥에 미련이 남아 있었다. 주머니 속에 그 작은 상자를 넣어 두기 위해 바지를 남겨 놓아야 했다. 혹시나 나중에 그들에 의해 족쇄가 또 채워질지도 모르니 말이다. 부츠도 벗어서

한쪽에 두었다.

다시 묘인들로 돌아가자면, 그들은 옷을 입지 않는다. 허리가 가늘고 길며, 반대로 손과 발은 아주 짧다. 손가락도 발가락도 죄다 짧다. (그들이 족쇄를 채우려 할 때의 광경을 떠올려보면, 빠른 달리기에 비해 일 처리는 참 느렸다.) 목은 짧지 않았는데, 그래서 고개를 등까지 접을 수 있었다. 얼굴은 엄청 크고 땡그란 두 눈이 돋보였다. 눈 위치가 아주 낮았고, 엄청나게 넓은 이마를 갖고 있었다. 그 이마 위는 가는 털로 가득했는데, 거기서부터 쭈욱 머리카락—가늘고 번잡했다—과 연결되어 있었다. 코와 입은 하나로 연결돼 있는데, 고양이처럼 준수하기보다는 돼지와 닮았다. 뒤통수에 걸려 있는 귀는 아주 작았다. 몸에는 온통 가는 털이 가득했는데, 윤이 났다. 가까이서 보면 회색이었지만 멀리서 보면 좀 파랬다. 마치 회색 깃털로 만든 실처럼 반짝거렸다. 몸통은 둥글둥글하고, 굴러다니기에도 편할 것 같았다. 가슴팍에는 네 쌍의 작은 젖꼭지, 여덟 개의 검은 점이 있었다.

그의 몸속이 어떻게 생겼는지는 알 도리가 없었다.

내가 보기에 그의 행동거지에서 가장 기괴한 점은 느리지만 빠르고 빠르지만 느리다는 점이었다. 그래서 대체 그가 어떤 의도를 갖고 있는지 짐작하기 어려웠다. 나는 그저 그가 대단히 의심이 많다고 생각할 뿐이다. 그의 손발은 항상 불안정하게 움직였고, 발은 손처럼 민첩했다. 아마도 손발을 다른 감각기관보다 자주 이용하는 것 같았는데, 동쪽에서 쓰담쓰담, 서쪽에서 쓰담쓰담하며 계속해서 움직였다.

쓰다듬는다기보다는 접촉하는 거라고 해야 하나. 마치 개미의 촉각 같았다.

그가 나를 여기로 끌고 와서 나뭇잎을 먹인 것은 대체 무슨 의미일까? 모르겠다. 그 두 장의 잎사귀가 무슨 효과를 발휘한 건지 묻고 싶었다. 하지만 말이 통하지 않으니 어찌 묻겠는가?

六

어떤 자유

서너 달의 공백기 동안 묘어[1]를 배웠다. 말레이시아어 같은 경우 반년이면 배울 수 있는데, 묘어는 그보다 더 간단했다. 4백~5백 개의 글자만 알면 모든 말을 할 수 있었다. 물론 어떤 일이나 생각들은 복잡해서 분명하게 표현하기가 어렵다. 묘인들에겐 방법이 있었다. 그런 것에 관해선 말하지 않는 것이다. 형용사와 부사의 수는 적고, 명사 역시 풍부하지 않았다. 그러니까 '미혹나무'에 대한 단어들은 모두 '미혹나무'다. 큰 미혹나무, 작은 미혹나무, 둥근 미혹나무, 뾰족한 미혹나무, 풍성한 미혹나무, 엄청 풍성한 미혹나무… 사실 이것들은 결코 같은 나무가 아니다. 대명사의 경우엔 그다지 큰 쓸모가 없다 보니 아예 관계대명사 자체가 없다. 지극히 유치한 언어인 셈이다. 사실은 약간의 명사만 외워도 충분히 대화가 가능하다. 동사는 대부분 손짓의 도움을 얻는다. 그들에게도 문자가 있다. 작은 건물이나 작은 탑같이

1. 묘인들이 쓰는 언어.

생겼는데 정말 알아보기 어렵다. 보통의 묘인들은 기껏해야 10여 개 정도만 외우고 다닐 정도다.

반면 따시에(大蝎)—이것이 내 묘인 친구의 이름이다—는 많은 문자를 알고 있고, 심지어 시도 지을 줄 안다. 듣기 좋은 명사들을 한데 쌓아 두면, 어떤 사상이 없더라도 한 편의 묘인 시를 쓸 수 있다.

내 사랑 잎사귀,
내 사랑 꽃,
내 사랑 산,
내 사랑 고양이,
내 사랑 배……

이것이 따시에가 쓴 〈역사를 보며 느끼다(读史有感)〉라는 시다.

묘인들에게는 2만 년이 넘는 문명의 역사가 있다. 말을 할 수 있게 되자 나는 모든 것을 이해할 수 있게 됐다. 따시에는 묘국(猫国)의 중요 인물이었다. 대지주이자 정치인이었고, 시인이었으며 군관이었다. 대지주가 된 것은 그에게 아주 큰 미혹나무가 있고, 미혹나무 잎사귀가 묘인들의 먹이였기 때문이다. 그가 왜 나를 돌봐줬는가 하는 문제는 이 미혹나무 잎사귀와 깊은 관련이 있다. 따시에가 전한 몇 가지 사실을 통해 5백 년 역사를 살펴보면—당시 책은 모두

돌로 만들었는데 가로세로 두 자에 두께는 반 치 정도였고, 모든 덩어리에는 아주 복잡하게 생긴 10여 개의 글자들이 적혀 있었다—, 5백 년 전 그들은 곡식을 재배해 수확했기에 미혹나무 잎이 무엇인지 몰랐다. 한데 갑자기 어떤 외국인이 묘인들의 나라로 가져왔다고 한다. 처음에는 지위가 높은 이들만 그것을 먹을 수 있었지만, 나중에 미혹나무를 옮겨 오게 되면서 모두가 중독돼버렸다. 채 50년도 되지 않아 그걸 먹지 않는 이들이 더 소수인 상황이 됐다. 미혹나무 잎을 먹는 것은 얼마나 편안하고 편리할까? 딱 하나 문제가 있다면, 그걸 먹고 나면 정신이 번쩍 들지만 손발은 잘 움직이지 않는다는 점이다. 농사일도 할 수 없게 되고, 일하는 것도 불가능해 모두가 한가롭다. 그래서 정부는 더는 미혹나무 잎을 먹지 말라고 명령을 내렸다. 따시에는 역사의 페이지를 옮겨 다니며 설명을 이어갔다. 명령 첫날 정오, 황후는 금단증상으로 괴로워하며 황제의 뺨을 세 대나 때렸고, 황제는 그저 울 뿐이었다. 이날 오후 다시 명령이 내려졌다. 미혹나무 잎을 '국식'으로 정하겠노라고. 따시에는 "묘인들의 역사에서 이 일만큼 영광스럽고 자비로운 것은 없었다"고 말했다.

미혹나무 잎이 국식으로 정해진 후 4백여 년 동안 묘국 문명의 발전은 이전보다 몇 배는 더 빨라졌다. 미혹나무 잎을 먹게 되면서 육체 노동을 좋아하지 않게 됐고, 자연스레 정신적인 일들을 많이 할 수 있었다. 가령 시 쓰기가 과거보다 진보했다. 2만여 년 동안 어떤 시인도 "내 사랑 배" 같은 표현을 쓰지 않았다.

하지만 정치적으로나 사회적으로 분쟁이 없었던 것은 아니다. 3백 년 전, 미혹나무의 재배는 보편적인 일이었지만 잎을 먹을수록 게을러진 사람들이 점차 나무를 심는 것조차 귀찮게 여기기 시작했다. 더구나 공교롭게도 1년에 걸친 홍수—이 대목에서 따시에의 회색 얼굴이 조금 창백해졌는데, 원래 묘인들은 물을 가장 무서워한다—를 맞닥뜨리면서 숲의 많은 부분이 떠내려갔다. 다른 음식들을 먹지 않는 것은 참을 수 있었다. 하지만 미혹나무 잎이 없으면 더 이상 게을러질 수가 없었다. 도처에서 강도 사건이 발생했고, 약탈이 너무 많이 발생하다 보니 정부는 다시 인심 좋은 명령을 내렸다. 미혹나무 잎을 훔치는 것은 모두 무죄라는 거였다. 그리하여 지난 3백 년은 강도의 시대가 됐다. 결코 나쁜 일은 아니었다. 강도 짓은 개인의 자유를 가장 잘 표현할 수 있는 행동이며, 자유는 묘인들의 역사에서 최고의 이상이기 때문이다.

듣자 하니, 묘인들의 언어에서 '자유'는 중국어의 그것과 꼭 같은 뜻은 아니다. 묘인들에게 있어 '자유인'이란 남을 우롱하고 돕지 않으며 말썽을 일으키는 존재다. 남녀 간 교류를 엄금하는 전통도 바로 여기에서 유래한다. 한 자유인은 다른 사람이 그에게 접촉하는 걸 허락하지 않으며, 서로 만나 악수를 하거나 키스하지도 않는다. 그래서 머리를 뒤로 돌려 경의를 표하는 것이다.

"그렇다면 당신은 왜 여전히 나무를 심나요?" 나는 묘어를 써서 물어보았다. 진짜 묘어의 형식에 따르면 이

말은 목을 한 번 비틀어 '그렇다면'을 표현하고, 손가락으로 '당신'을 가리키고, 눈알을 두 번 굴려 '왜'라고 물으면서, 동사 '심다'를 말로 하면 된다. '여전히'는 표현할 만한 어법이 없다.

따시에는 잠시 입을 다물고 말이 없었다. 묘인들의 입은 항상 열려 있어서 코로는 숨을 쉬지 않았는데, 가끔씩 입을 닫는다는 것은 어떤 의지나 깊은 생각에 잠겨 있음을 뜻하곤 했다. 그는 이렇게 대답했다. "지금 나무를 심는 이들은 고작 수십여 명에 지나지 않습니다. 정치인이나 군관, 시인, 지주 같은 힘이 센 이들 뿐이죠. 그들은 나무를 심어야만 해요. 심지 않으면 세력을 잃어버리기 때문이죠. 그래서 정치를 하려면 미혹나무 잎이 필요해요. 그러지 않으면 황제를 접견할 수가 없거든요. 군관 역시도 미혹나무가 필요한데요. 그게 군인들의 봉급 역할을 하거든요. 시를 쓸 때에도 반드시 미혹나무 잎이 필요해요. 대낮에도 시 쓰기의 상상력을 가질 수 있죠. 한마디로 말해서, 미혹나무 잎은 만능입니다. 그것만 있으면 평생 '제멋대로' 살 수 있죠. '제멋대로 산다'는 것은 상류층 묘인들이 가장 중시하는 단어예요."

미혹나무 숲을 보호할 방법을 강구하는 것은 따시에나 다른 지주들에게 가장 중요한 과제였다. 비록 병사를 보유하고는 있었지만 그들이 대신 일을 해주는 것은 아니었다. 묘인 병사들은 '자유'를 좋아해서 그저 미혹나무 잎을 먹기만을 원했고, 명령에 복종할 줄은 몰랐다. 따시에의 말투를 통해, 그들의 병사들이 빈번하게 자기들을 약탈하는 일이 묘인들 사이에서 공공연하다는 것을 알 수 있었다.

그렇다면 누가 미혹나무 숲을 보호할 것인가? 바로 외국인들이다. 모든 지주들은 필시 외국인들을 보호자로 모셔야 했다. 묘인들이 외국인을 경외하는 것은 그들의 천성에 따른 특징 중 하나다. 그들의 '자유' 때문에, 다섯 명의 병사들이 사흘을 함께 묵으면 사상자가 생길 수밖에 없었고, 외지인들과 싸운다는 것은 불가능한 일이었다. 따시에는 의기양양하게 덧붙였다. "자기 살을 깎아먹는 능력은 날이 갈수록 커져서, 살인의 방법이 시를 쓰는 것만큼이나 교묘해졌어요."

"살인이 일종의 예술이 됐군요." 내가 말했다. 한데 묘어에는 '예술'이라는 단어가 없었기 때문에 내가 한참 동안 설명했음에도 불구하고 여전히 그는 이해할 수가 없었다. 하지만 그는 '예술'이라는 두 글자를 기억했다. "예. 술."

고대에는 그들도 외국과 싸우기도 하고, 승리한 적도 있었다. 하지만 지난 5백 년 동안 자기편끼리 서로 죽인 결과, 그들은 외국인과 싸운다는 관념을 완전히 잊어버리고, 내부에서의 대립으로 일치하게 됐다. 그로 인해 외국인을 너무나 무서워했고, 황제마저 자기 옆에 외국인이 주재하지 않으면 미혹나무 잎을 입으로 가져갈 수조차 없었다.

3년 전에도 우주선 한 대가 날아온 적이 있었다. 묘인들은 그게 어디에서 온 것인지 몰랐지만, 털이 없는 큰 새가 존재한다는 걸 알게 됐다.

내 우주선이 도착했을 때 묘인들은 외국인이 다시 왔다는 걸 알아차렸다. 그들은 이 별 바깥에 화성이 아닌 다른 별이 있으리라고는 생각지도 못했다.

따시에는 일군의 지주들과 함께 나의 우주선이 불시착한 곳으로 달려갔다. 외국인을 얻어 미혹나무 숲을 보호하려는 것이었다. 왜인지 몰라도 예전에 있던 외국인 보호자들이 하나같이 본국으로 돌아갔기 때문에, 그들은 반드시 새로운 외국인을 초빙해야 했다.

그들은 나를 초빙한 후 돌아가면서 나를 시중하기로 합의했다. 최근에는 외국인을 초빙하는 게 쉽지 않았기 때문이다. 원래 그들의 의도는 나에게 '부탁'을 하는 것이었다. 내가 고양이 얼굴을 하고 있지 않을 줄 누가 알았겠는가. 그들은 나처럼 생긴 외국인을 본 적이 없었다. 처음에는 무척 겁에 질려 있었지만, 내가 꽤 고분고분해 보이자 '부탁'에서 '체포'로 계획을 변경했다. 그들은 묘국의 '인플루언서'였는데, 따라서 생각이 많을 수밖에 없었다. 필요할 경우 약간의 위험을 무릅쓸 수도 있었다. 만약 내가 무력을 사용했다면 분명 그들을 놀라 도망치게 할 수 있었을 것이다. 하지만 무력을 쓰지 않은 게 다행이었다. 일시적으로 그들을 도망치게 할 뿐 그들은 결코 가만히 있지 않았을 것이고, 그러면 나는 먹을 것을 전혀 구할 수 없었을 것이다. 또 다른 측면에서 보면, 그들은 나를 두려워하긴 하지만 결코 '존중'하는 것은 아니었다. 따라서 나를 함께 초빙하기로 해 놓고는 독점하려는 마음으로 바뀐 것이다. 그들은 나를 다른

지주들과 공유하는 것보다 저렴한 방법을 찾으려 했다. 나를 붙잡으면 자연스레 조건에 대해 협의할 필요가 없게 되고, 약간의 음식만 주면 될 거라고 판단했다. 그렇게 모두의 마음이 완전히 변해버렸다. 조약을 어기고 맹세를 저버리는 것도 '자유'의 일부분이니, 나를 붙잡게 된 따시에는 자신의 성공을 매우 자랑스러워할 터였다.

그들은 나를 묶고 작은 배에 태웠다. 좁은 길을 돌고 돌아 꼭대기에 있는 작은 굴로 먼저 올라가, 강물이 나를 데려다주기를 기다렸다. 그들은 물을 무서워했기에 나와 함께 배를 타지는 않았다. 만약 도중에 배가 뒤집힌다면, 그건 당연히 나의 불행 때문이지 그들과는 무관한 일이 될 거다. 그 집은 강변에서 멀지 않은 곳에 있었는데, 물길이 모래밭에 다다르면 배도 멈출 것이었다.

그들은 나를 작은 굴에 두고 미혹나무 잎을 먹으러 집으로 돌아갔다. 그 진귀한 물건을 휴대할 수는 없었다. 미혹나무 잎을 갖고 다니는 것은 가장 위험한 일이기 때문이다. 그래서 그들은 좀처럼 거리로 나서지 않았다. 이번 모험은 특별한 희생이었던 셈이다.

따시에의 숲은 작은 굴에서 가장 가까웠지만, 나를 보러 오려면 한참이나 걸렸다. 미혹나무 잎을 다 먹고 나면 잠도 좀 자야 했다. 때문에 그는 다른 이들도 빨리 오진 않으리란 걸 알고 있었다. "다행히도 '예술'이 있으니까요." 그는 내 권총을 가리키며 고마운 듯 말했다. 나중에 그는 형용하기 어려운 물건들은 죄다 "예술"이라고 불렀다.

이제 자초지종을 알게 되었다. 나는 그에게 “그 족쇄는 뭐로 만든 건가요?”라고 물었다. 그는 고개를 저으며 외국에서 온 물건이라고 일러주었다. 내가 “외국에서 온 게 엄청 많군요!”라고 말하자 그가 대답했다. “쓸모가 있잖아요. 하지만 모방할 필요는 없다고 봐요. 우리는 모든 나라들 중에서 가장 오래된 나라니까요!”

그는 또 말했다. “길을 걸을 땐 항상 수갑과 족쇄를 차고 다니는 게 아주 유용해요!” 이 말은 사실일지도 모르고 어쩌면 나를 비꼬는 걸지도 모른다. 그에게 매일 밤 어디에 다녀오는 거냐고 물었다. 숲속에는 오직 내가 머무는 작은 굴만 있기 때문에, 분명 그는 다른 곳에 가서 잠을 자는 것일 게다. 그는 별로 대답하고 싶지 않은 것 같았다. 그는 내게 ‘예술 한 개비’를 줄 수 있냐고 물었다. 황제에게 가져가서 보여주고 싶은 것 같았다. 나는 그에게 성냥 한 개비를 주고, 대체 어디에서 잠을 자는지 다시 묻지 않았다. 자유를 강조하는 사회에서는 모두가 저마다의 비밀을 간직하고 있어야 하니까.

“가족이 있나요?” 그는 고개를 끄덕였다. “미혹나무 잎을 받고 나면 당신은 나랑 같이 갑시다.”

나를 이용할 곳이 또 있는 것 같았다. “댁은 어디신가요?”라고 묻자 그가 대답했다. “묘성(猫城)이요. 대황제께서 머무는 곳이죠. 외국인들이 많이 있어서 당신도 친구를 만날 수 있을 겁니다.”

“저는 지구에서 왔어요. 화성에는 아는 사람이 없지요.”

“아무튼 당신은 외국인이잖아요. 외국인들끼리는 다 친구죠.” 그에게 다시 설명해주는 건 불필요한 것 같았다. 그저 어서 미혹나무 잎을 수거하고 묘성에 가길 바랄 뿐이었다.

七

훔쳐보는 자들

나와 따시에는 영원히 좋은 친구가 될 수는 없을 것이다. 내 입장에서는 그렇다. 그에게도 어느 정도 진정성은 있다. 하지만 나는 그를 좋아할 수가 없다. 묘인들에게 진심이란 게 있다면, 그것은 완전히 자기중심적인 것이다. 자신의 이익을 위해 사람을 이용하는 게 그들이 친구를 사귀는 주된 이유다. 서너 달 동안 나는 하루도 잊지 않고 죽은 친구의 시신을 찾으려 했지만, 그때마다 따시에는 갖은 방법을 다해 나를 막았다. 이는 한편으로 그가 이기적이라는 것을, 다른 한편으로 묘인들의 마음속에는 '친구'라는 관념이 없음을 드러낸다. 이기적이라고 느끼는 이유는 내가 그를 대신해 미혹나무 잎을 돌보는 게 마치 내가 화성에 오게 된 유일한 책무처럼 느껴지기 때문이다. '친구'라는 관념이 없다고 느끼는 이유는 그가 항상 "이미 죽어버린 친구 시신을 봐서 뭐하겠다는 건지?"라고 대꾸하기 때문이다.

그는 비행기가 추락한 지점으로 가는 방향을 알려주지 않았다. 게다가 처음부터 나를 감시하고 있었다. 사실 나는

천천히 그곳을 찾아다니고 있었고, 만약 강가를 따라갔더라면 언젠가 찾지 못했을 리 없다. 그러나 미혹나무 숲에서 반리쯤 벗어날 때마다 항상 어디선가 그가 튀어나와 나를 가로막았다. 돌아가라고 강하게 압박하진 않았지만 자신의 사연을 늘어놓으며 가슴 아프게 했다. 마치 자신의 고난에 대해 진술하는 과부의 넋두리를 듣는 것만 같았고, 애절한 슬픔에 빠져 내 문제를 팽개치도록 만들었다. 아마 그는 틀림없이 뒤에서 싱글벙글 웃어대며 나를 바보라고 비웃었을 것이다. 하지만 설령 그렇더라도 내 마음을 단호하게 할 수가 없었다. 하마터면 그에게 감동 받을 뻔했다.

나는 그의 말을 완전히 믿지 않고, 직접 가서 모든 걸 보려 했다. 하지만 그는 진작부터 이를 대비하고 있었다. 미혹나무 숲 안에 따시에 혼자만 있지는 않았지만, 그는 항상 다른 이들이 내게 접근하는 것을 불허했다. 멀리서 다른 이들을 바라볼 수 있을 뿐이었다. 한번은 내가 다가가자마자 묘인들이 사라져버리기도 했는데, 분명 따시에의 명령 때문이었을 것이다.

나는 다시는 미혹나무 잎을 먹지 않겠다고 결심했다. 따시에는 최대한 완곡하고 친절하게 권고하는 수완을 갖고 있었다. “먹지 않으면 안 돼요. 먹지 않으면 목이 마른데, 물 구하기가 쉽지 않아. 더구나 목욕도 해야 하는데, 그게 얼마나 번거로운지 우리는 경험이 있잖아. 먹지 않으면 안 된다구. 다른 음식들은 너무 비싸기 때문이지. 비싼 건 둘째 치고 맛이 없다고. 먹지 않으면 안 돼. 공기 중에 독기가 있어서 미혹나무

잎을 먹지 않으면 죽고 말 거예요."

나는 여전히 먹지 않겠다고 했다. 그러자 그는 코를 훌쩍거리며 울어댔다. 이것이 그가 지닌 최후의 수단이란 걸 알았고 나는 마음이 약해지지 않았다. 따시에는 내게 미혹나무 잎을 먹여 나를 묘인과 똑같은 사람으로 바꾸려는 계획을 갖고 있었다. 그의 농간을 받아들일 수 없었다. 나는 이미 너무나도 고분고분한 상태였다. 인간으로서의 삶을 회복해야만 했고, 먹고 마시고 씻어야 했다. 반쯤 죽은 상태의 사람이 되고 싶지 않았다. 만일 미혹나무 잎을 먹지 않고 살아갈 합리적인 방도가 있다면, 설령 그게 열흘이나 보름에 지나지 않는다고 하더라도 괜찮았다. 하지만 반죽음 상태로는 1만 8천 년을 살 수 있다고 해도 별로 달갑지 않았다. 내가 따시에에게 이렇게 일러주자 당연히도 그는 알아먹지 못했다. 필시 그는 내가 돌대가리라고 여겼을 것이다. 그가 뭐라고 생각하든, 나는 마음을 정했다.

우리는 사흘 내내 협상했지만 결론을 내리지 못했고, 결국 권총을 드는 수밖에 없었다. 하지만 나는 여전히 공평함을 잊지 않았다. 권총을 땅 위에 내려놓고 따시에에게 말했다. "네가 날 쏴 죽이든, 내가 널 쏴 죽이든 다 똑같아. 만약 네가 계속 내게 미혹나무 잎을 먹이겠다면 결정하라고!" 그러자 따시에는 세 걸음쯤 뒷걸음질 쳤다. 그는 나를 죽일 수 없었다. 총이 그의 손에 쥐어져 있는 것은 외국인 손에 지푸라기가 쥐어져 있는 것만 못했다. 그가 원하는 것은 나였지, 권총이 아니었다.

절충안이 나왔다. 나는 매일 이른 아침 미혹나무 잎 한 장을 먹기로 했다. "한 장이야. 단지 작은 보배 한 장! 독기를 가시게 하기 위한 거지." 따시에가 짧은 손가락을 내뻗으며 말했다. "권총을 챙기고, 나와 마주 앉아요." 그는 내게 저녁 식사 한 끼를 내주었다. 식수는 꽤나 어려운 문제였다. 나는 그에게 매일 강가에 가서 씻고 물 한 동이를 떠올 수 있도록 해달라고 건의했다. 하지만 그는 허락하지 않았다. "대체 왜 매일 그렇게 멀리까지 가서 목욕을 하겠다는 거야? 멍청해. 게다가 항아리까지 들고 가겠다고? 왜 편안하게 미혹나무 잎을 먹지 않겠다는 거야?" 그는 이런 말도 하고 싶었을 것이다. "복이 있는데 누리질 못하는구만!" 하지만 그렇게 말하지는 않았다. 대신 나와—이것이 진의에 가까운데—같이 가겠다는 것이었다. 나는 그의 돌봄이 필요 없었다. 그는 내가 도망칠까봐 걱정했고, 이 점이 그가 가장 관심을 쏟는 부분이었다.

"내가 정말 도망칠 작정이라면 당신이 옆에 있든 없든 상관없지 않을까요?" 이렇게 묻자 놀랍게도 그의 입이 십여 분 동안이나 다물어져 있었다. 내가 그를 놀라 죽게 한 건 아닌가 싶었다.

"당신은 나와 함께 있을 필요가 없어요. 난 도망치지 않기로 결심했어요. 맹세할게요!"라고 내가 말하자, 그는 가볍게 고개를 저으며 대답했다. "어린아이들이나 맹세 같은 걸 하며 노는 법이지!"

화가 났다. 이건 대놓고 나를 모욕하는 것이나

다름없었다. 나는 그의 머리 위 가는 털을 꽉 쥐었다. 내가 처음으로 무력을 쓰게 된 순간이었다. 그는 생각지도 못했을 것이다. 그렇지 않았더라면 그는 이미 멀리 도망쳐버렸을 것이다. 게다가 그는 진실을 말했을 뿐이었다. 내 손에서 벗어나려다 털이 조금 뽑혔다. 두피가 꽤 얇은 것 같았다. 그는 내게 설명했다. 묘인들의 역사에서 맹세라는 것은 널리 쓰이는 것이었다고. 하지만 지난 5백 년 동안 맹세가 거의 지켜진 적이 없고, 그러다 보니 장난칠 때 말고는 아무도 맹세를 하지 않는다고. 신용이란 게 비록 나쁜 것은 아니지만, 실리적으로는 불편한 것이라고. 이런 개혁은 명백한 진보라고. 따시에는 두피를 만지면서도 꼭 그렇게 기분이 나쁜 것 같진 않았다. 맹세가 근본적으로 지켜지지 않다 보니 어린이 놀이처럼 취급된다는 것은 흥미로운 사실이었다.

"당신네가 신뢰할 만한 사람인지 아닌지는 저랑 상관이 없습니다. 내 맹세는 기어이 맹세인 거니까요!" 나는 꽤나 강경하게 말했다. "나는 결코 몰래 도망가지는 않을 거예요. 언제 당신을 떠날 것인지는 당신에게 직접 일러줄 거라고요."

"그럼 여전히 내가 너랑 같이 가지 말라는 건가?" 따시에가 머뭇머뭇 주저하며 물었다.

"맘대로 해요!" 문제는 해결됐다.

저녁 식사는 그리 나쁘지 않았다. 묘인들은 사실 요리를 제법 잘 했다. 다만 초록 파리가 너무 많아서, 나는 풀잎을 꺾어 덮개를 만든 다음, 식사를 배송하는 묘인에게 식사 위에 덮어달라고 부탁했다. 묘인은 말을 따르지

않았고, 심지어 좀 비웃는 것 같았다. 나와 대화하지 말라는 따시에의 명령이 있었기에 나한테는 고개만 살래살래 저을 뿐이었다. 나는 청결하지 못하다는 것이 묘인들의 역사에서 영광으로 여겨진다는 것을 알고 있다. 부끄럽지만 더 큰 권력이 필요했다. 밥에 뚜껑이 닫혀 있지 않은 것을 볼 때마다 나는 따시에에게 가서 이 문제를 해결해달라고 말했다. 하지만 이건 큰 실수였다. 어느 날은 뜻밖에도 식사를 가져오지 않았고, 이튿날 가져올 때에는 식사가 전혀 덮여 있지 않았다. 심지어 초록 파리로 한 층이 덮여 있었다. 따시에에게 밥 배달을 하는 하인에게 가서 알아듣게 말해달라고 일러주었는데도 이런 걸 보니, 아무래도 따시에와 하인 모두가 나를 업신여기는 것 같았다. 손을 뻗어 때리는 것은 지위가 높은 묘인들의 영예였고, 지위가 낮은 묘인들은 그것을 정당한 태도라고 여겼다. 어떻게 해야 할까? 하지만 누군가를 때리고 싶지는 않았다. 내 마음속에 '사람'이란 가장 고귀한 관념이다. 하지만 때리지 않는다면 아무도 내게 밥을 가져다주지 않을 뿐만 아니라 화성에서의 안전을 상실하게 될 것이다. 묘인 놈의 두피를—양심에 따라 아주 작은 부위를—희생시키는 것 말고는 방법이 없었다.

성공적이었다. 풀잎 덮개는 더 이상 벗겨져 있지 않았다. 나는 거의 눈물을 흘릴 뻔했다. 이것이 인간의 존귀함을 망각하게 할 수 있는 역사의 과정인 걸까?

이른 아침 강가에 가서 씻는 것은 화성에 와서 처음으로 겪은 아름다운 일이었다. 나는 항상 해가 뜨기 전에 미혹나무

숲에서 불과 1리 넘게 떨어져 있는 강변으로 걸어갔다. 때마침 땀을 좀 흘려서 그런지 사지가 녹아내리는 것 같았다. 모래 위 물이 발바닥까지 차올랐고, 나는 물을 밟으며 일출을 기다렸다. 일출 이전의 풍경은 극도로 고요하고 아름다웠다. 희뿌연 하늘에는 아직 안개가 끼지 않아서 큰 별들은 볼 수 있었다. 모래 위로 흐르는 물줄기의 희미한 소리 말고는 사방에 아무런 소리도 들리지 않았다. 해가 뜬 후에야 나는 강으로 갔다. 백사장을 지나갈 때 수심은 점점 깊어졌고, 반 리 넘게 걸어가니 가슴팍까지 차올랐다. 그곳에서 시원하게 수영을 했다.

30분 정도 수영을 하니 배가 고팠다. 백사장으로 가서 몸을 말렸다. 찢어진 바지, 권총, 성냥갑을 모두 커다란 바위 위에 올려 두었다. 알몸으로 이 거대한 회색 우주에 있었다. 마치 아무 걱정도 없는 것처럼 세계에서 가장 자연스럽고 자유로운 사람이 됐다. 태양이 점차 뜨거워지고, 강가에 안개가 끼니 조금 답답해지는 기분이었다. 따시에가 거짓말을 한 것은 아니었다. 이곳의 공기에는 확실히 독성이 있었다. 이제 돌아가 그 미혹나무 잎을 먹어야 할 때가 됐다.

이런 즐거움도 그리 오래 지속될 수는 없었다. 따시에의 나쁜 짓이 다시 이어졌다. 목욕을 시작한 지 칠 일째 되던 날, 내가 막 백사장에 도착하자마자 저 멀리에서 검은 그림자가 오가는 것을 봤다. 이때 나는 무신경하게 일출의 아름다운 전경을 감상하길 기다리고 있었다. 동쪽 하늘이 점차 잿빛 붉은색을 띠었다. 잠시 후, 두꺼운 구름들이 흩어지며 온통

짙은 자색의 꽃무늬로 변했다. 하늘이 갑자기 밝아지자 별들은 보이지 않았다. 구름들이 모두 가로로 이어지더니, 보랏빛이 점차 짙은 오렌지색으로 변했다. 연회색과 연두색으로 엷게 덧칠되고, 밝은 은회색 테두리를 둘렀다. 가로놓인 구름이 서서히 갈라지더니, 오렌지색 위에 검은 반점이 더해졌다. 금빛이 아주 강하게 분사되고, 흑점 뒷면으로는 금실이 투과되었다. 그러고 나서 아주 둥글지는 않은 새빨간 원이 흩어진 구름에서 튀어나와 몇 차례 번쩍거리다가 멈췄다. 구름은 언제 그랬는지 모르게 작은 조각들로 변해 있었다. 황금빛 비늘이 이어져 강물이 밝아지자, 수면에 금빛이 일었다. 노을은 얇아질수록 희미해졌고, 점차 사라져갔다. 오직 연분홍빛의 엷은 실 몇 겹만이 남아 있을 뿐이었다. 해가 떠오르고 하늘 전체가 은회색으로 변했다. 어떤 곳은 희미하게 파란빛을 띠기도 했다.

멍하니 하늘을 바라보다가 무심코 얼굴을 돌렸다. 허! 강기슭에서 10장쯤 떨어졌을까. 한 무리의 묘인들이 와 있었다. 영문을 알 수 없었다. 대체 언제 온 걸까. 아니, 상관하지 말자. 나는 그냥 씻으러 가기나 하자. 한데 내가 강의 깊은 곳으로 걸어가니 묘인 무리도 그쪽으로 이동하는 것이었다. 내가 강으로 뛰어 들어갈 때는 아주 흉악한 소리가 들렸다. 나는 몇 차례 물속에 들어갔다가 나오기를 반복하다가, 강기슭 얕은 곳에서 일어나 살펴봤다. 또 한 번의 고함 소리가 울리니 묘인 무리는 몇 발자국 뒤로 물러섰다. 알겠다. 저들은 목욕하는 걸 구경하러 온 거였다.

목욕 구경이라니. 목욕하는 걸 본 적이 없다면 큰 문제는 아니란 생각이 들었다. 한데 묘인들은 내 몸을 보러 온 것은 아니었다. 그들에게 있어 알몸은 그리 희귀한 일도 아니다. 그들 역시 옷을 입지 않으니 말이다. 틀림없이 내가 어떻게 수영을 하는지 보기 위해서일 거다. 그들의 시야를 넓혀주기 위해 계속 헤엄을 쳐야 할까? 아니면 멈추어야 할까? 결정하기 어려웠다. 그때 따시에를 봤다. 그는 묘인 무리에서 한두 장쯤 떨어져, 강에서 아주 가까운 곳에 있었다. 나를 두려워하지 않는다는 걸 드러내는 것 같았다. 그는 몇 발자국 앞으로 뛰어와 나를 향해 손을 흔들었다. 강물로 뛰어들라는 뜻이었다. 지난 서너 달의 경험을 통해 생각해볼 때, 만약 내가 그의 손짓에 복종해 강물로 뛰어들면 그의 얼굴은 환하게 빛날 것이다. 하지만 나는 받아들일 수 없었다. 일생 동안 나는 외부세력을 가장해 자기 식구들을 업신여기는 자들을 가장 증오했다. 강가로 걸어갔다. 따시에도 앞으로 왔다. 강기슭에서 네댓 장쯤 떨어진 곳에서 나는 바위에 놓여 있던 권총을 집어들고, 그를 향해 겨누었다.

八

거래들

따시에를 꽉 붙잡자 그는 웃어댔다. 지금껏 그가 이렇게 심하게 웃는 걸 본 적이 없었다. 내가 화를 낼수록 그는 더 웃었다. 묘인들의 웃음은 마치 매 맞는 걸 모면하기 위한 예방책 같았다. 나는 왜 다른 묘인들을 불러 내가 목욕하는 걸 구경하게 했는지 물었지만, 그는 아무 말도 하지 않았다. 그저 비굴하게 웃을 뿐이었다. 나는 그에게 꿍꿍이가 있다는 걸 알았지만, 비열한 꼬락서니를 보고 싶지 않았다. 이렇게 일러줄 뿐이었다. "다음에 또 이런 식으로 행동한다면, 당신 머리통을 조심하는 게 좋을 겁니다!"

이튿날 다시 강가로 갔다. 백사장에 다다르기도 전에 새까만 무리를 만났는데, 어제보다도 많아 보였다. 대체 어떻게 된 일인지는 나중에 돌아가 따시에에게 묻기로 하고, 태연스럽게 목욕을 하기로 결심했다. 해가 뜨고 나서, 수심이 얕은 쪽으로 가서 물을 긷는 척하면서 그들을 쳐다봤다. 따시에는 한 묘인을 데리고 있었는데, 두 손으로 미혹나무 잎 한 무더기를 움켜쥐고 턱을 괴고 있었다. 따시에는 앞에

있고, 미혹나무 잎을 들고 있는 묘인은 뒤에 있었다. 따시에가 한 손을 들면 그 묘인이 한 손을 들었고, 그러면 나머지 묘인 무리가 따라왔다. 묘인의 손에 있는 미혹나무 잎은 점점 줄어들었다. 나는 깨달았다. 이 기회를 빌어 따시에는 미혹나무 잎을 팔고 있는 거였다. 아주 비싸게 말이다.

본래 나는 유머 감각이 있는 사람이다. 하지만 한번 화가 나면 나같은 사람도 극단적인 행동을 하게 마련이다. 묘인들은 내가 단지 외국인이라는 이유만으로 나를 두려워한다. 이는 분명 따시에의 나쁜 생각에서 비롯됐음을 나도 알고 있다. 따시에 한 놈을 징벌하기 위해 애꿎은 다른 묘인 무리에게 피해를 주는 것은 내 본의가 아니었다. 하지만 강한 분노가 모든 이해심을 잃게 했다. 나는 내가 무서운 인간이라는 걸 따시에에게 반드시 알려주고 싶었다. 그렇게 하지 않으면 다시는 이른 아침의 운동을 안정적으로 누릴 수 없게 될 것이다. 만약 묘인들도 이른 아침에 수영하러 온다면, 나도 할 말이 없다. 이 강은 나만의 것이 아니다. 하지만 한 사람이 헤엄치는 걸 수백 명이 구경하고 있고, 심지어 이를 빌미로 장사하는 자가 있다면 참을 수가 없다.

따시에를 붙잡아 따지고 싶진 않았다. 그는 내게 진실을 말하지 않으니까. 구경꾼 하나를 붙들고 분명하게 물어보아야 했다. 우선 의심을 피하기 위해 그들을 등지고 천천히 강기슭 쪽으로 뒷걸음질 쳤다. 강기슭에 다다르면 1백 야드를 달려가 미처 대비하지 못하고 있던 묘인 하나를 잡으려는 거였다.

강가에 도착해 얼굴을 돌리자, 돼지 잡는 소리보다도

귀에 거슬리는, 처절한 외침이 들렸다. 나는 1백 야드 뜀박질을 시작했다. 별안간 눈앞에서 지진이 일어난 것만 같았다. 묘인들은 제각각 도망치는가 하면 다시 한 곳으로 모여들었다. 뛰는 놈, 넘어지는 놈, 뛰는 걸 잊어버린 놈, 쓰러졌다가 기어가는 놈 등으로 뒤범벅이었다. 시선을 옮기는 쪽마다 죄다 도망가버렸고, 마치 바람이 불어 낙엽을 죄다 날려버린 것만 같았다. 이쪽에 조금, 저쪽에 조금, 동쪽에 하나, 서쪽에 둘이, 한편으로는 뛰고 한편으로는 소리를 질렀다. 하나같이 넋이 나간 것 같았다. 내가 1백 야드를 다 뛰어갔을 때 땅 위에는 몇몇만이 누워 있었다. 한 놈을 잡았다. 그런데 눈이 감겨 있고 숨도 쉬지 않았다! 나는 사고를 자초했다는 두려움으로 후회가 됐다. 이렇게 스스로의 우월함을 이용해 사람을 죽게 해서는 안 되는 거였다. 하지만 난 가만히 있지 않았다. 나도 모르게 또 다른 놈을 붙잡았는데, 아직 죽진 않았지만 다리를 다친 상태였다. 나중에 나는 스스로에 대해 정말 놀랐다. 분명히 묘인이 다리 다친 걸 봤는데도 그를 붙잡고 심문했던 것이다. 이미 놀라서 죽은 한 명을 봤는데도 다시 반사 상태의 다른 한 명을 붙잡다니. 만약 이것을 '나도 모르게' 용서한다면, 인간이 원래부터 선하다는 말은 성립될 수 없다.

반사 상태에 빠진 묘인이 외국인을 향해 이야기를 꺼낸다는 것은 세상에서 가장 어려운 일이다. 그에게 말을 시키는 것은 살인과 같다는 걸 나도 알고 있다. 그도 곧 죽고 말 것이다. 불쌍한 묘인 같으니! 나는 그를 풀어주었다. 주위를 둘러보니 쓰러진 묘인 몇은 다친 상태였는데, 모두가 빠르게

땅에서 기고 있었다. 하지만 나는 쫓지 않았다. 두 명은 더 이상 움직이지 않았다.

나는 위험을 두려워하지 않는다. 하지만 이건 확실히 화를 초래했다. 묘인의 법률에서 이상한 점이 뭔지 아는가? 사람을 겁에 질려 죽게 만드는 것과 살인은 설사 법률적으로는 다를지라도 양심적으로는 다를 바 없다는 것이다. 아무 생각도 떠오르지 않았다. 따시에를 찾아가 결자해지를 시도하면, 그에겐 분명 해결책이 있을 것이다. 하지만 따시에는 결코 진실을 말해주지 않을 거다. 그에게 도움을 청하려면 그가 나를 찾아오길 기다려야 한다. 가령 내가 이 기회를 틈타 우주선을 찾아내고 죽은 내 친구의 시신을 찾아볼 수 있다면, 따시에의 미혹나무 숲은 위험해질지도 모른다. 그러면 그는 반드시 나를 찾으러 올 것이다. 그때 심문해도 그가 진실을 말하지 않으면 나는 돌아가지 않을 것이다! 협박이라고? 그럴지도. 하지만 신용을 지키지 않고 거짓말을 수치스럽게 여기지 않는 자에게 다른 무슨 좋은 방법이 있겠는가?

권총을 잘 챙기고서 나는 고개를 숙인 채 강기슭을 따라 걸어갔다. 태양은 무척이나 뜨거웠고, 나는 그 빌어먹을 미혹나무 잎의 결핍을 느꼈다. 그게 없으면 나는 태양빛과 이 강의 안개를 견딜 수가 없다.

묘국에는 훌륭한 성인 따위가 없다. 나는 그저 묘인들을 저주함으로써 내게 덧씌워진 불명예를 씻어낼 수밖에 없었다. 갑자기 나는 죽은 묘인 둘에게 돌아가 손안에 미혹나무 잎이

있는지 봐야겠다는 생각이 들었다. 물론 미혹나무 숲에 들어가 나뭇가지를 꺾어도 나를 가로막을 자는 없을 것이다. 하지만 거기까지 가는 건 귀찮다! 역시나 죽은 묘인들은 손에 미혹나무 잎을 쥐고 있었다. 한 조각은 이미 반쯤 물어뜯은 상태였다. 나는 그것을 전부 빼앗아버렸다. 한 조각 뜯어먹고는 강기슭을 따라 내려갔다.

한참을 걸었더니 짙은 회색의 작은 언덕이 보였다. 나는 거기서 우주선이 추락한 지점이 멀지 않다는 걸 알았다. 하지만 그곳이 강기슭에서 몇 리나 떨어졌는지, 강의 어느 쪽에 위치한 것인지 알 수 없었다. 너무나도 더운 나머지 미혹나무 잎 두 조각을 다시 베어 먹었는데도 시원해지지 않았다. 나무가 없어서 쉴 수 있을 만한 그늘지고 서늘한 곳을 찾을 수가 없었다. 계속 가기로 결정했다. 지금은 그 우주선을 찾지 않으면 안 되니까.

그때였다. 뒤에서 고함치는 소리가 들렸는데, 따시에의 목소리였다. 나는 아랑곳 않고 앞으로 걸어갔다. 달리기 솜씨는 그가 나보다 뛰어났기에 금방 따라잡혔다. 나는 그의 머리통을 붙잡고 진실을 털어놓으라고 말하고 싶었지만, 그의 모습을 보고 나니 손대기가 미안했다. 통통한 입은 부어올라 있었고, 머리통은 찢어져 있었다. 몸에는 긁힌 상처들이 여럿 있었고, 온몸이 물에 젖어 있었다. 가는 털은 죄다 살에 붙어 있었는데, 영락없는 생쥐 같았다. 내가 묘인들을 놀라게 한 탓에 그가 구타를 당했다. 묘인들은 외국인들을 업신여기지는 못했지만, 자신들끼리는 용감하고 전투적이었다. 그들 중 누가

옳고 그른가는 나와 상관없었지만, 얻어맞아서 다친 따시에에 대해서는 동정심이 일었다. 따시에는 몇 차례 입을 뻥긋하다가 간신히 말했다. "빨리 돌아가자! 미혹나무 숲을 빼앗겼어!"

웃음이 나왔다. 그 한 마디로 동정심은 남김없이 사그라들었다. 만약 그가 구타를 당한 것에 대해 복수를 해달라고 요청했다면, 비록 좋은 일이 아니긴 하지만, 중국인의 심리로 볼 때 나는 반드시 그를 따라갔을 것이다. 한데 미혹나무 숲이 빼앗겼다고 하면, 대체 누가 이 자본가의 앞잡이가 되려 하겠는가! 빼앗길 테면 빼앗기라지. 그게 나랑 무슨 상관인가. "빨리 돌아가자! 미혹나무 숲을 빼앗겼다고!" 따시에는 눈알이 거의 튀어나올 것만 같았다. 마치 미혹나무 숲이 그의 전부이고, 자신의 운명이란 한 푼의 가치도 없는 것 같았다.

"우선 아침 사건에 대해 이야기해 주면 당신과 돌아가도록 하죠." 내가 말했다.

따시에는 화가 난 나머지 거의 죽을 지경이었다. 목을 빼며 숨을 크게 삼키고 다시 외쳤다. "미혹나무 숲을 빼앗겼다고!" 그에게 용기가 있다면 필시 나를 바로 목 졸라 죽였을 것이다. 하지만 나도 생각을 굳혔다. 그가 진실을 말하지 않는 한 움직이지 않을 거라고.

역시 결과는 각자 절반씩 원하는 바를 이루는 것으로 끝났다. 당장 그와 돌아가되, 가는 길에 그가 모든 걸 말해주기로 했다.

따시에는 진상을 설명해 줬다. 그 구경꾼들은 그가 도시에서 데려온 이들로, 상류 사회의 묘인들이었다. 물론

상류층 묘인들은 그리 일찍 기상하지 못한다. 하지만 목욕하는 걸 본다는 것은 매우 희귀한 일이었고, 하물며 따시에가 가장 비옥한 미혹나무 잎을 공급하겠다고 약속한 것이다. 모두가 그에게 참관비로 열 개씩의 국혼(国魂)[1]을 주었고, 비옥하고 즙이 많은 두 장의 미혹나무 잎이 참관비에 포함되었다.

'이 자식! 나를 사유재산으로 보고 그렇게 진열했었다니!'하는 생각이 들었지만, 따시에는 내가 화내기 전에 완곡하게 해명했다. "그러니까 국혼은 국혼일 뿐이야. 다른 사람들의 국혼을 자신의 수중에 넣는 건 고상한 행위지! 비록 너랑 협의한 적은 없지만 말야." 그는 재빠르게 걸으면서도 자세하고 완곡한 진술을 계속 이어갔다.

"하지만 나는 이런 고상한 행위에 대해 네가 꼭 반대할 거라곤 생각하지 않아. 너는 평소대로 목욕을 하고, 나는 그걸 빌어 약간의 국혼을 벌 수 있고, 그들은 새로운 걸 볼 수 있으니까 다들 얻는 게 있는 셈이지. 그러니까 유익한 일 아니겠어?"

"그럼 그 놀라서 죽은 이들은 누가 책임지는 거죠?"

내가 되묻자 따시에가 숨을 돌리며 말했다. "놀라서 죽게 만든 건 너잖아. 별일 아냐. 만약 내가 누군가를 때려 죽였다면 미혹나무 잎을 몇 장 내야 돼. 미혹나무 잎이 전부지. 하지만 법률은 돌판 위에 몇 줄의 글을 새긴 것에

---

1. 묘국의 화폐 이름.

불과하잖아. 미혹나무 잎이 있으면 누군가를 때려죽이는 건 별일 아니야. 네가 누굴 때려죽인다 해도 아무도 신경 쓰지 않아. 묘국의 법률은 외국인에 대해 간섭할 수 없거든. 게다가 미혹나무 잎 한 장도 낼 필요가 없지. 내가 외국인이 아니란 게 원망스러워. 네가 만약 시골에서 누군가를 때려죽였다면 거기 내버려두고 신경 쓰지 않아도 돼. 흰꼬리독수리에게 간식을 좀 나눠주는 거지. 만약 도시 안에서 누군갈 때려죽인다면 그저 법원에 가서 한마디로 보고하기만 하면 돼. 그럼 법관도 아주 공손하게 네게 감사를 표하겠지." 따시에는 내가 무척 부러운 나머지 눈물마저 고인 것 같았다. 내 눈에서도 눈물이 흘렀다. 불쌍한 묘인들 같으니. 생명은 어디에 있는가? 공리란 또 어디에 있는가?

"죽은 그 둘도 권력이 있는 묘인들일 텐데. 그들의 가족이 당신에게 소란을 피우지는 않나요?"

"물론 소란을 피웠지. 미혹나무 잎을 빼앗아간 게 바로 그들인 걸. 빨리 가자! 그들은 오래전부터 누군가를 보내 네 행적을 감시하고 있었어. 네가 미혹나무 숲에서 멀어지기만 하면 그들은 또 빼앗아갈 거야. 자기 쪽이 죽었으니 보복으로 내 미혹나무 잎을 뺏어가려 하겠지. 빨리 가자고!"

"묘인과 미혹나무 잎의 가치가 완전히 같은 겁니까?"

"죽은 건 이미 죽은 거고, 살아 있는 자는 어쨌든 미혹나무 잎을 먹어야 하니까! 빨리 가자고!"

어쩌면 내가 묘인으로부터 전염됐기 때문인지, 아니면 그의 말이 마음을 움직였기 때문인지, 기필코 그와 함께

국혼을 얻어내야겠다는 생각이 들었다. 만일 언젠가 내가 따시에—우리 둘은 친한 친구는 아니다—를 떠난다면 나는 뭘로 먹고 살아야 할까? 그는 내가 목욕하는 걸 구경할 묘인들을 불러 모아 돈을 벌었고, 나에게는 이윤을 나눠 가질 권리가 있다. 만약 이와 같은 환경이 아니었다면 내가 자연스럽게 이런 생각에 다다르지는 못했을 것이다. 하지만 이왕 이런 환경에 놓인 바에야, 준비하지 않을 수 없다. 죽은 건 이미 죽은 거고, 살아 있는 자는 어쨌든 미혹나무 잎을 먹어야 하니까. 일리 있는 소리다.

나는 미혹나무 숲으로부터 멀지 않은 곳에 서 있었다. "따시에, 당신은 지난 이틀의 시간 동안 모두 합쳐 얼마를 벌었소?"

따시에는 어리둥절해져 눈을 동그랗게 떴다. "50국혼을 벌었지. 그리고 위조 국혼 두 개도. 빨리 가자니까!"

나는 뒤로 돌아서 걸어가기 시작했다. 그가 쫓아오며 말했다. "1백은 어때, 1백!" 나는 계속 걸어갔다. 그는 계속 액수를 덧붙이다가 이내 1천까지 불렀다. 나는 지난 이틀 동안 구경한 자들이 모두 몇 백이므로 절대 1천만큼만 벌지는 않았으리란 걸 알고 있었다. 하지만 그렇게 큰 노력을 들여 이런 농간을 부릴 자가 누가 있겠는가? "좋소, 따시에. 나한테 5백을 나눠주시오. 그렇지 않으면 우리는 여기까지요!" 따시에는 틀림없이 알고 있었다. 나와 의견충돌로 시간을 보낼수록 그는 시시각각 더 많은 미혹나무 잎을 잃어버리게 된다는 것을. 그는 눈물을 흘리며 대답했다. "좋아!"

"다음번에 또 나한테 알려주지 않고 돈을 불리는 일이 벌어지면, 당신의 미혹나무 숲에 불을 질러버릴 거요." 나는 성냥갑을 꺼내어 그었다!

그는 알겠노라고 했다.

미혹나무 숲에 다다르자 한 놈도 보이지 않았다. 우리가 막 도착하기 전 즈음, 일찌감치 탐색 보고를 받고는 죄다 도망가버렸다. 미혹나무 숲 바깥쪽에 있던 20~30그루의 나무는 이미 다 없어진 후였다. 따시에는 괴성을 지르며 나무 밑에 쓰러졌다.

九

미혹나무 숲

미혹나무 숲은 참 아름다웠다. 어느덧 잎은 손바닥보다 조금 더 커지고, 두꺼워졌으며, 색깔도 짙어졌다. 잎 가장자리는 금홍빛 테두리를 둘렀다. 비옥하고 아름다운 잎에 얼룩이 생기자 마치 각양각색의 꽃처럼 보였다. 은회색 하늘을 투과한 햇빛은 이 꽃잎들의 색깔을 더욱 짙고 아름답게 했다. 눈을 부시게 하는 화려함은 없지만 보면 볼수록 더 보고 싶어졌고, 보면 볼수록 마음이 편안해졌다. 마치 세월에 따라 종이는 광택은 잃어도 색깔은 여전히 선명한, 한 장의 오래된 그림 같았다.

미혹나무 숲 바깥에는 하루 종일 수많은 구경꾼들이 서 있었다. 아니, 구경하는 게 아니었다. 다들 눈을 감고 있었기 때문이다. 코를 멀리 내밀어 잎사귀의 짙은 냄새를 맡고 있었다. 벌어진 입에서 흘러내리는 침이 못해도 두 척은 되었다. 약간의 바람만 불어와도 모두가 가만히 있었다. 목을 내밀어 그 바람을 좇으며, 바람에 섞인 향기를 들이마시기 위해서. 마치 비 온 뒤 달팽이가 가벼이 목운동을 하는 것 같았다. 간혹 잘 익은 큰 잎사귀가 떨어졌다. 비록 다들 눈을 감고 있었지만

코로 냄새를 맡을 수 있었고, 잎 하나가 땅에 떨어지는 작은 소리만 듣고도 눈을 활짝 뜰 수 있었다. 하지만 따시에는 항상 그들이 그 보물을 주우러 오기 전에 들이닥쳐 그것을 뭉텅이로 주워 담는다. 사방에서 원귀와 같은 탄식이 들려온다.

따시에는 5백 명의 군사를 배치해 미혹나무 숲을 보호했다. 하지만 병사들은 모두 2리 밖에 주둔하고 있었다. 그들이 만약 미혹나무 숲 가까운 곳에 있으면, 그들부터가 도둑질에 나설지 모르기 때문이다. 그러나 그들을 부르지 않을 도리가 없었다. 묘국의 풍습에서는 미혹나무 잎을 수확하는 게 가장 중요한 일이라서, 반드시 병력을 옮겨 보호해야 했다. 병사들이 누군가를 대신해 뭔가를 보호할 위인이 아니라는 것은 모두가 알고 있는 사실이다. 한데 병사들을 불러 보호책임을 지도록 하고서 외국인이 보호를 하는 것은 그들을 대놓고 모욕하는 것이다. 물론 따시에는 고귀한 인사라 당연히 남의 지탄을 받지 않는다. 그래서 병력 이동은 시키면서도 그들을 2리 밖에 배치함으로써 군의 식탐과 자중지란을 피하려 한 것이다. 바람이 조금 세져 병영 쪽으로 불어오자, 따시에는 병사들에게 반리에서 1리 정도 후퇴하라고 명령했다. 병사들이 바람에 실린 냄새를 좇아 들어와 깡그리 약탈하는 것을 피하기 위해서였다. 병사들이 그의 말에 복종하는 유일한 이유는 내가 그곳에 있기 때문이었다. 내가 없었더라면 병사들은 진작에 반란을 일으켰을 것이다. “외국인이 기침 한 번을 하면, 5백 명의 병사들이 놀란다”는 속담도 있었다.

5백 명의 병사들 이외에 진짜로 미혹나무 숲을 보호하고자 하는 것은 따시에와 스무 명의 가장들이었다. 이 스무 명은 다들 대의명분을 잘 알고 있었고, 믿음직스럽고 충성스러웠다. 하지만 흥분하게 되면 따시에를 묶어버리고 미혹나무 숲을 빼앗아가버릴지도 모른다. 역시나 내가 그곳에 있었기 때문에 그들은 감히 흥분할 수 없었고, 그래서 충심과 신뢰를 지킬 수 있었다.

따시에는 바빠 죽을 지경이었다. 가장들이 미혹나무 잎 한 조각도 먹지 못하도록 지켜봐야 했고, 바람의 방향에 따라 퇴군을 명령해야 했다. 숲 바깥에서 구경하는 이들을 감시하면서 잎사귀 반쪽이라도 지켜야 했다. 그는 서른 조각의 미혹나무 잎을 단숨에 먹은 상태였다. 혹자에 따르면 한번에 미혹나무 잎 마흔 개를 먹으면 사흘 동안 잠을 못 이룬다고 한다. 그리고 네 번째 날이 되면 까무러쳐 죽어버린단다. 미혹나무 잎이라는 이 물건은 적게 먹으면 정신이 바짝 들고 일을 하기 싫어지고, 많이 먹으면 일을 할 수 있지만 얼마 지나지 않아 목숨을 잃는다. 따시에는 방법이 없었다. 미혹나무 잎을 많이 먹으면 죽게 될 게 분명했지만, 죽기 두렵다는 이유로 적게 먹을 수는 없었다. 비록 그는 죽는 게 무서웠지만 말이다. 불쌍한 따시에!

한편 나의 저녁 식사량은 줄어들었다. 저녁을 적게 먹으면 밤에 좀 더 깨어 있을 수 있기 때문이다. 따시에는 묘인을 대하는 방식으로 나를 대했다. 이 미혹나무 숲은 오직 나 한 사람의 보호에 의지하고 있었기 때문에, 나는 밤에도

경각심을 가져야 했던 것이다. 높은 공로가 있는 사람에게 보상이 내려진다는 게 묘인들의 논리이기도 했다. 나는 밥과 식기를 죄다 바닥에 떨어뜨려버렸다. 이튿날이 되자 내 음식은 평소대로 그득하게 채워졌다. 비록 기분이 썩 좋지는 않았지만, 이제 묘인들을 어떻게 상대해야 하는지 알게 된 셈이다.

하루 내내 잔잔한 바람이 불었다. 그런 건 처음이었다. 처음 여기 왔을 때는 바람이 조금도 불지 않았다. 미혹나무 잎이 붉게 변했을 때 이따금 가벼운 바람을 맞닥뜨리긴 했지만, 온종일 계속해서 부는 바람은 이번이 처음이었다. 미혹나무 잎이 갖가지 색을 띠고 산들산들 흔들리니 참 보기 좋았다. 따시에와 가장들은 미혹나무 숲 중심에다 하룻밤 만에 커다란 나무 골조를 만들었는데, 적어도 네다섯 장은 되는 높이였다. 나 때문에 준비한 것이었다. 이번 바람은 묘국에서는 유명한 미혹풍이다. 미혹풍이 분다는 건 계절이 변했다는 뜻이다. 묘국의 계절은 딱 둘 뿐인데, 상반기는 고요한 계절로 바람이 불지 않는다. 하반기는 흔들리는 계절로, 바람도 불고 비도 온다.

아침 꿈결 작은 굴 밖에서 나는 소리를 들었다. 밖으로 기어나오니 따시에가 앞에 있었다. 그 뒤에는 스무 명의 가장들이 한 줄로 서 있었다. 따시에의 귀에는 독수리 꼬리 깃털이 걸려 있었고, 손에는 긴 나무막대가 쥐어져 있었다. 가장들도 손에 뭔가를 들고 있었는데, 악기 같았다. 내가 나오는 걸 보자 따시에는 지휘봉을 땅에 꽂았고, 가장들은 일제히 악기를 들어올렸다. 지휘봉이 공중에서 흔들리자

악기가 울렸다. 어떤 것은 입으로 불고 어떤 것은 두드렸다. 스무 가지 악기들은 각각 다른 소리를 냈는데, 관악기는 어떤 악기와도 조화를 이루지 못하는 경향이 있었고, 날카로운 것이든 굵직한 것이든 하나같이 듣기 좋지 않은 소리였다. 게다가 모든 음을 길게 늘어뜨렸는데, 가장들은 눈동자가 거의 튀어나올 정도로 연주한 후에야 비로소 숨을 돌렸다. 그러고 나면 몸을 앞뒤로 몇 번씩 굽히며 다시 불다가 거의 숨이 멎을 지경이 되어서야 멈추었다. 어떤 둘은 바닥에 쓰러질 정도로 숨을 참으며 계속해서 악기를 불었다. 묘인들의 나라에서는 소리가 길고 큰 음악을 중시한다. 타악기는 죄다 딱따기(梆子)[1] 같은 나무 악기였는데, 리듬도 맞추지 않고, 쉬지 않고 힘껏 쳐댔다. 관악기 소리가 날카로울수록 타악기 소리도 더 거세졌다. 마치 악기를 불다가 목숨을 잃는 것을 가장 통쾌하고도 영광스러운 일로 여기는 것 같았다. 이렇게 세 차례 연주가 이루어지자 따시에는 지휘봉을 휘둘렀고, 음악은 멈추었다. 스무 명의 가장들은 모두 땅바닥에 주저앉아 숨을 헐떡였다.

따시에는 귀에 걸고 있던 깃털을 빼고는 나를 향해 매우 공손하게 걸어와 말했다. "시간이 다 됐는데 말이오. 당신이 올라가서 천지신명을 대신해 미혹나무 잎 수확을 감시해 줬으면 하오만." 나는 그 음악에 의해 최면이 걸려 있었던 것 같다. 아니, 더 정확하게 말하자면 현기증이 날

1. 길이가 서로 다른 두 개의 대추나무 토막으로 만든 타악기의 일종.

정도였다. 마음속에선 웃고 있었지만 나도 모르게 따시에를 따라가고 있었다. 그는 깃털을 내 귀에 끼워주고 앞쪽에서 길을 안내했다. 그를 따라가는 길에 스무 명의 음악가들도 함께 따라왔다. 미혹나무 숲 한복판에 있는 높은 골조에 다다르자 따시에는 그 위로 기어올라갔다. 잠시 하늘을 향해 기도하자, 아래쪽에서는 연주가 다시 시작됐다. 따시에가 내려와 내게 올라가달라고 요청했다. 나는 마치 내가 성인이라는 걸 잊어버린 듯, 장난감에 홀린 어린아이나 노는 데 정신이 팔린 원숭이처럼 기어올라갔다. 따시에는 내가 가장 높은 곳까지 올라가는 걸 보고는, 나무막대로 된 지휘봉을 휘둘렀다. 스무 명의 음악가들은 사방으로 흩어지더니 숲 주위에 상당한 거리를 두고 서서 얼굴을 나무로 향했다. 따시에는 달려갔다. 한참 지나 그는 적지 않은 병사를 데리고 왔다. 그들은 모두 나무막대를 들고 있었고, 귀에는 새털을 꽂고 있었다. 숲 외곽에 다다르자 부대는 걸음을 멈추었다. 따시에가 높은 골조 위를 가리키자, 병사들은 나를 향해 경배하듯 나무막대를 들어올렸다. 그제야 알게 됐다. 그러니까 나는 높은 골조 위에서 신을 대리하는 것이었고, 따시에를 대신하여—틀림없이 그는 신이 총애하는 귀인이었다—미혹나무 잎을 보호하는 거였다. 병사들은 잎을 수확할 때 몰래 숨겨두거나 한 조각씩 먹는다. 그럴 경우 따시에는 그들에게 손을 뻗어 벼락을 내릴

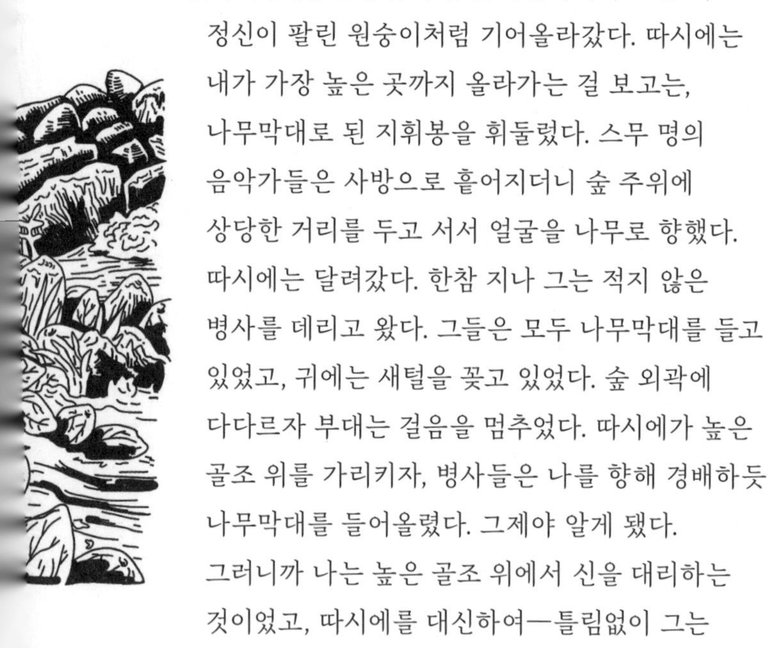

것이라 경고했다. 그 벼락은 바로 나의 '예술'이었다. 스무 명의 음악가들은 사실 감시원이었는데, 누군가 악기를 연주해 신호를 보내면, 따시에가 바로 내게 천둥을 내려달라고 청했다.

신에게 예를 다한 후, 따시에는 병사들에게 2인 1조로 흩어지라고 명령했다. 하나는 나무로 올라가 잎을 따고, 다른 하나는 아래쪽에서 기다리며 떨어지는 잎을 줍게 했다. 나와 가까이 있는 나무들은 아무도 건드리지 않았다. 따시에가 그렇게 명령했기 때문이다. 따시에는 이 나무들이 신의 대리자로부터 너무 가까운데, 대리자의 코에서 나온 숨에 한번 닿기만 해도 맥이 풀려 땅에 쓰러지고 평생 다시는 일어날 수 없기 때문에 반드시 자신이 직접 따야 한다고 설명했다. 고양이 병사들은 마치 따시에의 최면에 걸린 듯 다들 일사분란하게 분업했다. 따시에는 얼룩이 있는 고급 미혹나무 잎을 한꺼번에 서른 개 정도 더 먹었다. 그러면서 그는 왔다 갔다 순시를 돌며 병사들의 머리를 향해 나무막대를 휘두를 준비를 했다. 듣자 하니 미혹나무 잎을 수확할 때마다 매번 지주들은 반드시 병사 한둘쯤은 때려죽인다고 한다. 죽은 고양이 병사는 나무 아래에 묻어두는데, 그러면 이듬해 풍작이 든다. 때때로 지주들이 신의 대리인 노릇을 할 외국인을 준비해 두지 못하면 병사들이 지주를 나무 아래에 묻어버리기도 한다. 나뭇잎은 빼앗고, 나무는 뽑아서 전부 무기로 만들어버린다. 그게 바로 나무막대다. 이런 무기를 쓰는 것이 묘인들에게는 가장 무시무시한 군대처럼 보인다.

나는 마치 앵무새처럼 골조 위에서 몸을 구부리고

있었다. 아무래도 웃지 않을 수 없는 일이었다. 대체 난 뭘 하고 있는 걸까? 하지만 묘국의 풍속을 파괴하고 싶지는 않았다. 나는 그들의 모든 걸 보기 위해 올라왔기에 일종의 쇼맨십을 보이지 않을 수 없었고, 그들의 일원이 되어야 했다. 그러니 그들의 행위가 얼마나 우스운지는 아무런 상관이 없었다. 다행히도 바람이 약간 불어 엄청나게 덥지는 않았다. 게다가 내가 직접 짠, 식사를 덮는 밀짚 뚜껑을 따시에에게 가져다 달라고 하여 잠시 그걸 밀짚모자로 썼다. 덕분에 뙤약볕에 기절할 정도가 되지는 않았다.

만약 고양이 병사들에게 나무막대와 귀에 거는 깃털이 없었더라면, 그들과 보통의 묘인들 사이엔 조금의 차이도 없을 거다. 이 나무막대와 깃털은 그들을 평범한 묘인들에 비해 우월하게 했다. 하지만 따시에의 최면에 걸렸을 때는 보통 묘인들에 비해 더 고통받아야 했다. 오래 지나지 않아 본래 미혹나무 잎으로 가려져 있었던 위쪽 나무줄기를 볼 수 있게 되었다. 마치 잠에서 깨어난 누에가 뽕잎을 먹어 치운 것 같았다. 다시 얼마간의 시간이 지난 후, 병사들은 죄다 나무 꼭대기에 있었다. 나에게서 조금은 떨어져 있었는데, 한 손으로는 잎을 따고 다른 한 손으로는 눈을 가렸다. 아마도 나를 쳐다보았다가 해코지를 당할까 봐 겁내는 것 같았다.

본래 묘인들이 꼭 그렇게 일을 못하지는 않을 거라는 생각이 들었다. 만약 좋은 리더가 있어서 미혹나무 잎을 먹는 걸 금지시킨다면, 이들 무리 역시 꽤나 쓸모 있는 존재가 될 거다. 만약 내가 따시에를 쫓아내 그 대신 지주가 되고 군관이

된다면 어떨까? 물론 이는 단지 공상일 뿐이다. 나는 감히 어떤 결정도 내릴 수가 없다. 여전히 나는 묘인들에 대해 깊이 알지 못한다. 이런 생각을 하고 있는데, (이제 잎사귀가 듬성해져서 아래쪽이 잘 보였다) 따시에의 몽둥이가 한 고양이 병사의 머리를 향했다. 내가 아래로 뛰어내리더라도 부상을 입지는 않겠지만 그의 몽둥이를 제지할 수는 없을 것이었다. 하지만 나는 반드시 뛰어내려야 했다. 내 눈에 따시에는 병사들보다 훨씬 나쁜 놈이다. 그러니 그 병사를 구하지 못하더라도 따시에에게 뭔가 해야만 했다. 나는 땅에서 두 척 남짓한 높이에서 뛰어내려 달려갔다. 병사는 이미 쓰러져 있었고, 따시에는 그를 땅에 묻으라고 명령 내렸다. 주위 사람들의 심리를 깊게 이해하지 못하는 사람은 왕왕 선의로 인해 타인에게 해를 끼친다. 고양이 병사들은 내가 땅으로 뛰어내린 것이 벼락을 내리치기 위한 것이라 여겼다. 내가 뛰어내리자 사방에서 수많은 병사들이 놀라서 비명을 지르며 나무 아래로 쿵 쿵 떨어졌다. 나는 그들을 볼 겨를이 없었고, 한 손으로 따시에를 붙잡았다. 그 역시 내가 병사를 벌주는 자신을 도와주러 온 거라고 생각했다. 내가 이른 아침부터 곳곳에서 그에게 순종했으니 그는 당연히 내가 완전히 자신의 끄나풀이 됐다고 생각한 것이다. 나에게 붙잡히자 그는 도무지 영문을 알 수 없었다. 아마도 병사를 때려죽인 게 잘못된 일이라는 생각은 전혀 하지 못했을 것이다. 나는 따시에에게 물었다.
"대체 왜 그를 때려죽인 거죠?"

"왜냐고? 그 병사 놈이 나무줄기 하나를 훔쳐 먹었거든."

"나무줄기 하나 먹었다고 죽이다니……" 나는 더 이상 말을 잇지 않았다. 또다시 내가 묘인들 속에 있다는 걸 잊은 것이다. 이들과 이치를 따지는 게 무슨 소용이겠는가! 나는 주위의 병사들에게 말했다. "그를 묶어라." 다들 서로를 쳐다보았다. 내 말의 의미를 이해하지 못한 것 같았다. "따시에를 묶으라고!" 나는 더 분명하게 말했다. 여전히 아무도 앞으로 나서지 않았다. 싸늘한 기분이 들었다. 만약 내가 실로 이런 방식으로 병사들을 지휘한다면 아마도 나는 영원히 그들이 내 말을 알아먹게 할 수 없을 것이다. 그들이 감히 앞으로 나서지 않은 것이 꼭 따시에를 아끼고 보호해 주고 싶어서는 아니었다. 그저 내 의도를 완전히 이해하지 못해서였다. 죽은 병사를 위해 복수를 한다는 것은 그들에게는 상상도 할 수 없는 일이었기 때문이다. 어려운 상황이었다. 내가 만약 따시에를 풀어준다면 병사들은 반드시 나를 무시할 것이다. 내가 그를 죽여버린다면, 이후에 내가 이용할 수 있는 부분은 얼마나 남을까. 그가 얼마나 나쁜 놈이건 간에 내가 화성—최소한 묘국에 국한하더라도—에 머무르며 살펴보는 데 있어서는 분명 그가 이 병사들보다 유용할 것이다. 나는 침착한 척 따시에에게 물었다. "나무에 묶인 채로 병사들이 미혹나무 잎을 전부 훔쳐 가는 걸 보고 싶소? 아니면 벌을 달게 받겠소?"

병사들은 잎을 훔쳐 가게 하겠다는 내 말을 듣자마자 전부 정신을 차렸다. 이들이 움직이자 나는 한 손으로 따시에를 붙잡고 있는 상태에서 한 발로 둘을 걷어차

넘어뜨렸다. 그러자 다시 모두가 멈추었다. 따시에의 눈은 이미 일자로 감겼다. 마음속으로 얼마나 나를 원망하는지 알 것 같았다. 나를 신의 대리인으로 데려왔는데, 도리어 병사들에게 그를 징벌하라 했으니 말이다. 난감한 점은 그가 잎사귀 한 장과 줄기 때문에 병사를 죽인 것을 결코 잘못이라 여기지 않는다는 사실이다. 하지만 그는 나와 대결하지 않기로 결심하고, 벌을 받아들이기로 했다.

미혹나무 잎을 수확하면 병사들에게 보수 같은 걸 주냐고 따시에에게 물었다. 그는 묘인 하나당 두 장의 작은 잎을 준다고 했다. 바로 이때, 주위에 있던 병사들의 귀가 머리 위에 쫑긋 섰다. 아마도 내가 따시에더러 그들에게 미혹나무 잎을 좀 더 많이 주라고 하리라 짐작한 모양이었다. 나는 따시에에게 수확을 끝낸 후에 그들에게 밥을 한 끼 주라고 했다. 마치 내가 매일 저녁 식사를 먹은 것처럼 말이다. 병사들의 귀는 다시 아래로 내려갔고, 목구멍에서 작은 소리가 났다. 마치 무언가 먹은 게 목에 멘 것 같았는데, 내 방식이 마음에 들지 않는 눈치였다. 나는 따시에에게 죽은 병사의 집안에 국혼 1백 개를 배상하라고 했다. 따시에는 이 역시 받아들였다. 그런데 그의 가족들이 어디에 있는지 한참 동안 물었지만, 아무도 말하는 자가 없었다. 묘인들은 다른 이가 이득을 얻는 일에 대해서는, 그저 한 마디라도 보태 돕는 습관조차 없었다. 이는 내가 묘국에 몇 달 더 거주한 뒤에야 비로소 알게 된 사실이다. 이렇게 해서 따시에는 국혼 1백 개를 절약할 수 있었다.

약탈

미혹나무 잎을 다 수확하고 나니 매일 바람이 약하게 불고, 온도는 십여 도 가량 내려갔다. 잿빛 하늘에는 때때로 검은 구름이 떠다녔지만 비는 내리지 않았다. 움직이는 계절이 시작되면 지주들은 미혹나무 잎을 도시로 가져갔다. 따시에는 비록 속으로는 나를 못마땅하게 생각했지만 불가피하게도 친밀함과 선의를 가장해야 했다. 나의 마음을 사 도시로 데려가야 했기 때문이다. 내가 없다면 그는 절대 평화롭고 안전하게 도시까지 갈 수 없었다. 미혹나무 잎을 보호해야 했고, 자신의 목숨을 잃어버릴 수도 있었다.

미혹나무 잎을 햇볕에 말리고 나니 큰 보따리가 되었다. 병정 둘이 한 조가 되어 보따리를 하나씩 옮겼다. 둘이서 번갈아 보따리를 머리에 이고 갔다. 따시에는 앞쪽에 있었는데 네 명의 병정들이 그를 떠받들었다. 그의 등이 네 고양이들의 머리 위에 반듯하게 올려져 있었다. 그리고 키가 큰 다른 두 병사들은 그의 발을 떠받치고, 또 한 명은 뒤에서 그의 목을 지탱하고 있었다. 이런 종류의 여행 방식은

묘국에서 가장 편안한 것은 아니었지만, 가장 체면을 차리는 것이었다. 스무 명의 가장들은 악기를 들고서 병정들의 좌우에 섰다. 병정들 중에서 규칙을 지키지 않는 자가 있다면, 가령 미혹나무 냄새를 맡으려고 잎사귀 보따리에다 구멍을 내기라도 하면, 악기 소리로 따시에에게 보고한다. 뭐든 묘국 안에 존재하려면 반드시 쓸모가 있어야 했는데, 음악도 마찬가지였다. 음악가들은 정탐하는 역할을 겸했다.

내 위치는 대오의 중간이었는데, 앞뒤를 보살필 수 있어서였다. 따시에는 나에게도 일곱 명을 준비해 주었지만, 나는 우대를 탐내지 않고 내 발로 걸어가길 원했다. 따시에는 고사를 인용해 설명했다. 황제에겐 그를 받드는 스물한 명이 있고, 제왕에게는 열다섯 명이, 그리고 귀인에게는 일곱 명이 있다고. 이는 고대로부터 이어져온 풍속이고 신분을 표시하는 것이니, 파괴할 수도, 해서도 안 된다고. 그래도 난 받아들이지 않았다. "귀인도 땅 위로 걷지요." 그러자 따시에는 속담을 인용했다. "선조들을 욕보이는 일"이라고. 나는 그에게 내 조상은 결코 이런 이유로 욕보지 않는다고 말해주었다. 그는 거의 울 것만 같다가 다시 서양의 시구를 인용했다. "고개를 들면 미혹나무 잎을 먹을 수 있고, 몸을 꼿꼿이 세우면 귀인이 될 수 있다고 했소."

"당신네 귀족들 꺼져버리쇼!" 나는 상응하는 시구가 떠오르지 않아서 그저 이렇게 무례하게 대답해버렸다. 따시에는 한숨을 내쉬었다. 마음속에선 분명 나를 엄청 저주하고 있겠지만, 입으로는 감히 내뱉지 않았다.

줄을 서는 데에만 두 시간이 넘게 걸렸다. 따시에는 누워 있다가 다시 내려오기를 일곱 차례나 반복했다. 병사들은 내내 일렬로 서 있지 않았다. 그들은 이제 내가 따시에를 전적으로 돕지 않는다는 것을 명확하게 알았을 것이다. 물론 따시에는 더 이상 나무막대로 고양이들의 머리를 때릴 수는 없었다. 그러다 보니 따시에가 아무리 욕을 퍼부어도 그들은 줄을 똑바로 서려 하지 않았다. 따시에는 포기하고, 앞으로만 가라고 명령했다. 대오가 아무리 어지러워도 신경 쓰지 않았다.

막 출발하려 할 때 하늘에서 몇 마리의 흰꼬리독수리가 날아왔다. 따시에는 다시 뛰어 내려와 명령했다. "바깥에서 독수리를 마주치는 건 불길한 일이니까 내일 다시 길을 떠납시다!" 나는 권총을 꺼내 들었다. "지금 가지 않으면 영원히 다시 갈 수 없을 거요!" 따시에의 얼굴은 새파랗게 질렸다. 몇 번 입을 벌리긴 했지만 더 말을 꺼내지 않았다. 그는 나와 논쟁하는 게 무익하다는 걸 알았고, 그러면서도 금기를 어겨 멀리 나가는 게 얼마나 위험한 일인지에 대해서도 알고 있었다. 그는 온몸을 부들부들 떨다 십여 분이 지나서야 다시 고양이들의 머리 위로 올라갔다. 부대는 간신히 앞으로 이동했다. 나로 인해 화가 나서 불안정하게 누워 있었던 것인지, 아니면 들고 있는 이들이 고의로 장난을 친 건지 모르겠는데, 얼마 가지 않아 따시에는 몇 번이나 아래로 떨어졌다. 한데 굴러떨어지려 할 때마다 곧장 다시 기어올라가는 식이었다. 따시에는 선조들로부터 내려온 풍속을 보존하는 것에 그토록 드높은 책임의식을 갖고 있었던 것이다.

길을 가는 중 나무껍질이나 돌, 깨진 담벼락같이 여백이 있는 곳이면 어디나 커다랗고 하얀 글씨가 쓰여 있었다. "따시에를 환영합니다", "따시에는 식량을 위해 최선을 다하는 위인이다!", "따시에의 병사들은 정의의 몽둥이를 고수한다", "따시에가 있어야 올해도 풍년"…… 알고 보니 모두 따시에가 미리 사람을 보내 자신이 지나갈 때 볼 수 있도록 써 놓게 한 것이다. 몇 개의 작은 마을들을 지나며 만난 묘인들은 전부 벽을 등지고 앉아 있었다. 그들의 눈앞으로 군대가 지나갔지만, 하나같이 눈을 감고 구경조차 하려 하지 않았다. 만약 그들이 병사들을 무서워한다면 왜 숨지 않는 것인지 알 수 없었다. 자세히 보니 본래 이들은 따시에를 환영하는 마을 사람들의 대표자였다. 그들의 머리 위 가느다란 회색 털에 희미한 글자가 적혀 있었는데, 머리 하나당 한 글자씩을 합치면 '따/시/에/환/영'이라는 문구가 되었다. 이 역시도 따시에가 미리 사람을 보내 써 놓은 것이었기 때문에, 흰색 글자는 이미 색이 빠져 선명하지 않았다. 그들은 모두 눈을 감고 있었지만, 따시에는 고개를 끄덕이며 그들에게 고맙다는 의미를 전했다. 이 마을들은

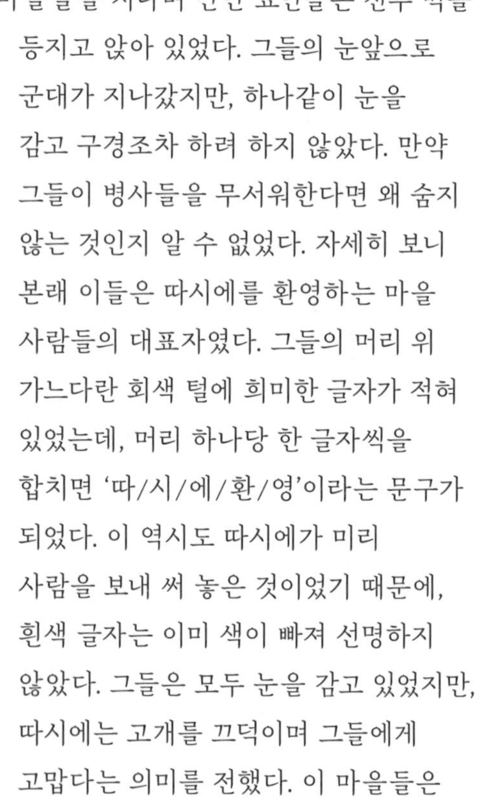

모두 따시에가 보호하는 곳들이었다. 마을의 너덜너덜하고 더러운 풍경과 마르고 지저분한 데다 정신이 온전치 못한 사람들의 모습을 볼 때, 보호자가 그들에게 아무런 보호도 제공하지 않는다는 것을 알 수 있었다. 나는 따시에를 더더욱 경멸하게 됐다.

만약 내가 혼자 걸어간다면, 대략 한나절이면 충분히 묘성에 다다를 수 있을 것이다. 고양이 병사들과 길을 걷는 것은 인내심을 기르기에 좋다. 묘인들은 원래 빨리 걸을 수 있다. 하지만 병사로 일하는 묘인들은 그럴 수가 없다. 출진할 때 빠르게 걸으면 스스로 죽음을 재촉하는 것이기 때문에 병사들은 하나같이 침착하고 느릿느릿한 것에 능하다. 천천히 싸움터로 나가면, 우연히 적과 마주쳤을 때 다시 빠르게 후퇴할 수 있기 때문이다.

오후 1시가 넘어 하늘에 검은 구름이 나타나긴 했지만 태양의 열기는 여전히 강력했다. 고양이 병사들은 입을 크게 벌렸고, 몸에는 잔털이 땀으로 달라붙어 있었다. 나는 이토록 볼썽사나운 군대를 본 적이 없었다. 멀리 미혹나무 숲이 하나 보였다. 따시에는 길을 돌아 숲을 뚫고 지나가라고 명령했다. 나는 그의 이런 명령이 병사들의 상태를 헤아려 숲 한가운데서 좀 쉬게 하려는 것이라고 생각했다.

숲에 거의 도착할 무렵 그는 아래로 굴러 내려와 나와 상의했다. 나는 그가 이 미혹나무 숲을 약탈하는 것을 돕고 싶지 않았다. “미혹나무 잎을 좀 빼앗는 건 별로 중요하지 않아요. 병사들에게 작전 연습을 시키는 게 유익하죠.”

따시에가 말했다. 나는 대답하지 않고 우선 병사들의 상태를 살펴봤다. 하나같이 입을 다물고 있었는데, 피로의 기색 같은 건 조금도 없어 보였다. 지나가는 김에 약탈하는 것은 병사들의 정당한 사업이라는 생각이 들었다. 내가 만약 그들의 약탈을 제지한다면 따시에와 그의 병사들은 분명 나를 매우 미워할 것을 알 수 있었다. 비록 권총이 있었지만, 그들이 나를 해치려고 마음먹으면 막을 수 없을 것이다. 더구나 묘인들 간의 상호 약탈은 그들 눈에는 꽤나 합리적인 일이다. 그러나 내가 개인적인 위험 때문에 정의를 포기하게 되면 다시 누가 내 행동을 좋아하겠는가? 나는 이미 묘인들로부터 전염됐다는 생각이 들었다. 나 자신의 안전을 도모하기 위해 용기를 잃고 움츠러들곤 하는 것이다. 나는 따시에에게 마음대로 하라고 말했다. 이건 이미 퇴보를 드러내는 것이었다. 내가 이리 퇴보할 줄 누가 알았을까? 그는 내게 약탈에 앞장서지 않겠느냐고 물었다. 나는 조금도 주저하지 않고 거절했다. 너희가 너희들끼리 약탈하는 것을 반대하지는 않겠지만, 가담하지도 않겠다고 말한 셈이었다.

병사들이 숲 쪽으로 걸어가자 어느덧 약탈의 기운이 느껴지는 것 같았다. 그들은 따시에의 명령을 기다리지도 않고 이미 잎사귀 보따리를 전부 내려놓고 나무막대를 치켜들었다. 몇몇은 벌써 앞으로 뛰쳐나갔다. 나는 따시에가 이토록 용감하게 밀어붙이는 것을 보지 못했다. 그는 비록 직접 약탈에 나서지는 않았지만, 표정은 매우 진지하고 조금의 두려움도 없었다. 눈은 동그랗게 떴고, 머리 위 가는 털은

바짝 곤두섰다. 그가 나무막대를 휘두르자 병사들은 함성을 지르며 미혹나무 숲으로 돌진해 들어갔다. 숲에 다다르자 전체가 숲을 에워싸고 뛰어다녔는데 마치 모두가 정신병자가 된 것 같았다. 이 행위는 아마도 숲속에 있는 경비들을 바깥으로 유인하기 위한 것이리라. 세 바퀴를 돌아도 숲속에서 아무런 인기척이 없었다. 따시에가 웃자, 병사들은 다시 고함을 지르면서 숲속으로 뛰어들었다.

숲에서 고함소리가 들렸다. 따시에의 눈은 이제 그다지 동그랗지 않았고 몇 차례 깜빡거리기까지 했다. 그의 병사들이 도망쳐 나왔는데, 손에는 나무막대가 없고, 두 손으로 머리통을 감싸고는 처량하게 울부짖으며 돌아왔다. “외국인이 있다! 외국인이 있어!” 병사들이 일제히 소리쳤다. 따시에는 믿지 못하는 것 같았다. 하지만 그렇게 확신하기는 어려웠는지 혼잣말하듯 말했다. “외국인이 있다고? 여긴 분명히 외국인이 없는 것으로 아는데?” 숲속에서 누군가 쫓아 나왔다. 놀란 따시에는 “정말 외국인이다!”라고 외쳤다. 숲속에서 적지 않은 고양이 병사들이 나왔다. 최선두에는 키가 크고 전신이 흰 털로 덮인 두 묘인이 있었는데, 손에는 반짝이는 몽둥이가 쥐어져 있었다. 이 둘은 분명 외국인이라는 생각이 들었다. 외국인은 화학 제조를 통해 철과 비슷한 물건을 만들 줄 안다. 내 마음속에는 약간의 불안도 있었다. 만약 따시에가 내게 저 두 백묘를 저지하라고 요구하면 어떡하지? 그들 손에 있는 반짝이는 물건은 대체 뭘까? 비록 다른 이의 미혹나무 숲을 빼앗는 것이 내

아이디어는 아니었지만, 결국엔 나도 따시에의 보호자였다. 그들이 패배하는 걸 보고도 구해주지 않으면, 적어도 내 신분을 잃게 될 것이다. 앞으로 나는 묘국에서 무조건 그에게 의지해야 할 것이다. "빨리 가서 막아!" 따시에가 내게 말했다. "빨리 가서 막으라고!"

도의상 거절할 수 있는 게 아니었다. 나는 생각할 겨를도 없이 권총을 들고 앞으로 나아갔다. 예상 외로 두 흰 고양이는 내가 나오는 걸 보고는 더는 다가오지 않았다. 따시에도 서둘러 돌아왔고, 나는 위험한 상황이 아님을 알게 됐다. "대화로 합시다! 대화로 하자고!" 따시에는 내 뒤에서 낮은 목소리로 말했다. 좀 어리둥절한 일이었다. 왜 나더러 그들을 공격하라고 하지 않는 거지? 대화하자고? 어떻게 대화를 하자는 거지? 일이 생각처럼 그리 이상적이지 않아 어리둥절하게 느껴졌다. 두 백묘가 말했다. "벌금으로 미혹나무 잎 여섯 보따리를 내놔라. 우리 셋이 쓸 수 있는 정도지!" 살펴보니 둘밖에 없었다. 어째서 셋이라는 거지? 따시에는 뒤에서 낮은 목소리로 독촉했다. "그들과 대화를 나누시오!" 뭘 말하라는 거지? 어리바리하게 나도 한마디 했다. "당신들이 미혹나무 잎 여섯 보따리를 벌금으로 내놓으시오. 우리 셋이 쓸 용도요!" 흰 묘인들은 내 말을 듣고는 웃으면서 고개를 끄덕였다. 매우 만족한 것 같았다. 나는 더더욱 이해할 수가 없었다. 따시에는 안도의 숨을 내쉬었다. 그러고는 잎사귀 여섯 보따리를 담아 가져왔다. 여섯 보따리를 가져오니 두 백묘는 내게 보따리 두 개를

골라달라고 아주 겸손하게 청했다. 나는 그제서야 알게 됐다. 세 사람이란 나를 포함해 계산한 것이었다. 나는 그들에게 먼저 고르라고 청했다. 그들은 아무렇게나 네 보따리를 들어 자기 병사들에게 건네고는, 나를 향해 말했다. “우리의 미혹나무 잎 수확은 끝났소. 도시에서 다시 봅시다.” 나도 어리바리하게 말했다. “도시에서 다시 봐요.” 그들은 다시 숲속으로 가버렸다.

아무리 생각해도 뒤죽박죽이었다. 이건 무슨 수작일까?

묘성에 도착한 후 외국인을 수소문해 물어보고서야 그 곡절을 알게 됐다. 묘인들은 외국인과 싸우더라도 이길 수가 없다. 그들에게 유일한 희망은 외국인들이 자기들끼리 싸우는 것이다. 자립을 하고 힘을 키우려면 엄청난 노력이 필요하다. 묘인들은 너무 교활해서 힘을 쓰지 않으려고 한다. 그저 외국인들이 서로 살육하길 신에게 간청하고, 약한 묘국이 강해지길 바라는 것이다. 아니면 다른 나라가 묘국만큼 약해질 기회를 노리거나 말이다. 외국인들은 묘국 안에서 언제든 이해 충돌이 일어날 수 있다는 점을 잘 이해하고 있다. 하지만 그들은 결코 서로를 공격함으로써 묘국이 편익을 취하게 하지 않는다. 그들은 강 대 강으로 붙으면 결국 분쟁이 일어나고, 싸워서 이겨도 큰 손해를 보게 된다는 것을 너무나 분명히 알고 있다. 반대로, 그들이 연합해 묘인들을 능멸한다면 아무 손실 없이 큰 이점을 취할 수 있는 것이다.

국제관계에서의 정책만 이러한 게 아니라, 묘국 내에서

일하는 개개인도 이러한 조건을 지킨다. 미혹나무 숲을 보호하는 것은 외국인에게는 좋은 일자리다. 하지만 지주만을 위하면서 묘국에 저항하는 자만 책임지기로 다 같이 약속하고 있다. 쌍방 모두 외국인이 보호하는 상태라면 누구든 서로를 침범하지 않기로 한 것이다. 이 조건을 지키지 않는 자를 보면 양측의 보호자들이 합의하여 지주나 우두머리를 징벌한다. 이렇게 하면 묘국의 일로 외국인끼리 다투는 걸 피할 수 있고, 보호자의 지위를 우월하게 할 수 있기 때문에 묘인들에게 이용당하지 않을 수 있게 된다.

이러한 구상은 보호자들에게 나쁘지 않은 방법이다. 그렇다면 묘인들이 보기엔 어떨까? 나도 모르게 따시에 패거리가 안됐다는 생각이 들었다. 생각해 보면 따시에 패거리는 이 상황을 감수하고, 스스로 힘을 키우지 않는 상태에 만족하면서, 외국인들에게 자기네 고양이들을 괴롭혀달라고 부탁하기까지 한다. 그렇다면 대체 누가 잘못한 걸까? 권세를 믿고 행패를 부리는 묘국 사람들은 근본적으로 인간미를 상실해버렸다. 오죽하면 다른 이들로부터 이와 같은 농락을 당했겠는가. 이 일로 나는 며칠 동안이나 마음이 불편했다.

원점에서 얘기하자면, 따시에는 그런 일이 있고 나서도 다시 묘인들의 머리 위에 올라탔다. 부끄러워하는 기색은 조금도 없이, 오히려 스스로 극복해낸 것 같았다. 그는 내게 말했다. 만약 내가 미혹나무 잎 두 보따리를 원하지 않는다면(그는 내가 그걸 그다지 좋아하지 않는다는 걸 알고

있었다), 스무 개의 국혼으로 사서 돌려받고 싶다고. 나는 한 보따리에 최소한 3백 국혼 정도의 가치가 있다는 점을 정확하게 알고 있었다. 그래서 팔겠다고도 사겠다고도 말하지 않았다. 그저 응대할 가치가 없다고 여겨 콧방귀도 뀌지 않았을 뿐이다.

해가 서쪽으로 기울자 묘성이 보였다.

도시

왜 묘성을 보자마자 마음속에 이런 생각이 떠올랐는지 모르겠다. '이 문명은 곧 멸망하겠구나!' 나는 묘국의 문명에 대해 아무 것도 몰랐다. 미혹나무 숲에서 얻은 정도의 경험은 그저 호기심을 일으키기에 충분했을 뿐이다. 내가 볼 때 묘국 문명은 절대로 비극이 돌진해오는 풍경은 아니다. 나는 한 문명의 실정을 똑똑히 보고 인생의 경험을 얻고자 했다. 문명과 민족은 멸절할 수 있다. 우리 지구상의 인류 역사에 기록된 것도 모두 장밋빛은 아니다. 역사를 읽는 일이 우리를 눈물 흘리게 할 수 있다면, 곧 숨이 끊어질 문명이 눈앞에 펼쳐져 있다는 것은 얼마나 가슴 아픈 일인가!

곧 죽을 사람도 죽기 전에는 잠시 정신이 맑아지는 법이고, 곧 수명을 다하게 될 문명이라고 해서 떠들썩하고 번화하지 못하란 법은 없다. 한 문명의 절멸이란 한 사람의 죽음보다 더욱 자각하기 어려운 것이다. 마치 창조 과정에서 이미 파멸의 손가락이 문명의 머리 위에 올려져 있는 것처럼 말이다. 훌륭한 사람이든—곧 끝날 나라에도 몇몇 좋은

사람들이란 있게 마련이다—나쁜 사람이든, 모두 함께 죽게 될 것이다. 몇 명의 훌륭한 사람들은 호흡이 가빠지는 것을 느낄지도 모르고, 유서를 준비할지도 모른다. 하지만 이들의 비애는 죽음을 재촉하는 장송곡에 비하면 그저 몇 마리 매미가 거친 가을바람에 반항하는 것과 같을 뿐이다.

묘국은 시끌벅적하다. 이 시끌벅적한 광경에서 나는 그 파멸의 손가락을 보았다. 마치 사람의 가죽을 벗겨내 묘성을 백골의 퇴적장으로 만들려는 것 같았다.

아! 묘성은 정말 시끄럽구나. 도시의 구조는 내가 본 것들 중에서는 세상에서 가장 심플했다. 거리라고 할 것도 없었다. 일렬로 늘어져 한눈에 들어오지 않는 가장자리의 집들을 제외하고는 모두 길거리나 광장이었다. 병영을 떠올리면 비슷할 것이다. 거대한 빈 공간이 있고, 중간에는 색깔이 없는 집들이 있었으며, 집 바깥쪽에는 사람만 있었다. 이게 바로 묘성이었다. 묘인들이 정말로 많았는데, 그들이 뭘 하고 있는지는 알 수 없었다. 아무도 똑바로 걷지 않았고, 모두가 다른 이의 진로를 방해하고 있었다. 거리는 무척 넓어서, 직진으로 걷다가 막히면 방향을 고쳐 가로로 걸었다. 우르르 우르르, 만약 늘어선 집들을 제방이라고 한다면, 묘인들은 출렁거리는 파도와 비슷했다. 그들의 집에 문패가 있는지는 모르겠지만 만약 있다면 한 사람이 5호에서 10호까지 갈 때 가로로 최소 3리 정도는 걸어가야 한다. 문을 나서면 드글거리는 사람들에 밀리다가, 그 조수를 따라 내려가야 할 것이다. 다행히 조수의 방향이 바뀌면 그는 다른 이들에 밀려

돌아오게 된다. 운이 좋다면 아마도 10호에 다다를 수 있을 것이다. 물론 항상 운이 좋을 수는 없다. 때때로 바글거리는 인파에 파묻히면 10호로부터 기약 없이 멀어질 뿐만 아니라, 어떤 날은 집으로 돌아가지 못할 수도 있다.

이 도시는 왜 오직 한 줄로 건설되었을까? 처음에는 분명 수많은 열로 집이 지어졌을 것이고, 많은 비좁은 거리들이 형성됐을 것이다. 비좁은 거리에서 군중의 밀집은 시간을 지체시킬 뿐만 아니라, 목숨을 잃게 하기도 한다. 길을 양보한다는 것은 묘인 입장에서는 수치스러운 일이다. 한쪽으로만 간다는 것은 자유를 사랑하는 묘인들의 정신과는 동떨어진 것이다. 만약 한 길의 양면이 모두 집으로 되어 있으면 사람들은 영원히 붐빌 수밖에 없다. 집을 한 줄로 밀어 넘어뜨리지 않으면 해결할 방법이 없다. 이 때문에 집을 길게 한쪽으로만 쭉 짓고, 거리는 무한대로 넓힌 것이다. 비록 이렇게 하더라도 혼잡해지는 것을 피할 수는 없지만, 인명 사고까지는 나지 않을 것이다. 10리를 밀고 가면 다시 10리를 밀려 돌아온다. 하지만 길을 더 오래 걷는 것뿐이지, 큰 위험은 없다. 묘인들의 견해는 때때로 지극히 인도주의적이다. 게다가 그렇게 밀고 나아가는 게 꼭 불편하지만은 않다. 다른 이들의 발걸음에 떠밀려 갈 수 있으니 돈 들이지 않고 차를 타는 셈이다. 이런 구상이 옳은지 그른지에 대해 말하기란 어렵다. 나중에 내 이론을 증명하기 위해 꼭 오래된 거리의 흔적을 보아야겠다.

단지 붐비기만 할 뿐이라면 어떤 특색이 있다고 하기는 어려울 것이다. 인파는 단지 좌우로 왔다 갔다만 하는 게

아니라, 올라가고 내려가는 기복도 심했다. 길 위에 돌멩이 하나가 있었는데, 누군가 그것을 보려고 쪼그려 앉자 한 무리의 묘인들이 일제히 웅크렸고, 인파에 소용돌이가 일었다. 그저 돌멩이일 뿐이었는데. 웅크렸던 이들이 자세히 보려고 앉아버리니 주위에 웅크리는 자들이 더 많이 늘어났다. 소용돌이는 갈수록 커졌다. 뒤쪽에 있는 이들은 물론 그 돌멩이를 보지도 못하고 앞을 향해 밀려나왔다. 앞쪽에 앉아 있는 이들 몇을 밀쳐낼수록 소용돌이는 더 높이 올라갔고, 이내 다른 묘인들의 머리 위로 밀쳐올라갔다. 갑자기 모두가 돌멩이는 잊어버리고 위에 있는 묘인만을 쳐다보았다. 또다시 소용돌이로 가득 채워졌다. 이렇게 가득 모여들자, 공교롭게도 두 지인이 하늘의 뜻에 따라 마주쳤다. 둘은 갑자기 앉더니 못다 한 이야기를 나누었다. 그러자 주위에 있던 묘인들이 죄다 뒤따라 앉아버리더니 둘의 속 이야기를 듣는 것이었다. 다시 아수라장이 됐다. 곁에서 듣던 이들은 두 친구가 나누는 이야기에 각자의 견해를 덧붙이며 대화에

참가했는데, 그러다 보니 싸우지 않을 수가 없었다. 아수라장은 느닷없이 확대되었다. 이리저리 치고받고 난리도 아니었다. 또 다른 아수라장도 생겼는데, 심지어 여기선 꼭대기의 두 노인이 바둑을 두고 있었다. 그러다가 이 두 개의 소용돌이가 하나로 합쳐지더니, 두 노인이 바둑 두는 걸 구경하며 싸움이 멈추었다. 바둑에 대한 의견이 생기기 전까지 이 소용돌이는 잠시 아무런 변동이 없었다.

단지 인파의 오르내림뿐이라면, 그렇게 기이한 일이라 할 순 없을 것이다. 한데 인파 사이에서 마치 고대 이스라엘 사람들이 갈라진 홍해를 건넌 것처럼 갑자기 큰 틈이 벌어졌다. 만약 이러한 수가 생기지 않았다면, 따시에의 잎사귀 부대가 어떻게 대오를 정렬해 이동할 수 있었겠는가? 따시에의 집은 묘성의 중심에 있었다. 묘성으로부터 멀지 않은 곳에서 수많은 인파가 나타났다. 나는 따시에의 대오가 반드시 인파를 빙 돌아가야 한다고 생각했다. 하지만 일곱 묘인들의 머리 위에 있던 따시에는 곧바로 인파 속으로 진입을 명령했다. 음악 연주가 흘러나왔다. 나는 이것이 행인들에게 길을 비키도록 이르는 표시라고 생각했다. 하지만 연주를 듣자 묘인들은 죄다 대오를 향해 밀어닥쳤다. 밀려오는 모습이 마치 콩가루처럼 빽빽했다. 속으로 생각했다. 만약 따시에가 이걸 돌파해서 갈 수 있다면 기적일 걸! 오호, 그러나 따시에는 내가 생각하는 것보다 확고했다. 찰싹찰싹 하는 소리가 났는데, 병정들의 몽둥이가 마치 활극을 노래하고 북을 치는 것처럼 흥을 내며 고양이들의 머리를

때렸다. 인파는 한 줄기로 갈라졌다. 기이한 것은 그래도 관람하는 묘인들의 열정이 줄어들지 않는다는 점이었다. 비록 길은 비켜섰지만 여전히 싱글벙글 웃으며 보고 있었다. 몽둥이질도 멈추지 않고 여전히 철썩철썩 때리고 있었다. 조심스럽게 살펴보니 도시의 묘인들은 시골 묘인들과 약간 달랐다. 그들의 머리에는 털이 하나도 없고 마치 북 가죽의 중심처럼 철판 같은 부분이 있었는데, 아마도 병사들에게 북처럼 다루어진 데는 오랜 역사가 있는 것 같았다. 경험은 대충 한번 보는 것으로 얻을 수 있는 것은 아니다. 나는 병사들이 제멋대로 움직이는 것이 길을 트기 위한 거라고 생각했는데, 사실 또 다른 기능도 있었다. 양옆의 관중들은 처음부터 얌전히 있지 않았고 뒤쪽에 서 있는 그 누구도 뒷줄에 머무르는 걸 달가워하지 않았다. 밀고, 걷어차고, 비집고, 물어뜯는 등 전대미문의 목적을 달성하지 않으면 안 되었다. 동시에 앞쪽에 있는 자들은 발길질하고, 팔꿈치로 치고, 자빠지며 움직였다. 병정들은 앞쪽의 묘인들을 때릴 뿐 아니라, 긴 몽둥이를 쭈욱 뻗어 뒤쪽에 있는 묘인들의 머리도 철썩철썩 때렸다. 그러면 머리가 정말 아프긴 해도 다른 한편 서로 밀고 당기는 고통은 좀 줄어든다. 그러니까 이는 통증으로 통증을 치료하는 방법이라 할 수 있겠다.

나는 묘인들을 쳐다보기만 했다. 솔직히 말해 그들에게는 비참하기 짝이 없는 흡인력이 있어서, 그 모습을 보지 않을 수도 없다. 그들을 보느라 정신이 팔려, 집들이 어떤 모습인지는 보지도 않았다. 퀴퀴한 냄새가 가시지 않았기

때문에 그 집들이 아름다울 리 없다고만 생각했던 것 같다. 지저분함과 아름다움이 조화를 이룰 수도 있다면, 어쩌면 내 판단은 틀린 것인지도 모른다. 하지만 나는 아방궁이 검은 진흙과 썩은 물에 둘러싸여 있으리라고는 상상할 수 없다. 길 위의 묘인들도 점점 내가 고개를 들길 허용치 않았다. 내가 그들 가까이로 가기만 하면 그들은 바로 소리를 질러 대며 저 멀리 가버렸고, 그러다가 다시 뒤따르며 밀어닥쳤다. 시골 묘인들처럼 심하지는 않았지만 도시의 묘인들도 외국인을 두려워했다. 경이로운 고함이 터져 나왔다. 그들은 다가와서 자세한 사정을 살펴보려 했다. 만약 길 위에 서 있었다면 나는 절대로 움직이지 못했을 것이다. 그들이 틀림없이 나를 물샐틈없이 에워쌀 것이기 때문이다. 1만 개의 손가락들이 계속 나를 가리켰다. 묘인들은 참으로 솔직담백해서 뭔가 새로운 것이 보이면 대놓고 면전에서 가리키곤 한다. 하지만 나는 지구에서 체득한 인류로서의 체면치레를 무시할 수 없었다. 정말이지 너무 괴로웠다! 1만 개의 손가락들이 작은 권총처럼 느껴졌다. 코앞까지 뻗어 있는 소형 권총들의 뒤로는 동그란 두 눈동자들이 떠 있었는데, 하나같이 나를 향해 반짝거렸다. 작은 권총들이 위쪽을 향해 기울어지면서 죄다 내 얼굴을 가리켰고, 다시 아래쪽으로 기울어지더니 내 거시기를 가리켜댔다. 너무 불안했다. 날아가버리고 싶은 마음이 간절했지만 잠시 앉아 있을 조용한 장소를 찾았다. 용기를 잃어 고개를 들 수도 없었다. 나는 시인은 아니지만, 어느 정도 시인의 예민한 감각을 갖고 있기도 하다. 이

손가락들과 눈동자들은 마치 나를 금방이라도 융해시킬 것만 같았다. 나는 이미 인격일랑 없는 사물이 되어버린 것 같았다. 하지만 모든 일에는 두 가지 측면이 있기 마련인지라, 감히 고개를 들지 못하는 것에도 이점은 있었다. 길 위에 끈적거리는 구덩이와 썩은 진흙 웅덩이가 있었던 것이다. 만약 내가 머리를 들고 걸었다면 하체가 절뚝거리는 돼지처럼 되어버렸을 것이다. 묘인들은 그토록 오랜 역사를 갖고 있음에도 불구하고 길을 제대로 고쳐본 적도 없는 모양이었다. 나는 역사를 좀 무시하는 편이다. 특히 먼 옛날로부터 이어져 온 것은 더더욱 그렇다.

　운 좋게도 따시에의 집에 도착해서야 묘성의 집이 미혹나무 숲에서 머무르던 작은 굴과 크게 다르지 않다는 걸 알게 됐다.

十二

한밤중의 대화

따시에의 주택은 도시의 중심에 있었다. 사방에 높은 담이 있고, 문이나 창은 아예 없었다.

해가 빠르게 지고 나니, 길거리의 묘인들이 점차 흩어졌다. 그제서야 나는 제대로 둘러볼 수 있었는데, 좌우의 집들은 죄다 사각형에 문과 창이 없었다.

담벼락 너머로 고양이 머리 몇 개가 나타나자 따시에는 몇 차례 고함을 질렀고, 이내 고양이 머리는 보이지 않게 됐다. 잠시 기다리자 머리가 다시 나타났다. 밧줄을 내려 미혹나무 잎을 한 보따리씩 끌어올렸다. 하늘은 어두워졌다. 이제 거리에는 아무도 보이지 않았다. 미혹나무 잎 보따리가 반 정도 올라갔을 때 병사들은 참지 못하고 불안한 기색을 드러냈다. 내가 보기에 묘인들은 밤에 일하는 걸 싫어했다. 결코 그들의 시력으로 어두운 곳에서 일할 수 없는 게 아니었지만 말이다.

따시에는 집밖에서 미처 옮기지 못한 미혹나무 잎을 하룻밤 동안 지킬 수 있는지 물으며 꽤나 미안해했다. 이미

너무 늦었기 때문에 병사들은 반드시 귀가해야 한다.

만약 내게 손전등이 있었더라면 늦은 밤에 혼자서 묘성을 둘러볼 수 있는 좋은 기회라는 생각이 들었다. 안타깝게도 손전등 두 개는 모두 우주선에 있었고, 그마저도 망가졌을 것이다. 나는 따시에의 부탁을 받아들였다. 그의 집 내부가 너무나도 보고 싶었지만, 미혹나무 숲에 머무르던 경험으로 미루어 짐작해 보건데 집안에 있는 게 꼭 밖에 있는 것보다 편안하다고 할 순 없으리란 생각이 들었다. 따시에는 반기면서 병사들에게 해산하라고 명령했다. 그러고는 직접 굵은 밧줄을 잡고 담벼락 위로 올라갔다.

혼자 남았다. 아직도 바람이 불고 있었고, 별은 예전보다 훨씬 밝아졌다. 꽤나 가을의 정취가 느껴져 상쾌한 기분이 들었다. 안타깝게도 집 바깥 거리는 악취 때문에 이 적막한 밤을 편안하게 즐길 수 없게 만들었다. 잎사귀 보따리 하나를 찢어버린 후 몇 조각을 먹었다. 한 조각으로 허기를 달래고, 두 조각으로 사방에서 풍기는 악취를 견뎠다. 그러고는 혼자 돌아다녔다.

나도 모르게 수많은 질문이 떠올랐다. 왜 묘인들은 대낮에는 그렇게 떠들다가 밤이 되면 죄다 숨어버리는 걸까? 사회가 불안정하다는 방증일까? 그렇게 모두가 일렬로 지어진 집으로 들어가고 나면, 밀폐된 공간에는 등불도 없고 오직 파리만 날아다니며, 악취가 나고 불결하다. 이것도 사는 것일까? 문과 창은 왜 닫는 걸까? 아하, 강도가 두려운 거구나! 그러니까 안전을 위해 위생은 완전히 잊어버린 셈이다. 질병이

그들의 생명을 앗아가버린다! 또다시 그 거대한 파멸의 손가락을 보는 것 같았다. 몸이 갑자기 떨리는 것을 느꼈다. 만약 콜레라나 성홍열(猩红热)[1] 등의 전염병이 돈다면, 이 도시에 있는 모든 묘인들은 일주일 안에 싹쓸이 될 수 있다! 이 도시는 보면 볼수록 꼴사납다. 별빛 아래에는 못생긴 검은 그림자만 있고 아무 목소리도 들리지 않았다. 그저 썩은 내가 풍길 뿐이다. 나는 미혹나무 잎 몇 더미를 옮겨 하수구에서 멀리 떨어진 곳에 깔고는 그 위에 반듯하게 누워 별을 봤다. 침대는 결코 불편하지 않았다. 하지만 나는 좀 처량한 기분이 들었다. 묘인들이 부럽다는 생각마저 들었다. 더럽고 썩은 내가 나고 공기도 안 통하지만… 적어도 그들은 노인과 아이가 함께 살고 있는데, 화성에서 나만 홀로 별빛과 함께다. 아직은 따시에를 대신해 미혹나무 잎을 돌봐야 한다! 절로 웃음이 나왔다. 비록 눈은 웃고 있었지만 눈물이 흘러나왔다.

천천히 잠에 들려는데 마음속에서 두 가지 상반된 상념이 떠올라 편안한 꿈을 방해했다. 따시에 대신 충성스럽게 잎사귀를 돌봐야 한다는 생각, 그가 뭘 하든 신경 써야 하나 싶은 생각. 이렇게 어리마리하던 중 누군가가 내 어깨를 툭 쳤다. 나는 바로 일어나 앉았다. 하지만 내가 꿈을 꾸고 있다고 생각했다. 객쩍어하며 눈을 비비자 눈앞에 묘인 둘이 서 있었다.

아무도 없다고 여기던 곳에서 우연히 누군가를 만나면,

1. 목의 통증, 고열, 전신 발진이 생기는 전염병.

나도 모르게 유령이 떠오른다. 원주민들의 미신은 뜻밖에도 우리 같은 '문명'의 사람을 늘 놀래킨다.

자세히 보진 않았지만 그들이 평범한 묘인은 아니라는 것을 분명히 느꼈다. 대담하게도 그들이 내 어깨를 툭 쳤기 때문이다. 나는 권총을 잡을 생각도, 내가 화성에 있다는 사실도 잊었다. "앉으시오." 어떻게 이 말을 떠올렸는지 모르겠다. 어쩌면 워낙 흔히 사용하던 인사말인지라 무의식중에 내뱉은 건지 모르겠다.

두 묘인은 아주 대범하게 앉았다. 마음이 편해졌다. 묘인들 속에서 많은 날들을 보냈지만, 이렇게 스스럼없이 나의 접대를 받아들이는 모습은 본 적이 없었다.

"우리는 외국인이오." 둘 중 뚱뚱한 쪽이 말했다. "당신은 내가 '외국인'이란 말을 꺼낸 이유를 아시오?"

나는 그의 말뜻을 똑똑히 알았다.

"당신도 외국인이군요." 날씬한 쪽이 말했다. 이 둘이 미리 말을 짜 온 것 같지는 않았지만, 서로를 존중하는 모습을 보였다. 결코 따시에가 그러듯이 한 사람이 말을 다 끝내기도 전에 입을 열지 않았다. "나는 지구에서 왔소만." 내가 말했다.

"오!" 둘은 이구동성으로 놀란 모습을 보였다. "우리는 오랫동안 다른 행성과 소통을 하고 싶었습니다. 그런데 항상 방법이 없더군요. 정말 영광입니다! 지구에서 온 사람을 우연히 만나다니!" 둘은 내게 경의를 표하는 것처럼 함께 일어났다.

나는 다시 '인간'의 사회에 왔다는 생각이 들었다. 허나

마음이 좀 슬퍼져 공손한 대답을 한마디도 꺼낼 수 없었다.

그들은 다시 앉더니, 나에게 지구에 관한 많은 것들을 물었다. 나는 이들이 좋았다. 이들의 언어는 간단명료했으며, 인사치레도 별로 없었다. 그러면서도 친구 간의 매너를 잃지 않았다. '적절하다'는 게 가장 좋은 표현일 것이다. 적절함은 필시 명확한 사유에서 나온다. 이 둘의 지적 능력은—다른 묘인들은 말할 것도 없고—따시에보다 몇 배는 더 뛰어났다.

이들이 알려준 바에 따르면, 이들의 나라는 '광국[2]'인데, 그곳에 가려면 7일이 걸린다. 직업은 나처럼 묘국 지주들을 위해 미혹나무 숲을 보호하는 것이었다. 내가 광국에 대해 몇 가지 물어보자 "지구 선생!(그들이 나를 이렇게 부르는 것은 마치 대단한 경의를 드러내는 것 같았다.)" 하고 뚱뚱한 쪽이 말을 꺼냈다. "우리가 여기 온 것은 두 가지 목적이 있습니다. 첫째는 당신에게 우리 쪽으로 와서 거주하시라 청하는 것이고, 두 번째는 이 미혹나무 잎들을 빼앗자는 겁니다."

두 번째 목적은 나를 깜짝 놀라게 했다.

"너 지구 선생한테 두 번째 문제에 대해 설명드려 봐." 뚱뚱한 자가 마른 자에게 말했다. "우리가 무슨 얘기를 하는지 아직 이해를 못 하신 것 같아."

"지구 선생." 마른 자가 웃으며 말했다. "저희가 당신을 놀라게 한 것 같군요? 일단 안심하십시오. 우리는 절대 무력을 쓰지 않습니다. 우리는 당신과 협상을 하려고 온 거예요.

2. 빛의 나라.

당신 수중에 있는 따시에의 미혹나무 잎을 부탁하는 거죠. 당신은 충심으로 그를 지켜주고 있지만 따시에는 당신에게 특별히 고마워하지 않아요. 마찬가지로 당신이 그것들을 몰수하더라도 따시에는 특별히 원망하지 않을 겁니다. 묘인들은 우리와는 생각하는 방식이 다르다는 걸 알아야 합니다."

'니들도 묘인이잖아!'라고 마음속으로 생각했다.

그는 내 마음을 꿰뚫어 봤는지 다시 웃으며 말했다.

"맞아요. 아시다시피 우리의 선조들도 고양이였습니다."

"나의 선조는 원숭이였어요." 나도 웃으며 말했다.

"그렇죠. 우리는 모두 못된 생각을 할 줄 아는 동물입니다. 왜냐하면 우리의 선조가 뛰어나지 못했기 때문이죠." 그는 나를 살펴보며 내 생김새가 원숭이 같다는 걸 대략 인정하고는 말했다. "다시 따시에 일에 대해 얘기해 봅시다. 당신은 그를 대신해 충실하게 미혹나무 잎을 지키지만, 그는 절대 감격하지 않습니다. 반대로 당신이 잎 절반만 몰수하면 그는 도둑맞았다고 여기저기 떠벌리고 다닐 수 있고, 그로 인해 가격을 올릴 수도 있겠죠. 부자들은 도둑맞고 가난한 자들은 죄를 받는 거죠. 따시에는 영원히 손해 보지 않을 겁니다."

"하지만 그건 따시에의 일이고요. 제가 그의 부탁을 받은 이상 그를 속여서는 안 되죠. 그의 됨됨이가 어떤지와 내 양심은 별개의 문제입니다." 그들에게 말했다. "맞습니다, 지구 선생. 우리나라에서는 당신과 똑같은 방식으로

사고해요. 하지만 이 묘국에서는 말이죠. 우리가 아무리 성실하게 일해도 저들은 교활하게 굽니다. 이건 공평하지 않죠. 솔직히 말해서 화성에 이런 나라가 아직도 존재한다는 점은 화성에 사는 모든 존재에게 수치입니다. 우리는 근본적으로 묘국 사람들을 사람으로 취급하지도 않아요."

"그러니 우리는 더 충실하고 정직해져야 합니다. 그들은 사람이 아니더라도, 우리는 여전히 사람이라고요." 나는 꽤나 굳세게 말했다. 뚱뚱한 이가 대화를 정리했다. "맞습니다, 지구 선생. 꼭 양심을 어기면서 일을 꾸미자고 하는 것은 아니고요. 저희는 당신에게 손해 보지 말라고 경고를 하고 싶은 겁니다. 우리 외국인들은 서로를 보살펴야 하니까요."

"그런데요." 내가 물었다. "묘국이 이렇게 나약한 것은 다른 나라들이 연합해서 괴롭히기 때문은 아닐까요?"

"그런 부분도 어느 정도 있겠죠. 하지만 화성에서 언제나 열악한 무력이 국제적 지위를 실추시키는 원인은 아닙니다. 국민들이 인격을 상실하면 국격도 차츰 사라지기 마련이죠. 국격이 떨어지는 나라와 협력하길 원하는 사람은 아무도 없습니다. 묘국에 대해 억지를 부리는 나라들이 많다는 점은 저희도 인정합니다. 하지만 누가 국격 없는 나라를 위해 나서줌으로써 동등한 국가와의 좋은 관계를 손상시키려 하겠습니까? 화성에는 아직도 수많은 약소국가들이 있습니다. 그들이 약하다고 해서 국제적 지위를 잃는 건 아니에요. 국력이 약해지는 데에는 다양한 원인이 있죠. 천재지변과 지리적 형세 모두 국력을 떨어뜨리기에 충분합니다.

하지만 인격이 없다는 건 사람들이 자초한 거죠. 그 때문에 쇠약해지는 것은 다른 이의 동정을 얻을 수 없습니다. 따시에에게 있어서 당신은 지구에서 온 손님이지, 그의 노예가 아닙니다. 그가 자기 집에서 잠시라도 휴식할 것을 청한 적 있나요? 식사 여부를 물어본 적은요? 그는 그저 미혹나무 잎을 지켜달라고만 하죠! 저는 당신이 그를 약탈하도록 선동하는 게 아닙니다. 우리 외국인들이 왜 그들을 낮게 보는지 설명드리려고 하는 거죠. 이제 첫 번째 문제로 가보죠." 뚱보는 숨을 헐떡이며 날씬이에게 바통을 넘겼다.

"지구 선생, 내일 당신이 만약 따시에 집에 묵겠다고 요구하면, 그는 절대 받아들이지 않을 겁니다. 왜 그런지 아세요? 나중에 스스로 아시게 될 겁니다. 저희는 그저 우리가 온 이유를 말씀드리는 겁니다. 이 땅의 외국인들은 별도로 도시 서쪽에 모여 삽니다. 대체로 모든 외국인들이 그곳에 살죠. 국적을 가리지 않고 모두가 하나의 공동체입니다. 저희 둘은 초대의 역할을 맡았는데요. 그곳을 아는 이는 저희 둘의 초대를 받고, 모르는 이는 저희가 알려주죠. 누군가 묘성 이곳저곳에서 살펴보다가 저희에게 보고합니다. 저희가 왜 이 단체를 조직했겠습니까. 현지인들의 지저분한 습관은 교정할 방법이 없기 때문입니다. 그들의 음식은 독약이나 마찬가지고, 그들의 의료 역시도—아, 그들에겐 의사도 없습니다! 그밖에도 여러 가지 원인이 있습니다. 지금 자세히 말씀드릴 필요는 없고요. 저희가 온 이유는 순전히 당신을 아끼기 때문입니다. 신뢰하실 수 있겠습니까, 지구 선생?"

나는 그들의 진심을 믿는다. 그들이 내게 분명하게 설명하지 않은 이유를 나도 어느 정도 짐작할 수 있다. 하지만 묘성에 온 이상, 일단은 묘성을 먼저 둘러보려고 한다. 아마도 다른 나라를 먼저 보는 게 더 유익한 일인지도 모르겠다. 이 두 사람으로부터 알 수 있는 점은 광국은 분명 묘국보다는 더 문명화된 나라라는 점이다. 하지만 문명의 멸망을 지켜본다는 것은 쉽게 얻을 수 있는 기회가 아니다. 나는 결코 비극을 보는 태도로 역사를 보지 않는다. 마음속으로는 묘인들에게 내가 쓸 만한 구석이 있기를 희망하는 것이다. 내가 따시에를 동정한다고는 할 수 없지만, 따시에가 모든 묘인을 대표한다고 할 수도 없다. 이 두 외국인의 말을 의심하지는 않지만, 반드시 직접 가서 봐야 한다. 둘은 내 생각을 추측하는 듯하더니, 뚱보가 이렇게 말했다. “지금 결정하실 필요는 없습니다. 언제라도 원하실 때 저희를 찾아오면 환영입니다. 여기에서 서쪽으로 쭉 가시면—밤에 가야 붐비지 않아 가장 좋죠—서쪽 경계에 다다르고, 거기서 계속 걸어가면 얼마 후에 저희가 머무는 곳을 볼 수 있습니다. 다시 뵙죠, 지구 선생!”

그들은 조금도 싫어하는 내색을 띠지 않았고, 진지하게 양해해 주었다. 너무 고마운 마음이 들었다.

“감사합니다!” 내가 말했다. “꼭 당신들이 계신 곳에 갈게요. 하지만 저는 먼저 이곳 사람들을 봐야 할 것 같습니다.”

“그들의 음식을 아무거나 먹지 마십시오! 또 만나요!” 그들이 동시에 말했다.

그렇다, 나는 외국인 구역에 가서 살 수는 없다! 묘인들은

결코 양성하기 불가능한 이들이 아니다. 그들이 얼마나 성실한지 보면 알 수 있다. 병사들에 의해 두들겨 맞아도 싱글벙글 웃지 않는가. 날이 어두워져 잠에 들면 조금의 소리도 내지 않고 말이다. 이와 같은 인민들이 관리하기 어렵다고? 만약 좋은 리더가 나타난다면, 그들은 분명 가장 평화롭고 가장 법을 잘 수호하는 시민들이 될 것이다.

잠에 들 수 없었다. 머릿속에서 다양한 장면들이 선명하게 떠올랐기 때문이다. 상상 속에서 나는 묘성을 꽃밭으로 가득한 도시로 바꾸었다. 음악과 조각, 책 읽는 소리, 꽃, 새, 질서, 청결, 그리고 아름다움…….

十三

비관주의자

따시에는 미혹나무 잎을 통째로 옮기라고 시키면서도 '고맙다'는 인사 한마디 없었다.

그는 내가 어디에 머무르든 상관할 바 아니지만 자신의 집은 안 된다고 했다. 거기에는 천여 가지 이유가 있었다. 어쨌든 그는 "우리랑 같이 살면 당신이 신분을 잃게 된다니까! 당신은 외국인인데 왜 외국인 구역에서 살지 않습니까?"라고 말했다. 광국에서 온 두 사람도 차마 하지 않았던 말을 꺼낸 것이다. 뻔뻔스럽게 말이다!

나는 화내는 대신 내가 묘성에 살려는 이유를 자세히 설명해 주었다. 심지어 만약 내가 집안에 머무는 게 불편하다면 집이 어떻게 생겼는지만 보는 것도 괜찮고, 그런 후 다른 숙소를 찾으러 가겠다는 뜻까지 드러냈다. 하지만 거절당했다. 이 거절은 예견된 것이었다. 미혹나무 숲에서의 몇 달 동안 대체 그는 어디에 머물렀던 걸까? 나는 끝끝내 알아내지 못했다. 지금 미혹나무 잎을 죄다 집안에 모아 두어서 나를 집안에 들이는 걸 위험하게 여기는 걸까. 나는

따시에에게 말했다. 내가 만약 그의 잎사귀를 약탈할 의도가 있다면 진작 어젯밤에 저지르지 않았겠냐고, 하필 그가 완전히 숨길 때까지 기다려 더 애를 쓸 필요가 있겠냐고 말이다. 그는 고개를 저으며 말했다. 집안에 부녀들이 있는데 남자 손님을 초대하면 불편하다는 거였다. 꽤나 일리 있는 이유였다. 하지만 그저 살펴본다고 해서 부녀들을 놀라게 할 리는 없으므로 나는 어리둥절했다. 물론, 따시에의 말뜻은 그런 게 아니었다.

담벼락 위로 고양이 머리가 하나 나타났다. 흰 털로 된 머리였는데, 쪼그라든 모습이 꼭 바람에 말린 모과 같았다. 그 늙은 고양이는 외쳤다. “우린 외국인 필요 없다! 외국인 필요 없어! 필요 없다고!” 따시에의 부친이었다.

나는 기력이 없었다. 도리어 나는 말린 모과 같은 입을 가진 이 늙은 고양이에게 탄복했다. 뜻밖에도 그는 놀라지도 않았고 외국인을 우습게 여겼다. 사람을 우습게 보는 것은 아마도 무지에서 기인하겠지만, 따시에보다는 인간미가 있어 보였다.

한 청년 묘인이 나에게 옆으로 오라고 했고, 따시에는 기회를 틈타 담벼락을 기어올라갔다.

청년 묘인을 만나보는 것은 내가 가장 바라던 일이었다. 이 청년은 따시에의 아들이었다. 삼대를 만난 것이기에 더욱 기뻤다. 모과 입을 가진 노인과 따시에가 많은 권력을 갖고 있고 아직 살아있을지는 몰라도 결국 이들은 모두 옛 묘인들이다. 반면 청년은 묘국의 병이 나아질 기미가 있는지 없는지 맥을 짚을 수 있는 중요한 대상이다.

“당신은 먼 곳에서 오셨죠?” 샤오시에(小蝎)—사실

그에겐 따로 이름이 있지만 나는 그를 이렇게 불렀다—가 내게 물었다.

"아주아주 먼 곳이죠. 아까 그 노인이 당신의 조부인가요?" 내가 물었다.

"맞습니다. 조부님은 외국인들이 모든 화를 초래했다고 생각하시기 때문에 외국인들을 가장 경멸해요."

"그분도 미혹나무 잎을 드시나요?"

"드시죠. 그분은 미혹나무 잎이 외국에서 건너온 것이기 때문에 미혹나무 잎을 먹으면 외국인들에게 망신을 줄 수 있다고 생각해요. 자신의 잘못이 아니라고 보시죠."

주위에 묘인들이 많아졌다. 하나같이 눈을 동그랗게 뜨고 입을 벌린 채로 마치 괴물 보듯 나를 보고 있었다.

"우리 좀 조용한 곳으로 가서 얘기할 수 없을까요?"

"우리가 어딜 가든 저들은 따라올 겁니다. 그러니 그냥 여기서 얘기하시죠. 저들은 우리가 무슨 얘길 하는지 들으려는 게 아니에요. 그저 우리가 어떻게 입을 벌리고 눈을 깜빡거리는지 보면 만족하죠." 나는 샤오시에의 솔직함이 좋았다.

"좋아요." 나 역시 반드시 조용한 곳을 찾아야 하는 것은 아니었다. "당신의 부친은요?"

"아버지도 새로운 인물이었어요. 적어도 20년 전에는 그랬죠. 20년 전 그분은 미혹나무 잎을 먹는 걸 반대했어요. 지금은 할아버지의 미혹나무 숲을 물려받으셨지만요. 20년 전엔 아버지도 여성들의 권리 신장을 주창했어요. 지금은

집안에 여자들이 있다는 이유만으로 당신이 들어오는 것도 허용하지 않지만요. 할아버지는 종종 나중에 저도 그렇게 될 거라고 얘기하셨어요. 새로운 것에 대한 호기심으로 가득한 소년 시절의 기질도 중년이 되면 선조들이 물려준 방식을 돌아보기 마련이라고요. 할아버지는 외국 일에 대해선 조금도 이해하지 못하시기 때문에 우리 선조들이 물려받은 규율과 법칙을 처세의 기준으로 삼으세요. 아버지는 외국 문제에 대해서 어느 정도 아시죠. 젊었을 때 그분도 어딜 가든 외국인들을 본받으려고 했어요. 하지만 지금은 자신의 이익을 지키기 위한 도구로 그 지식들을 쓰고 있죠. 새로운 방법이 쓰여야 하는 곳에 새로운 방법을 사용하시는데, 이런 점은 할아버지처럼 고집스럽지 않은 점이죠. 하지만 이 역시 처세술로서의 운용일 뿐, 처세의 취지가 바뀐 게 아니에요. 목적에 있어서 아버지와 할아버지는 완전히 같아요."

나는 눈을 감았다. 그의 말이 발하는 빛 속에서 나는 한 사회가 변화하고 있는 모습의 윤곽을 볼 수 있었다. 가장자리의 윤곽은 어쩌면 밝은 노을일지 모르지만 윤곽이 만들어지는 경계 안쪽은 점점 어두워지고 있다. 이 어두운 기운이 다시 밝은 노을과 합쳐질 수 있을까? 그것은 샤오시에의 몸에 어떤 힘 있는 광채가 있는지 없는지 여부에 달려 있다. 샤오시에가 어떤 인물인지는 모르면서도 그런 생각이 들었다. "당신도 미혹나무 잎을 먹나요?" 갑자기 물었다. 마치 미혹나무 잎을 붙잡고 그것을 모든 질병의 근원으로 삼는 것처럼, 심지어 내가 왜 그렇게 생각하는지도

잘 모르는 채 말이다. "저도 먹습니다." 샤오시에가 답했다.

마음속에 내가 그려놓았던 청사진은 완전히 까매졌고, 일말의 빛도 모두 사라져버렸다. "왜요?" 무례하게 물었다.

"제가 이렇게 솔직하게 묻는 걸 용서해 주십시오."

"그걸 먹지 않기 위해 저항할 방법이 전혀 없으니까요."

"그걸 먹으면 모든 걸 얼렁뚱땅[1] 버틸 수 있는 거예요?"

샤오시에는 한참 동안 아무 말도 하지 않았다.

"네, '얼렁뚱땅' 버티는 거죠! 저는 외국에 가본 적이 있어서 세계정세에 대해 어느 정도 알고 있습니다. 하지만 민중들이 아무것도 해결하길 원치 않으니, 저 역시 억지로 버티는 수밖에요. 억지로 버티지 않으면 어떻게 살아가겠어요?" 샤오시에는 웃는 듯 아닌 듯 말했다.

"개인적인 노력은요?"

"소용없어요! 민중들은 이리도 어리바리하고, 고분고분하고, 우둔하고, 형편없이 빈궁하고, 어떤 환경에도 만족하며 잘 살아가는 걸요. 수많은 병사들이 몽둥이를 들고 잎사귀와 부녀자들을 탈취하기만 하는 걸요. 정치인들은 영악하고 이기적인 데다, 근시안적이고, 후안무치하고, 전략적이고, 사회에 대해 무관심하고요. 개인적인 노력이요? 타인보다는 자신에 대해서나 신경 쓰는 게 가치 있죠."

"다른 청년들도 이렇게 생각하나요?" 내가 물었다.

1. '敷衍'은 성실하지 않게 하다, 무성의하게 대하다, 억지로 유지하다, 그럭저럭 버티다 등 다양한 의미를 갖지만, 여기서는 문맥상 '얼렁뚱땅'으로 번역. 샤오시에가 앞으로 반복해서 쓰는 표현이 된다.

"누구요? 청년이요? 우리 묘국에는 청년이란 게 없습니다. 나이에 따른 구분만 하죠. 나이가 어리다고 청년이라고 본다면, 청년이 노인이 되는 건 그저 자연스럽게 늙는…" 뭐라고 욕을 한 것 같은데 알아들을 수는 없었다.

"여기서 어떤 청년들은 말이죠. 누군가는 제 조부보다도 진부하고, 누군가는 제 부친보다 심지가 편협하고요. 누군가는…"

"환경이 좋지 않은 것도 무시할 수 없는 사실이죠." 내가 끼어들며 말했다. "너무 가혹하게 그러지 맙시다."

"환경이 좋지 않으면 악영향이 있긴 하죠. 하지만 다른 측면에서 보면 나쁜 환경이 사람들을 각성하게 하기도 합니다. 청년들은 항상 혈기를 가져야 하잖아요. 우리나라 청년들은 태어나면 바로 반사 상태가 되죠. 작은 편익이라도 얻을 게 없는 상황에서는 그들도 괜찮은 편입니다. 그저 푼돈의 좋은 점만 보고 마음은 뛰지 않죠. 평소에는 모든 것을 마음에 들어 하지 않습니다. 개인적 이익만 얻을 수 있다면, 그게 뭐든 마음에 들어 하죠."

"이렇게 말씀드려 죄송하지만 당신은 참 비관적이군요. 당신은 마음이 맑지만 용기는 부족한 비관주의자입니다. 그저 노력하는 걸 무가치하다고 보는 이유를 다른 이들을 판단하는 근거로 삼을 뿐이죠. 이 때문에 당신이 보는 모든 게 어둡고 희망이 없는 겁니다. 사실은 꼭 그렇지 않음에도 불구하고 말이죠. 관점을 바꿔서 보면 이 사회가 꼭 그렇게 어둡고 두렵지만은 않지 않나요?"

"어쩌면 그렇겠죠. 관찰하는 작업은 당신에게 남겨 놓겠습니다. 당신은 먼 곳에서 온 사람이라서 혹시 저보다 더 선명하게 볼지도 모르죠." 샤오시에는 희미하게 웃었다.

우리를 둘러싼 묘인들은 내가 어떻게 입을 벌리고 눈을 깜빡이는지 충분히 본 것 같았다. 볼 만큼 봐서 미심쩍은 부분이 없는지, 이제는 내 찢어진 바지를 보기 시작했다. 나는 아직 샤오시에에게 묻고 싶은 게 아주 많았다. 그런데 인파가 몰려 주변 공기가 희박하다고 느낄 지경이었다. 샤오시에에게 머무를 곳을 찾아달라고 부탁했다. 그 역시 내게 외국인 구역에 가서 살라고 권했지만, 그의 말은 꽤나 철학적이었다. "저는 당신이 그 관찰하는 작업을 정말로 하길 바라지는 않아요. 당신의 그 열정과 기대가 죄다 물거품이 되어버릴까봐 걱정되거든요. 하지만 당신은 계속 묘성에 머무르겠다고 주장하실 테니 제가 당신에게 장소를 찾아줄 수는 있습니다. 별다른 장점은 없는 곳이지만 거기 사는 이들은 미혹나무 잎을 먹지 않죠."

"살 만한 곳이라면 다른 건 괜찮으니까 신경 좀 써주십시오!" 나는 절대로 외국인 구역에 가서 살지는 않겠다고 마음을 정한 상태였다.

十四

천둥소리

생전에 공사였다는 집주인은 죽은 지 이미 몇 년이 지났다. 공사의 부인은 외국에 살아본 적이 있다는 점 말고도 또 다른 특징이 있었다. "우리는 미혹나무 잎을 먹지 않아요." 공사부인은 하루에도 수십 번씩 이 말을 했다. 집주인이 누군지 무슨 상관이랴. 나는 묘인의 담을 넘어보겠다는 목적을 달성할 수 있게 되었다. 새끼 고양이가 처음으로 지붕에 올라가려 연습하는 것처럼 우쭐했고, 마침내 이 네모난 집 내부가 어떻게 배치되어 있는지 볼 수 있었다.

반쯤 올라가니 가슴이 두근거렸다. 벽이 흔들렸다고 말한다면 거짓말일 것이다. 하지만 거짓말 하나도 보태지 않고, 손발이 닿는 곳마다 흙이 허물어져 내렸다. 어쩌면 이 바삭바삭한 보보[1] 같은 벽에 또 다른 용도가 있을지도 모른다는 생각이 들었다. 담벼락 위에 올라가자 눈이 어질어질했다. 그게 아니라면 분명 담이 흔들리는 것이었다.

---

1. 보보(饽饽)는 중국 북방에서 즐겨먹는 찹쌀로 만드는 과자 종류의 식품으로, 일반적으로 색깔이 누렇고 점성이 있다.

집에는 천정이 없었다. 비가 오면 어떡하나 싶은 생각도 들었지만 궁금증 때문에 더더욱 이곳에 머물고 싶어졌다. 담 위에서 다섯 척 정도 떨어진 곳에 판자 한 겹이 있었고, 판자 중간에는 커다란 구멍이 있었다.

공사부인은 이 구멍으로 머리를 내밀고 나를 맞이했다. 얼굴이 아주 컸고, 눈매가 매서웠다. 그건 별로 무섭지 않았다. 그런데 얼굴에 하얀 분을 아주 두껍게 발라서, 희끗희끗한 털이 가시처럼 드러나 있고 딱딱하고 두터운 서리가 둘러진 호박에 눈이 달린 것처럼 보였는데, 그 생김새가 무서웠다.

"짐이 있으면 판자 위에 올려두세요. 위쪽은 모두 당신이 쓰시고요. 아래로는 내려오지 마세요. 날이 밝으면 밥을 한번 먹고, 날이 어두워지면 밥을 한번 먹으니까 놓치지 말고요. 우리는 미혹나무 잎을 먹지 않아요! 방세 가져오세요!" 공사부인은 어떻게 외교를 하는지 확실히 이해하고 있었다.

나는 방세를 지불했다. 따시에가 내게 준 5백 국혼이 바지 주머니 안에 있었다.

편리한 상황이었다. 가진 짐은 내 몸뿐이니 머물 곳이 생긴다면 걱정할 게 뭐가 있겠는가. 방은 한 층의 판자 위에 사방이 벽으로 이뤄져 있었다. 성가시게 탁자를 옮긴다든가 의자를 둘 필요가 없었다. 바닥의 구멍으로 굴러떨어지지만 않는다면, 거의 천하태평일 것이다. 판자 위에 쌓인 진흙의 두께가 적어도 두 치는 되었는데, 흙에서 나는 냄새가 공사의 집안에서 날 만한 냄새는 아니었다. 위쪽에는 햇볕이

내리쬐고 아래쪽엔 더러운 흙이니, 나는 하릴없이 거리로 나서야 했다. 왜 묘인들이 죄다 낮에 거리를 활보하는지 똑똑히 알게 되었다.

출발하기 전에, 공사부인이 구멍에서 얼굴을 내밀었다. 공사부인은 호박 얼굴을 한 여덟 명의 여자들과 함께 있었다. 이 여덟 명의 여자들은 먼저 담벼락 위로 기어올라갔는데 다들 내 눈을 제대로 쳐다보지 못했다. 공사부인은 벽 너머에서 머리를 내밀어 말했다. “우리는 밖으로 갑니다. 저녁 때 만나요! 공사님이 죽었으니 방법이 없어요. 책임은 전적으로 나한테 있고, 내가 그분을 대신해서 여덟 아이들을 돌봐야 하거든요! 돈도 없고, 남자도 없으니, 하루 종일 이 젊은 년들을 돌봐야 해요. 저는 미혹나무 잎은 먹지 않아요! 남편이 공사인 공사부인이니 외국에 간 적도 있고, 미혹나무 잎도 먹지 않죠. 온종일 여덟 암고양이들을 돌봐야 한답니다!”

나는 공사부인이 어서 사라졌으면 했다. 그렇지 않으면 이 여덟 여자들이 그녀의 혀끝에서 뭐가 될지 알 수 없었다. 공사부인은 자못 눈치가 있는지라, 별안간 사라졌다.

미궁에 빠졌다. 어찌된 일일까? 여덟 명의 딸? 자매인가? 첩? 그렇다, 여덟 명의 첩이었다. 따시에가 나를 그의 집에 못 가게 한 것은 아마도 이 때문일 거다. 판자 아래에는 빛이 없었고 공기도 없었다. 공사부인의 말에 따르면 여자들은 악취를 풍기고 어지러운 데다, 음탕하고 못생겼다. 이런 집에서 뭔가를 보고 안 보고는 전혀 중요한 게 아니라는 생각에 후회가 됐다. 하지만 이미 방세를 내버리지 않았나. 그러니 어떤

어려움이 있더라도 아래층에 가 봐야겠다는 생각이 들었다.

여자들이 모두 외출했으니, 이제 내려가보면 되지 않을까? 아니다. 공사부인이 아래층에 가지 말라고 분부했으니 몰래 정탐하는 것은 옳지 못한 일이다. 이렇게 망설이던 중 담벼락 위로 공사부인의 머리가 다시 나타났다. "떳떳하지 못하게 몰래 내려다보지 말고, 빨리 당신도 나가 봐요!"

나는 재빠르게 기어 내려갔다. 누굴 찾아가야 할까? 만나서 얘기를 나눌 건 샤오시에뿐이었다. 너무 비관적인 성격이긴 하지만 말이다. 어디로 가야 그를 찾을 수 있을까? 집안에는 없을 것이다. 거리에서 누군가를 찾는다는 것은 바닷속을 더듬어 바늘을 찾는 것처럼 무모한 일이다. 나는 인파를 헤집고 나가 높은 곳에 올라 거리를 바라보았다. 도심에 있는 귀족들의 주택과 정부기관이 보다 선명하게 보였다. 대부분 주위 건물들보다 높았기 때문이다. 양쪽 외곽으로 갈수록 더 낮고 하찮았는데, 분명 이는 빈민들의 거처이거나 작은 점포들일 것이다. 이 정도만 기억해두면 묘성이 어떤 곳인지 대략 안다고 할 수 있다.

바로 이때, 인파 속에서 십수 명의 여자들이 모습을 드러냈다. 얼굴에 흰 분칠을 해서 멀리서도 여자라는 걸 알아볼 수 있었다. 그들은 나를 향해 왔다. 마음이 좀 불편했다. 공사부인과 따시에가 내게 준 인상으로 나는 이곳의 여성들이 분명 매우 순종적이고 성실하며 자유롭지 못하다고 생각하고 있었다. 아무렇게나 돌아다니는 이 여자들은 분명 규율에 근거하지 않는 것 같았다. 나는

이곳에서 신참이니 다른 자들이 나를 업신여기지 않도록 조심해야 했다. 여기까지 생각하고는 달아나려 했다. "관찰 작업을 시작하시려는 건가요?" 샤오시에의 목소리가 들렸다.

자세히 보니 그가 그 여성들에 둘러싸여 있었다.

도망칠 필요가 없어졌다. 눈 깜짝할 사이에 나와 샤오시에는 묘인 여성들에게 둘러싸였다. "하나 고를까요?" 샤오시에가 웃으며 말했다. 그는 눈으로 사방을 둘러보면서, "쟤는 '화(花)'고, 얘는 '미(迷)'[2]예요. 미혹나무 잎보다 더 어지럽게 하죠. 그리고 얘는 '씽(星)'이고……" 그는 모든 여인들의 이름을 알려주었다. 하지만 전혀 기억할 수가 없었다.

미가 내게 다가와 눈짓을 보냈지만, 나는 진저리를 쳤다. 어떻게 해야 좋을지 모르겠다. 이 여자들이 뭘 하는 건지 알 수 없었다. 만약 모두 나쁜 이들이라면, 나는 이제 막 이곳에 왔으니 명예를 소중하게 여기지 않을 수 없었다. 만약 모두 좋은 이들이라면, 그들의 원한을 사서도 안 됐다. 나는 여자를 증오하는 사람은 아니지만, 솔직히 여자에 대해 어떤 호감도 없는 것 같다. 나는 항상 여자들이 화장을 하는 것은 허위적인 표현이라고 여겼다. 물론 연분을 바르지 않는 여자도 본 적이 있지만 그들이 다른 여자들에 비해 덜 작위적으로 보이지는 않는다. 그렇다고 이런 심리가 내가 여자들에게 마땅히 보여야 할 매너를 가리진 않았다. 여성에 대한 나의 태도는 '존중은 하되 가까이 하지 않는 것'이었다. 나는 이 여자분들의 미움을

2. 미혹나무(迷树)의 '미(迷; 헤매다, 유혹하다)'에서 따온 글자.

사고 싶진 않았다.

샤오시에는 나의 진퇴양난을 알아차린 것 같았다. 장난치듯 그들을 밀치더니, "가! 가라고! 두 철학자가 만났으니 더 이상 너희는 필요 없어."라고 말했다. 여자들은 한바탕 재잘재잘 웃으면서 인파 속으로 비집고 들어갔다. 나는 여전히 어리둥절했다.

"옛 사람들은 첩을 많이 얻었고, 요즘 사람들은 장가를 많이 갔는데, 나는 옛것은 혐오하고 새것도 싫어하는 사람이라 부인을 얻지도 첩을 두지도 않았습니다. 그저 자유롭게 여자들과 놀 뿐이죠. '얼렁뚱땅' 사는 거죠. 누가 감히 여자들을 '얼렁뚱땅' 대하겠습니까?"

"저 여자분들은 마치……" 나는 어떻게 설명해야 할지 몰랐다.

"그들이요? 마치……" 샤오시에는 이어나갔다. "마치… 여자 같죠. 그들을 억압하든, 총애하든, 존중하든, 사랑에 빠지든, 이용하든 다 괜찮죠. 남자의 생각과 다를 뿐, 여자들은 영원히 변하지 않아요. 증조할머니는 화장을 하셨고, 할머니도 화장을 하셨죠. 제 어머니도 화장을 하시고, 여동생도 합니다. 저 여자들도 화장을 하죠. 아마 손녀들도 계속 화장을 할 겁니다. 그들을 방안에 가두어도 화장을 할 거고, 거리에 두어도 할 겁니다."

나는 "또 비관적이 됐군요!"라고 반응했다.

"저는 비관적인 게 아닙니다. 여자들을 높이 받들고, 존중하는 거죠. 남자들은 아침부터 밤까지 내내 소란을

피우지만 아무 발전이 없습니다. 성자가 됐다가도 돌연 짐승이 되어버리죠. 유독 여자만이 내내 순결하고, 내내 여자로 살면서 평생 분투합니다. 그저 물려받은 얼굴이 못마땅하다고 여겨서 하얀 분을 바르는 것이죠. 남자들은 만약 성자와 짐승의 얼굴을 분칠로 희고 번듯하게 만들 수 있다는 걸 알게 되더라도 체면 때문에 그러지 못할 겁니다. 그러고는 다시 제멋대로 소란을 피우겠죠."

이 농담 같은 논조로 나는 또 조용히 생각에 잠겼다.

샤오시에는 꽤 의기양양하게 말을 이어나갔다. "저 여자들은 모두 소위 말하는 신여성입니다. 그들은 제 아버지와 공사부인의 원수들이죠. 이게 꼭 그들이 제 아버지와 다툰다는 의미는 아닙니다. 오히려 아버지가 저들을 미워하죠. 만약 여자들이 아버지의 딸이었다면, 아무리 미혹나무 잎이 많아도 그들을 팔지 못했을 거예요. 처나 첩이었다면 그들을 방안에 가두지도 못했을 거고요. 그렇다고 여자들이 저의 모친이나 공사부인에 비해 힘이 세거나 재능이 있다는 말은 아닙니다. 오히려 그들은 더욱 여성스럽고 일은 하지 않는 데다 생각할 줄도 모르죠. 하지만 반대로 화장은 참 잘해요. 그들은 하나같이 예쁜데, 저처럼 모든 걸 싫어하는 사람마저도 항상 그들을 '얼렁뚱땅' 대하게 되죠."

"그들은 모두 신교육을 받았나요?" 내가 물었다.

샤오시에는 재밌어하며 한참 동안 말을 하지 못했다.

"교육이요? 아, 교육이라니. 교육!" 샤오시에는 약간 미친 것처럼 보였다. "묘국에는 학교 빼고 모든 곳에서 교육이

이뤄지죠! 할아버지가 욕하는 것도 교육이고, 아버지가 미혹나무 잎을 파는 것도 교육이죠. 공사부인이 여덟 묘인을 감시하는 것도 교육이고요. 길거리의 시궁창도 교육입니다. 병정들이 정수리를 때리는 것도 교육이고, 화장을 되도록 두껍게 하는 것도 여성 교육이죠. 곳곳에 교육이 있습니다. 저는 교육을 들으면 바로 미혹나무 잎을 마구 먹죠. 그러지 않으면 구토하지 않을 수가 없거든요."

"그럼 이곳에는 학교가 많나요?"

"많죠. 당신은 아직 거리 저쪽을 보러간 적이 없나요?"

"없습니다."

"가서 보시죠. 거리 저쪽은 죄다 문화기관이거든요." 샤오시에는 다시 웃었다. "문화기관이 문화와 관계가 있는지에 대해서 묻지 마세요. 분명 저쪽에 기관이 있긴 합니다." 그는 고개를 들어 하늘을 봤다. "좋지 않네, 비가 오겠어요!"

하늘에는 두터운 구름은 없었지만, 차가운 동풍이 불고 있었다.

"빨리 집에 돌아갑시다!" 샤오시에는 비가 올까봐 무척 걱정하는 것 같았다. "맑은 날 여기서 다시 봅시다."

폭풍을 마주치자 묘인들은 집 쪽으로 몰려갔다. 나도 뒤따라갔다. 지붕이란 것 자체가 없기 때문에 집으로 가더라도 비를 맞을 수밖에 없다는 걸 알고 있었지만 말이다. 묘인들이 미친 듯이 담벼락 위로 기어오르는 걸 보는 재미도 쏠쏠했다. 이전에도 거리에서 장애물을 뛰어넘는 경주를 본 적은 있었지만, 도시 전체가 일제히 담벼락 위로 기어오르는

광경은 처음이었다. 하늘과 땅에 닿을 듯한 커다란 붉은 섬광이 줄지어 세워진 집들과 하나의 삼각형을 이루었다. 계란만큼 큰 빗방울이 천둥소리와 함께 떨어져 내렸다. 저 멀리서 솨솨 소리가 나자 빗방울은 잦아들었다. 낮게 내려앉은 하늘은 잿빛으로 빛났고, 찬바람이 불더니 다시 번개가 크게 내리쳤다. 하늘에서는 비가 쏟아졌고, 이내 개별 빗방울 소리를 구별할 수 없게 되었다. 하늘은 어두워지고 보이는 건 아무것도 없었다. 오직 번개만이 매섭게 내리칠 뿐이었다. 큰 번개가 하늘 높은 곳을 가로질렀다. 놀란 뱀이 검은 하늘을 재빠르게 토막 낸 것만 같았고, 몇 번 번쩍이더니 사라졌다. 세상은 온통 까매졌다. 담장 밑으로 달려가니 이미 온몸이 완전히 젖어 있었다.

공사부인의 방은 어디일까? 잘 보이지 않았다. 몇 걸음 뒤로 물러나 번개의 힘을 빌려보려고 했다. 다시 크고 밝은 섬광이 내리치자, 거대한 흑귀처럼 하늘에서 눈을 떠, 아주 빠르게 몇 번을 깜박였다. 그래도 잘 보이지 않았다. 나는 마음이 급해졌다. 누구의 집이든 기어올라가야 했다. 올라가서 보는 수밖에. 허리쯤까지 기어올라가 더듬어보니 그곳이 바로 공사부인의 집이었다. 벽이 흔들렸기 때문이다.

마치 몇 세기를 기다린 것 같은 거대한 번개가 내리쳤다. 하늘이 온통 무너지는 듯한 큰 천둥소리가 들렸다. 나는 담벼락 앞에 서 있다가 점차 기울어졌다. 눈을 감고 천둥소리를 들었다.

난 어디로 가는 걸까? 누가 알겠는가!

十五

여자들

천둥소리가 잦아들었다. 그 소리를 내가 진짜 들은 걸까, 아니면 꿈을 꾼 걸까? 모르겠다. 눈을 떠보려 했지만 뜰 수가 없었다. 공사부인의 방 벽에 묻은 진흙이 내 얼굴에 다 붙어 있는 것 같았다. 그렇다. 아직도 천둥은 내리쳤다. 나는 확실히 깨어났다. 손을 움직여보려 했지만 돌에 눌려 있어 움직일 수 없었다. 발과 다리도 없어진 것 같았다. 마치 누군가가 나를 진흙 속에 심은 것 같았다.

손을 빼서 얼굴의 진흙을 닦아냈다. 공사부인의 집은 커다란 무덤으로 변해 있었다. 나는 발을 빼내면서, 미친 듯이 구해달라고 소리쳤다. 나는 괜찮았지만 공사부인과 여덟 여자들은 분명 아래층에 묻혀 있을 것이다. 하늘에선 아직 빗방울이 떨어졌고, 아무리 외쳐도 아무도 오지 않았다. 묘인들은 물을 무서워하기 때문에 날이 완전히 개기 전까지는 밖으로 나오지 않을 것이다.

내가 땅에 묻힌 내 몸의 절반을 뽑아냈다. 미친개처럼 진흙더미를 파헤치느라 몸에 상처가 나는지 살필 겨를도

없었다. 하늘이 개고 나니, 묘인들이 모두 밖으로 나왔다. 나는 흙을 파내면서 구해달라고 소리쳤다. 적지 않은 이들이 모여 한쪽에 서서 지켜보았다. 나는 그들이 오해할까 봐, 내가 아니라 밑에 파묻혀 있는 여덟 부인을 구해야 한다고 설명했다. 다들 똑바로 알아듣고는 앞쪽으로 모여들었다. 하지만 여전히 아무도 움직이지 않았다. 나는 간청하는 것만으로는 효과가 없다는 걸 깨달았다. 바지 주머니 속을 뒤져보니 국혼이 남아 있었다. “와서 내가 파내는 걸 도와주면 1국혼씩 주겠소!” 한동안 멍하니 서 있는 걸 보니 내 말을 못 믿는 것 같았다. 나는 국혼 두 개를 꺼내 그들에게 보여주었다. 이제 됐다. 벌떼처럼 우르르 모여들었다. 한 명이 올라와 돌멩이 하나만 들고는 움직였고, 또 다른 한 명이 와서는 벽돌 하나를 들고 움직였다. 이익이 있으면 뭐든 줍는 게 바로 묘인들의 습관이라는 생각이 들었다. 좋아, 니들 맘대로 해라. 어쨌든 벽돌은 죄다 옮겨졌고, 아래쪽의 묘인들을 밖으로 구해낼 수 있게 되었다. 매우 빠르게 말이다! 마치 개미들이 쌀알 같은 걸 한 무더기 나르는 것처럼 그렇게 빨리 옮겨질 줄은 생각지도 못했다. 아래쪽에서 목소리가 들려 마음이 조금 놓였다. 하지만 공사부인 한 사람의 목소리뿐이었기에 심장이 다시 뛰기 시작했다. 모든 걸 옮기고 나자, 가운데에 공사부인이 보였다. 그녀는 나무판자 구멍 너머에 앉아 있었다. 다른 여덟 여자들은 모두 네 귀퉁이에 누워 있었는데 전혀 움직이지 않았다. 나는 우선 공사부인을 일으켜 세워야 했다. 하지만

손을 나무판자에 뻗자마자 부인이 말했다. “아야! 날 만지지 말아요, 난 공사부인이라고! 내 집을 빼앗아 가면 황제를 만나러 갈 거야! 벽돌을 당장 다시 돌려놔 줘요!” 사실 그녀의 눈은 아직도 진흙으로 덮여 있었다. 아마도 무너진 집에 와서 약탈하는 것은 묘인들이 자주 저지르는 행동일 것이다. 그래서 공사부인은 쳐다보지 않고도 그렇게 짐작하고 있는 것이다.

사방에서 묘인들은 살금살금 지하로 잠입하고 있었다. 이미 벽돌들은 완전히 옮겨졌고, 어떤 이는 두 손으로 흙을 움켜쥐고 있었다. 경제난 때문에 한 줌의 흙이라도 챙기는 게 빈손으로 집에 가는 것보다 낫다고 여길 것이란 생각이 들었다.

공사부인은 얼굴에 묻은 진흙을 긁어냈다. 뺨이 둘로 쪼개졌다. 이마에는 큰 혹이 하나 생겼고, 두 눈은 마치 불이 난 것처럼 벌게졌다. 부인은 일어서려고 발버둥 치더니 한 묘인을 향해 절뚝거리며 나아갔다. 그러고는 그의 귀를 꽉 깨물었다. 깨문 채로 입으로는 커우루커우루 짖어댔다. 마치 쥐를 잡은 고양이 같았다. 물린 묘인은 울부짖으며 필사적으로 공사부인의 배를 때렸다. 둘은 한참 동안 빙빙 돌았는데, 공사부인이 갑자기 땅 위에 누워있는 여자를 봤다. 공사부인이 물고 있던 입을 놓자, 그 묘인은 쏜살처럼 달아났다. 주위의 묘인들은 탄성을 내질렀고, 십여 척 더 멀리 물러났다. 공사부인은 여자를 끌어안고는 통곡하기 시작했다.

나는 마음이 약해졌다. 원래 공사부인은 그리 인심이 없는 묘인이 아니었다. 다가가서 달래주고 싶었지만, 동시에 내

귀도 물어뜯길까 봐 두려웠다. 확실히 좀 미친 것처럼 보였기 때문이다. 한참을 울던 그녀는 다시 나를 쳐다봤다.

"다 네 놈 때문이야, 네 놈! 네가 내 집에 기어올라 다 무너뜨렸어! 넌 도망 못 가. 그들이 내 물건을 뺏어도 도망갈 수 없어. 황제를 뵈러 가서 너희들을 모두 죽여버릴 거야!"

"저는 도망가지 않습니다." 나는 천천히 말했다. "온 힘을 다해서 당신을 도울 거예요."

"넌 외국인이니, 난 네 말을 믿겠어. 그 물건들은 황제가 병사를 보내 수색을 하지 않으면 안 돼. 벽돌 하나까지 찾아내야 한다고! 나는 공사부인이야!" 공사부인의 입에서 침이 얼마나 멀리까지 튀었는지, 툭 하는 소리와 함께 피가 나왔다.

그녀가 정말 그렇게 큰 권력을 갖고 있는지는 알 수 없었다. 어쨌든 나는 그녀가 미칠까 봐 걱정돼 위로하기 시작했다. "저희 우선 이 여덟 명의 여자들을……"

"이거 봐. 이 여덟 명의 요부들을 어쩌라고? 나는 산 사람을 신경쓸 뿐 죽은 사람은 상관 안 해. 당신이 얘들을 처리할 방법이 있어?"

내가 어찌 알겠나. 나는 아직 묘국에서 장례를 치러본 적이 없다.

공사부인의 눈빛은 점차 무섭게 변했다. 눈망울에는 물기가 어려 있었지만 광란의 들불은 줄어들 줄 몰랐다. 마치 눈물이 죄다 말라버린 것처럼 흰자위가 도자기의 물 위에 비친 달그림자처럼 드러났다.

"내가 한마디만 하지!" 그녀가 소리쳤다. "나는 어디

하소연할 곳도 없소. 돈도 없고, 남자도 없고, 미혹나무 잎도 먹지 않지. 공사부인으로서 당신에게 말하는 것이오!”

보아하니 정말 미쳐버린 것 같았다. 그녀는 방금 막 말한 것을 모두 잊어버린 듯, 자신의 억울함을 하소연했다.

공사부인은 죽은 부인의 머리통을 붙잡았다. “이 아이는 열 살 때 공사에게로 데려왔지. 겨우 열 살이라서, 근육과 뼈가 아직 다 갖춰지지도 않았는데 공사가 받아들였어. 한 달 동안, 날이 저물지만 않으면 괜찮았어. 그런데 날이 어두워지면, 이년, 이 어린년은 울고, 울부짖고, 부모님을 애타게 찾았지. 내 손을 잡고 놓지 않으면서, 나를 엄마, 조상님, 하고 부르면서, 자기를 떠나지 말라고 했지. 하지만 나는 현명한 여성이라서 열 살 난 계집애 때문에 공사와 싸울 수는 없었어. 공사님은 재미를 보려고만 했고, 나는 상관할 수가 없었어. 나는 부인이고, 부인의 기품을 갖추고 있어야 하니까. 공사가 범할 때마다 이 어린년은 하늘을 찌르고 땅을 치면서 괴성을 지르며 울부짖었지. 그 애는 공사가 재미를 보는 동안 ‘공사부인! 공사부인! 훌륭하신 어르신, 저를 구해주세요!’라고 애원하며 소리쳤어. 내가 공사가 재미 보는 걸 막을 수 있었을까? 난 그러지 못했어. 일이 끝나고, 그 애는 누운 채 움직이지 않았지. 죽은 척하는 거였을까, 아니면 진짜 기절해버린 거였을까? 모르기도 하거니와 깊이 따져보지도 않았어. 이 애에게 약을 주고 밥을 해 먹였지. 근데 이 죽은 여우같은 년은 내 호의를 조금도 고맙게 여기지 않았어! 나중에 애가 어른이 된 후에 설치는 걸 보니, 애는

공사의 모든 걸 독점하지 못하는 걸 한스러워했지. 공사가 다시 새로운 애를 데려오니까 이 애는 하루 종일 울었어. 사람 사오는 걸 내가 말리지 않았다며 원망했지. 나는 공사부인이잖아. 공사는 사람을 많이 사 모아야 해. 그러지 않으면 누가 그를 존중하겠어? 이 요망한 년은 내가 공사를 신경 쓰지 않는 걸 원망했고, 제멋대로 굴었어!" 공사부인은 그 죽은 고양이를 한쪽으로 밀쳐놓고는, 다른 하나를 붙잡았다. "이 녀석은 창녀야. 아침부터 저녁까지 미혹나무 잎을 먹는데, 공사를 꼬드겨서 먹이기도 했어. 공사가 미혹나무 잎에 중독되면 어떻게 다시 외국에 나갈 수 있겠어? 저 꼬락서니 좀 봐! 내가 뭘 할 수 있었겠어. 공사가 기생이랑 노는 걸 막을 수도 없고, 공사가 미혹나무 잎을 먹는 걸 막을 수도 없었어. 외국에 나갈 수도 없었지. 당신은 공사부인 노릇하는 게 얼마나 힘든지 상상할 수도 없을 거야! 나는 낮에는 애가 미혹나무 잎을 훔쳐 먹지 못하게 감시해야 했고, 밤에는 공사를 꼬드겨서 난동 피우는 걸 경계해야 했지. 이 죽은 것! 이 애는 늘 도망치려고 했어. 내 두 눈이 모자랄 지경이었지. 오랫동안 감시해야 했어. 공사의 첩이 도망쳤다고 하면 세상 사람들이 어떻게 보겠어?" 또 다른 죽은 여인의 머리를 움켜쥘 때, 공사부인은 눈에 불이 붙은 것만 같았다.

"가장 사악한 년이 바로 이 아이야! 얘는 새로운 스타일의 요부였지! 집에 들어오기 전부터 공사에게 우리들을 모두 내쫓아버리라고 했고, 공사부인 행세를 즐겼어. 하하하하! 어떻게 그게 가능했을까. 얘는 단지

공사라는 점 때문에 공사를 맘에 들어 했어. 다른 요부들은 죄다 공사가 돈을 주고 사 왔는데 이년은 기꺼이 그와 함께하고 싶어 했어. 공사는 돈 한 푼도 쓰지 않고 놀아났어. 이년은 우리 여인들의 체면을 완전히 팽개쳐버렸어! 집에 들어오자, 공사는 우리에게 아무 말도 하지 않기 시작했어. 공사가 밖에 나가면 자기도 따라 나갔지. 공사가 손님을 만나면 자기도 함께했고. 흡사 공사부인과 같았어. 그럼 난 뭘 하지? 공사가 많은 여인들을 데려오긴 했지만, 공사부인은 나 하나뿐이라고. 나는 얘를 혼내주지 않으면 안 됐어. 방안에 가둬버리고 비에 흠뻑 젖게 했지. 세 번이나 그렇게 하고 나니까 이 요부도 더는 못 버텼어! 공사에게 자기를 집으로 돌아가도록 놔달라고 하고, 공사가 자길 속였다고 했지. 내가 얘를 놔줄 수 있었을까? 자칭 공사부인 후보가 제멋대로 공사와 싸우는데도? 그런 건 들어본 적도 없지. 다시 시집을 가고 싶다고? 그렇게 일이 쉽진 않지. 어림도 없어! 공사부인 노릇을 하는 건 쉽지 않아. 나는 밤낮으로 지켜봤지. 다행히 공사는 다시 이년을 데리고 놀았어."

공사부인은 몸을 돌리며 땅 위에서 한 시체를 골라냈다. "이 애는 나와 가까워졌어. 나랑 연합을 계획하고 함께 이 새로운 요부를 반대하려 했지. 여자는 다 똑같아. 남자가 없으면 허둥대지. 공사와 이 새 요부가 같이 잠에 드니까 그녀는 울면서 하룻밤을 지새웠어. 내가 말했지. 너도 공사부인 행세를 하려는 거냐? 이렇게 잠시도 공사와 떨어지지 못하는 네가 공사부인이라고? 나야말로 진짜

공사부인이야! 공사는 평생 마누라 한 명만 안고 살아야 하는 장사꾼이 아니야. 공사부인이 되려면 공사를 독점할 생각은 마!"

공사부인의 눈동자는 벌게졌다. 죽은 여인을 끌어안고 그 머리통을 땅 위에 몇 차례 후려쳤다. 한바탕 울고 난 후 나를 쳐다보는데, 나도 모르게 몇 발자국 뒤로 물러났다.

"공사가 살아 있는 동안 그들은 하루도 내 맘을 안정시키지 않았어. 이 애를 보면서 저 애를 대비해야 하고, 이 애를 욕하면서 저 애를 까야 했지. 온종일 나를 가만히 내버려 두지 않았어. 공사의 돈은 죄다 얘들이 써버렸어. 공사의 힘도 죄다 얘들에게 빨렸지. 공사가 죽고 나니 사내가 하나도 남지 않았어. 낳지 않았던 게 아냐. 여덟 여자들이 모두 남자애를 낳았지. 하지만 하나도 살아남지 못했어. 어떻게 살아남겠어. 하나가 아기를 낳으면 나머지 일곱이 밤낮으로 그를 괴롭혔으니 말야. 사내아이 덕분에 총애를 얻어 공사부인이 될까 봐 두려웠던 거지. 나는 진짜 부인이지만 이 여자애처럼 그렇게 질투하진 않았어. 그냥 신경 쓰지 않았지. 누가 누구의 아이를 해하건 그건 그녀들의 일일 뿐, 나랑은 상관없잖아. 나는 어린애를 해치려 하지도 않았고, 얘들이 서로를 모함하는 것도 상관하지 않았어. 항상 부인의 품위가 있어야 하니까 말야."

공사부인은 계속해서 말을 이어나갔다.

"공사가 죽으니 돈도 남자도 없어졌어. 이 여덟 여자애들을 전부 내게 맡겼지만, 별 방법이 없었지. 얘들이

맘대로 도망쳐서 재혼하도록 할 수 있었을까? 그럴 수 없었지. 하루 종일 돌봤고, 하루 종일 입이 닳도록 충고했지. 인생의 도리를 가르쳐주려 했어. 알아들었을까? 그럴 리가! 하지만 나는 낙심하지 않고 밤낮으로 이 애들을 돌봤지. 바라는 게 뭐였냐고? 바라는 건 전혀 없었어. 단지 황제께서 내 어려움과 지향, 품행을 알아주길 바랐고, 내게 위로금을 내려주시고, '절개가 있고 열렬하여 칭찬할 만하다(节烈可风)'고 새겨진 현판을 하사해 주시길 바랐던 거지. 그런데 내가 아까 우는 거 봤어? 들었지?"

나는 고개를 끄덕였다.

"내가 왜 울었겠어? 이 죽은 요부들 때문에? 나야말로 이 여자애들을 울릴 수 있지. 내가 운 것은 내 운명 때문이야. 공사부인으로서 미혹나무 잎도 결코 먹지 않았는데, 지금은 집이 완전히 무너져버렸고, 내가 이룬 성취가 완전히 사라진 것 때문에! 황제를 뵈러 간들 할 수 있는 말이 뭐가 있겠어? 옥좌에 앉은 황제가 내게 '공사부인아, 너는 무슨 성취를 이뤘기에 하사품을 요구하느냐?'라고 물으면, 내가 뭐라고 하겠어. 죽은 공사 대신 여덟 여인을 돌보았고, 추태를 부리지도 도망치지도 않았다고 해야겠지. 그러면 황제가 '그녀들은 어딨나?'라고 물을 텐데 할 말이 없잖아! 다 죽었다고 할까? 증거가 없는데 하사품을 받을 수 있겠어?" 그녀의 머리가 가슴에 닿았다. 괜찮은지 가볼까 싶었지만 내게 욕을 퍼부을까 두려웠다.

공사부인이 다시 고개를 들었을 때, 눈동자는 이미

움직이지 않았다. “외국에 가 봤던, 공사부인이고…, 미혹나무 잎을 먹지 않았는데…, 하사품은! 현판은! 나는 공사부인……” 그녀의 머리는 다시 아래로 떨구어졌다. 몸은 천천히 고꾸라졌고, 두 여인의 가운데에 쓰러졌다.

十六

얼렁뚱땅

슬펐다. 공사부인의 외마디 비명에 나는 수 세기 동안 여자를 위해 흘릴 눈물을 흘렸다. 내 손은 역사상 가장 암울한 페이지를 넘기고 있었고, 감히 공사부인을 쳐다볼 수도 없었다.

외국인 구역에 가지 않은 것은 잘못된 판단이었다. 나는 다시 집 없는 귀신이 됐다. 이제 어디로 가야 할까? 그 바쁜 묘인들이 여전히 나를 원할까. 아마도 돈을 요구하며 나를 기다리고 있을 것이다. 그들은 공사부인의 물건을 빼앗아 갔다. 뭐, 괜찮다. 하지만 그것으로는 그들이 국혼을 얻을 수 있다는 희망을 버리게 하기에 모자라지 않을까? 두통이 심해지고, 이빨 두 개도 흔들렸다. 몸이 아파 점차 생각이란 걸 할 수도 없었다. 마음속에서 경고음이 들렸다. 10국혼, 5국혼이 가득 든 주머니 하나를 땅바닥에 놓고, 나눠 가지든 훔쳐 가든 그들이 알아서 하도록 내버려 두었다. 신경 쓸 정신이 없었다. 그 여덟 부인들은 가망이 없었고, 공사부인도 죽었다. 공사부인의 몸 아래로 피가 흥건했고, 눈은 뜬 채였다. 아마 죽은 후에도 여덟 여자들에게 관심을 두고 있는 것

같았다. 나는 여자들을 묻어줄 수가 없었다. 물론 옆에 있는 묘인들 역시 신경 쓰지 않았다. 난감하고 괴로워 내 머리를 스스로 부숴버리고 싶었다.

잠시 땅 위에 앉았다. 움직이는 게 귀찮았지만, 결국 다시 일어서야 했다. 나는 이 부인들이 눈앞에서 썩는 것을 볼 수 없었다. 절뚝거리며 걸어갔는데, 아마 외국인들은 꽤나 부끄러웠을 거다.

거리는 인파로 가득했다. 어떤 소년들은 하나같이 손에 흰색 가루를 움켜쥐고 집 인근 담벼락에 낙서를 하고 있었다. 벽은 아직 축축해서 낙서 후 바람이 불면 유난히 하얘졌다. "청결운동을 하자!", "전 도시를 깨끗하게 씻자" 모든 담벼락에 이런 문장이 있었다. 나는 머리가 너무 아팠지만, 크게 웃지 않을 수 없었다. 비가 내린 후 도시 전체를 씻자고 부르짖는 셈이니, 사람들은 힘을 쓸 필요가 없었다. 묘인들은 정말 일을 할 줄 안다. 그렇다. 시궁창 안은 확실히 빗물에 씻겨 깨끗해졌다. 청소 운동이라, 하하하! 혹시 나도 좀 미친 걸까? 권총을 꺼내 낙서하는 몇몇 놈들을 죽이지 못하는 게 한스러웠다!

거리 반대편에 문화기관이 있다는 샤오시에의 말이 떠올랐다. 문화기관을 보기 위해서가 아니라, 조용한 곳을 찾아 잠시 눈을 붙이고자 둘러보았다. 거리의 집은 서로 마주보도록 짓는 게 맞다고 생각했는데, 이 거리의 집들은 공교롭게도 서로 등지고 있었다. 이 새로운 배열 방식은 두통마저 잊게 해주었다. 신선한 공기와 햇빛을 별로 좋아하지

않는 묘인들만이 생각해낼 수 있는 묘안이었다. 서로 등지고 있어 사이에는 조금의 간격도 없었고, 그 때문에 거리는커녕 질병 제조공장만도 못했다. 두통이 다시 돌아왔다.
이국땅에서 병에 걸리면 특히 비참해진다. 아마 중국으로 살아 돌아갈 희망 따위는 없을 거란 생각이 들었다. 자세히 볼 겨를도 없이 그늘 위에 쓰러지고 말았다.

얼마나 잠들어 있었는지 모르겠다. 눈을 떠보니 엄청 깨끗한 방안에 누워 있었다. 꿈을 꾸고 있거나, 열이 너무 높아 환상을 보고 있는 거라고 생각했다. 머리를 만져보니 열이 많이 나진 않았다. 영문을 알 수 없었다. 몸이 노곤해 다시 눈을 감았다. 가벼운 발자국 소리가 들려 살짝 눈을 떠보았다. 미혹나무 잎보다 매혹적인 미였다! 내게 다가온 미는 내 머리를 만져보고는 고개를 살짝 끄덕였다. 그러곤 "좋아!"라고 혼잣말을 했다.

선불리 눈을 뜰 수 없어서 기다렸다. 그리 길지 않은 시간이 지나 샤오시에가 왔다. 마음이 놓였다.

"무슨 일이야?" 그가 낮은 목소리로 물었다.

미가 대답하기를 기다릴 수는 없었다. 눈을 떴다.

"괜찮아졌어요?" 그가 묻자 나는 일어나 앉았다.

"이건 당신 집인가요?" 다시 호기심이 일었다.

"우리 둘의 집이죠." 그는 미를 가리켰다. "원래 저는 당신이 여기서 살게 하고 싶었어요. 하지만 아마 아버지가 바라지 않으셨겠죠. 당신은 아버지의 사람이라서, 아버진 저와 당신이 친구가 되는 것을 원하지 않고, 외국에서 배운 제 나쁜

습성이 너무 심해졌다고 말씀하시죠."

"당신들에게 고맙습니다." 나는 다시 집안을 훑어보았다.

"우리가 있는 곳이 왜 이리 깨끗한지 궁금하죠? 이게 바로 아버지가 말씀하시는 이른바 '외국 습성'입니다." 샤오시에와 미가 함께 웃었다.

그렇다. 샤오시에는 확실히 외국 습성을 갖고 있다. 그는 따시에에 비하면 두 배 이상의 어휘력을 갖고 있었다. 아마도 그 많은 어휘들은 외국으로부터 빌려 온 것일 게다.

"여기는 당신들 둘의 집인가요?" 내가 물었다.

"문화기관 중 한 곳입니다. 우리 둘이 빌려서 살고 있죠. 권력이 있는 묘인들은 아무 곳이나 기관의 건물을 점거할 수 있어요. 우리 둘은 이 곳의 청결함을 유지할 수 있으니 떳떳하죠. 공적 공간을 개인이 차지해도 되는지 아닌지에 대해서 다른 묘인들은 묻지 않아요. 우리 역시도 깊이 따질 필요가 없죠. 얼/렁/뚱/땅, 가장 재미있는 이 글자를 써야겠군요! 미, 그에게 미혹나무 잎 좀 더 줘."

"제가 이미 먹었다는 건가요?" 내가 물었다.

"우리가 당신에게 미혹 즙을 주입하지 않았다면, 깨어나지 못했을 거예요. 미혹나무 잎은 진짜 좋은 약입니다! 약 중의 왕이죠. 병을 다스릴 수 있는 경우에는 희망적이고요. 치료할 수 없으면 그저 즐기다 죽는 것이죠. 확실히 수많은 병들을 치료할 수 있긴 합니다. 다만 한 가지, 그것은 '개인'을 살릴 수 있지만, '국가'를 죽일 수 있습니다. 미혹나무 잎에는 이런 작은 결점이 있습니다!" 샤오시에는 또 철학자의 모습을 풍겼다.

나는 미혹나무 잎을 조금 더 먹었고, 정신이 많이 돌아왔다. 단지 귀찮아졌을 뿐이었다. 광국을 비롯한 다른 나라 사람들이 지혜롭다는 생각이 들었다. 그들이 별도의 구역에 모여 사는 것은 확실히 합리적이다. 묘국이란 나라의 문명은 상대하기 쉽지 않다. 그것에 가까이 하기만 하면 페인트처럼 당신에게 달라붙기에, 그 길을 따라갈 수밖에 없다. 묘국은 바닷속의 소용돌이와 같은데, 이곳에 가까워지면 온몸으로 빠져들게 된다. 묘국에 들어가려면 영락없이 묘인 행세를 해야 한다. 그렇지 않으면 아예 건드리지 말아야 한다. 나는 온 힘을 다해 미혹나무 잎을 먹는 것에 반항했지만, 결과는 어떤가? 나 역시 먹고 있다! 이곳에서는 반드시 그것을 먹어야 하고, 먹지 않으면 이곳에 있지 않아야 한다. 절대적인 사실이다. 만약 이 문명이 온 화성을 정복할 수 있다면—아마 수많은 묘인들이 이런 몽상을 품고 있을 것인데—모든 화성인들은 머지않아 다 같이 망하게 될 것이다. 혼탁, 질병, 불결, 혼란, 어둠 등이 이 문명의 특징이다. 이 문명을 구성하는 이들 중에도 누군가는 빛나는 것을 지니고 있을 것이다. 하지만 그 광명은 결코 이 어두운 세력에 저항할 수가 없다. 내가 보기에 이 세력은 반드시 언젠가는 진짜 빛이나 독기에 의해 살균되듯이 청결하게 제거될 것이다. 하지만 묘인들 자신은 결코 이렇게 생각하지 않는다. 샤오시에는 이 정황을 이해하고 있지만, 이미 바둑에서 졌다는 걸 알고는 손사래치며 실패를 자축하고 있는 것이다. 따시에와 그 밖에 다른 묘인들은 좋게 말해 그저

꿈을 꾸고 있는 것뿐이다. 나는 샤오시에에게 물어보고 싶은 게 정말 많았다. 정치, 교육, 군대, 재정, 출산, 사회, 가정…….

"난 정치는 몰라요." 샤오시에가 말했다. "아버지는 전업 정치인이니까 가서 물어보세요. 그 밖의 일들에 대해선 제가 잘 알기도 하고 모르기도 하죠. 당신이 먼저 가서 보시고, 다 본 후에 제게 물어보십시오. 문화 사업만큼은 제가 충분히 도울 수 있습니다. 어떤 사업이든 아버지가 어느 정도 관계를 맺고 있지만 그렇다고 모든 걸 다 살필 순 없기 때문에, 문화 사업에 대해선 제가 그를 대신하죠. 학교와 박물관, 고고학 박물관, 도서관을 둘러보고, 말씀만 하세요. 제가 만족시켜드리죠."

미혹나무 잎을 먹을 때만큼이나 마음이 편안해졌다. 정치에 관해서는 따시에를 찾아가 물을 수 있고, 문화 사업에 관해선 샤오시에에게 물으면 된다. 따시에와 샤오시에가 있으니 묘국 상황에 대해 대략적인 것을 알 수 있을 것이다.

하지만 내가 여기서 살아도 될까? 샤오시에에게 물어볼 수가 없었다. 양심적으로 말하건대 나는 확실히 이 청결한 방을 떠날 마음이 없었다. 하지만 그렇다고 꼬리를 흔들며 애걸할 순 없기에 기다렸다.

샤오시에는 내게 먼저 뭘 보러 갈 건지 물었다. 부끄럽게도 당장은 나태해져서 움직일 마음이 나지 않았다.

"당신의 역사에 대해서 좀 말해주세요!" 따시에 집안의 상황을 어느 정도 알 수 있길 바라며 물었다.

샤오시에는 웃었다. 그가 웃을 때마다 나는 그가

귀엽고도 가증스럽다고 생각했다. 그는 자신이 다른 묘인들에 비해 우월하다는 것을 알았다. 그런 까닭에 그는 그들에게 손을 뻗으려 하지 않았다. 자기 손을 더럽힐까봐 염려해서 말이다! 그는 묘국에서 태어난 게 매우 불행한 일이고, 자신이 가시덤불 속의 유일한 장미라고 여겼던 것 같다. 나는 이런 태도가 싫었다.

"부모가 낳았으니 제가 태어났죠." 그가 이야기하기 시작했고, 미는 옆에 앉아 그의 눈을 바라보았다. "하지만 그건 저랑은 상관없는 일이에요. 그들은 나를 끔찍이 사랑했지만, 역시 저와는 상관없죠. 할아버지 역시 저를 많이 사랑했지만, 손자를 사랑하지 않는 조부란 없으니, 별로 참신할 것도 없어요. 유년기의 생활은 별로 할 말이 없는 것 같아요." 샤오시에가 고개를 들어 생각에 잠기자, 미도 고개를 들어 그를 봤다.

"맞다! 어쩌면 당신이 들을 만한 가치가 있는 작은 일이 있는데, 만약 가치가 없다면 얘기해 줘요. 제 유모는 기생이었어요. 기생은 유모 노릇을 할 수 있죠. 하지만 내가 어떤 다른 아이들과도 같이 노는 걸 허용하지 않았어요. 이건 우리 집의 특별한 교육 방식이죠. 왜 굳이 기생을 불러서 아이를 돌보게 했을까요? 돈이 있으니까요. '돈은 귀신도 불러 올 수 있다'는 속담도 있잖아요. 이 유모는 귀신 중 하나였죠. 조부가 그 유모를 원했던 건 기생이 남자아이를, 군인이 여자아이를 돌보는 게 가장 좋은 방법이라고 생각했기 때문이에요. 그들은 남녀 아이들에게 남녀의 지식에 관한

모든 것을 가르쳐줄 수 있었죠. 충분한 지식이 생기면 일찍 결혼할 수 있고, 일찍 여자도 생기겠죠. 이런 게 조상에게 떳떳하기도 하고요. 기생 말고도 내게 공부를 가르쳐주는 다섯 명의 선생들이 있었어요. 이 다섯 분의 나무토막 같은 선생들이 내게 묘국의 모든 학문을 가르쳐주었죠. 한데 나중에 한 나무토막 선생이 갑자기 더는 나무토막이 아니게 되었죠. 내 유모를 따라 도망가 버렸거든요. 다른 네 명의 나무토막 선생들도 모두 쫓겨났지요. 내가 자라자 아버지는 나를 외국으로 보냈어요. 부친은 무릇 몇 마디 외국어는 할 줄 알고, 모든 걸 알아들을 수 있어야 한다고 여겼죠. 그는 모든 것을 이해하는 아들이 필요했어요. 외국에서 4년을 머물렀는데, 저는 당연히 모든 걸 이해했죠. 그래서 집으로 돌아왔어요. 아버지의 예상과 달리 저는 모든 걸 알지는 못했고, 단지 외국 습성이 좀 더 커졌어요. 하지만 그런 이유로 저를 사랑하지 않는 건 아니었고, 평소처럼 내게 돈을 쓰셨죠. 저는 돈 쓰는 걸 즐겼어요. 씽, 화, 미와 함께 즐겼죠. 표면상 저는 부친을 대신해 문화사업을 주관하지만, 사실 기생충에 불과해요. 악을 행할 생각은 없지만 선을 행할 능력도 없어요. 그러니 '얼렁뚱땅' 사는 거죠. 부연하자면, 이 보물 같은 표현은 쓰면 쓸수록 정화가 되는군요." 샤오시에는 또 웃었다. 미 역시 따라서 웃었다.

"미는 내 친구예요." 샤오시에는 내 궁금증을 추측했다. "같이 사는 친구죠. 이건 외국 습성이기도 해요. 집에는 열두 살에 결혼한 부인이 있죠. 제가 여섯 살 때 기생인 유모가

내게 모든 걸 가르쳐주었으니, 열두 살이 되어 결혼하는 것은 자연스레 피할 수 없었어요. 제 아내는 뭐든 할 줄 아는데, 특히 아이를 잘 낳죠. 아버지에 의하면 좋은 여자예요. 하지만 저는 미를 원했죠. 아버지는 내가 미를 첩으로 삼길 원하셨고, 난 그럴 생각이 없었어요. 아버지는 열두 명의 첩이 있었으니 그에게 있어 첩을 들이는 건 정당한 일이었죠. 아버지는 미를 싫어했지만, 나는 별로 미워하지 않았어요. 비록 그는 외국 습성을 아주 싫어했지만, 세계에는 확실히 이런 일종의 풍습이 있다는 것을 받아들이고, 외국 습성이라고 불렀죠. 할아버지는 미와 저를 다 미워했어요. 근본적으로 외국 습성 자체를 아예 인정하지 않으시니까요. 저와 미는 동거를 했는데요. 우리는 사실 아무것도 아니지만 묘국의 청년들에게 큰 영향을 끼쳤어요. 당신도 알듯이 우리 묘인들은 남녀 관계는 오직 '거시기'라고 여기고 있죠. 장가를 가면 거시기를 하고, 첩을 두어도 거시기하고, 기생과 노는 것도 거시기를 하고. 요즘 사람들은 자유 결합을 중요시하는데, 그것도 결국 거시기입니다. 미혹나무 잎이 생기면 먹어버리니, 그러고 나면 거시기하고 싶은 겁니다. 청년들은 저를 부러워합니다. 모두들 먼저 결혼을 하고 나서 자유 연애를 하고자 하는데, 제가 선례인 거죠. 하지만 노인들은 저를 뼈에 사무치도록 미워합니다. 결혼을 하고 첩을 두면 한곳에 같이 살 수 있기 때문에, 거시기를 하면 바로 아기들을 낳을 수 있겠죠. 결혼만 할 수도 그럴 필요도 없기에, 지금의 자유 결합에서는 애인에게 따로 자리를 내주어야 하죠. 그러지 않으면 외국의

습성을 충분히 따른다고 할 순 없죠. 그런데 이렇게 되면 돈이 유달리 많이 들기 때문에 자연히 노인들은 돈을 못 대게 되고, 노인들이 돈을 못 가져오면 청년들은 노인들과 싸우기 마련이죠. 저와 미가 지은 죄는 정말 적지 않습니다."

"본가에서 완전히 벗어나지는 않을 건가요?" 내가 물었다.

"돈이 없으니 그럴 수 없죠! 자유 연애는 외국 풍습이지만 동시에 우리는 아비에게 돈을 바라는 고국의 습성도 버릴 수 없습니다. 이 둘이 조화를 이루지 못하면 어떻게 충분히 '얼렁뚱땅'하다고 할 수 있겠어요?"

"노인들이 좋은 방안을 떠올리지 않을까요?"

"그들에게 무슨 방법이 있겠어요? 그저 여자를 거시기를 위한 존재로 승인하는 거예요. 자기들끼리 첩을 들이는 데다, 젊은 나이에 첩을 들이는 걸 반대하지 않는데 어떻게 자유 연애를 금지할 수 있겠어요? 그들이나 우리나 모두 방법이 없어요. 장가를 가고, 첩을 두고, 자유 연애를 하고, 이 모두가 아이를 낳아야 하는 거예요. 아이를 낳으면 누가 돌봐야 하나요? 우리는 자녀 문제도 신경 쓸 필요 없고, 오직 거시기의 문제만 신경 쓰면 돼요. 늙은이들은 목숨 걸고 첩을 얻고, 젊은 자들은 목숨 걸고 자유를 얻죠. 겉으로는 아주 활기차게 행동하지만, 사실은 거시기죠. 거시기의 결과는 많이 낳고 아무도 돌봐주지 않고 교육받는 어린 묘인도 없도록 하는 것일 텐데요. 이걸 확장된 '얼렁뚱땅'이라고 부릅니다. 할아버지도 아버지도 저도 건성으로 살지요. 그 청년들도

그렇고요. '책임'은 가장 혐오하는 단어입니다."

"여자들은요? 여자들도 거시기를 위한 것이었다고 달갑게 인정할까요?" 내가 물었다. "미, 여자인 네가 말해 봐." 샤오시에는 미를 향해 말했다.

"나? 난 당신을 사랑한다는 것 말곤 할 말이 없어. 당신이 아이를 낳을 와이프를 보러 가고 싶으면 가도 좋아. 상관하지 않아. 하지만 언제든 당신이 나를 더 이상 사랑하지 않게 된다면 나는 바로 미혹나무 잎 마흔 개를 먹고 죽어버릴 거야."

나는 미가 계속해서 말을 이어가길 기다렸지만, 그녀는 더 이상 말하지 않았다.

十七

졸업식

샤오시에에게 물어본 적도 없고, 그 역시 그러라고 한 적도 없지만, 어쨌거나 나는 그의 집에 머무르게 되었다.

둘째 날이 되자 나는 관찰하는 일을 시작했다. 무엇을 보든 일정한 계획은 없었다. 밖에 나가 마주치는 대로 살피는 게 가장 좋은 방법일 것 같다.

길 반대쪽에서 어린애들을 많이 본 적이 없었는데, 알고 보니 어린 아이들은 다 길 이쪽에 있었다. 마음속으로 기뻤다.

묘인들은 대체로 이런 장점을 갖고 있는 것 같다. 아이들에게 가르치는 것을 중히 여겨서 거리 한쪽엔 문화기관을 두었는데, 그래서 아이들은 이쪽에 와서 공부한다.

묘인 아이들은 세상에서 가장 쾌활한 꼬마들이다. 지저분하기로는 엄청나게 지저분해서 형용하기 어려울 정도다. 마르고, 냄새나고, 못생겼으며, 코는 비뚤어지고 눈은 작다. 얼굴은 종기투성이다. 하지만 다들 하나같이 쾌활하다. 얼굴이 커다란 항아리처럼 부어오른 녀석을 만났다. 입은

벌어지지 않을 정도로 부어올랐고, 뺨에는 수많은 핏자국이 있었다. 뜻밖에도 그 역시 웃는 얼굴로 다른 아이들과 함께 뛰어 놀고 있었다. 내 기쁜 마음은 죄다 하늘로 날아가 버렸다. 나는 이 아이들에게 좋은 가정과 학교가 있다는 걸 연상할 수 없었다. 그런데 어째서 쾌활할 수 있나? 가정과 학교, 사회, 국가가 멍청한 놈들로 가득하니 이런 엉망인 아이들이 길러지는 것이고, 지저분하고 마르고 냄새나고 못생기고 코가 비뚤어지게 키워지는 것이다. 하지만 여전히도 아이들은 쾌활하다. 어린이는 사회와 국가의 색인(索引)이며, 어른들의 징벌자이다. 그들이 커서 성인이 되었을 때에는 나라를 지저분하지 않고, 가난하지 않고, 냄새나지 않고, 못나지 않게 만들어야 할 것이다. 저 망가진 자들이 묘국의 희망을 억누르고 있는 걸 보면, 희망은 없다! 많은 아내를 두면서 멋대로 연애를 하고, 종족을 위해 고민할 묘인은 아무도 없다. 이들의 애정 생활은 파멸의 손가락 아래서 사랑을 나누는 삶이며, 죽음의 망령을 모른다!

그러나 나는 쉽게 단언하지 않고 먼저 보고 나서 말할 것이다. 아이들을 따라 가보았다. 커다란 문이 있는 학교에 도착했는데, 사방이 벽으로 둘러싸인 공터가 전부였다. 아이들은 모두 안으로 들어가고, 나는 문밖에서 지켜봤다. 어떤 아이는 땅바닥에서 뒹굴고, 어떤 아이는 담벼락을 기어오르고, 어떤 아이는 담벼락에 그림을 그리고, 어떤 아이는 담 모퉁이에서 친구들의 비밀을 자세히 살피는 등 하나같이 쾌활한 모습이었다. 선생은 없었다. 얼마쯤 시간이

흐르자 세 어른이 왔다. 그들은 모두 해골 표본처럼 말랐는데, 마치 태어나서 지금까지 한번도 배불리 먹은 적이 없는 것 같았다. 손으로 벽을 짚어가며 천천히 발을 끌었는데 작은 바람이 불 때마다 딱 멈추어 서서 한참 동안 부들부들 떨었다. 그들은 천천히 교문으로 걸어 들어갔다. 아이들은 아까처럼 구르고 기어오르고 떠들고 비밀 이야기를 나누었다. 세 어른은 땅바닥에 앉아 입을 벌리고 숨을 돌렸다. 아이들은 더 시끄럽게 떠들었다. 세 어른은 함께 눈을 감고 귀를 닫았다. 학생들로부터 미움받을까 봐 두려워하는 것 같았다. 얼마나 시간이 지났는지 모르겠다. 세 어른이 일어나더니 아이들에게 앉아보라고 권했다. 학생들은 영원히 앉지 않으려 결심한 것 같았다. 다시 한 시간이 지났지만 여전히 앉지 않았다. 다행히 세 선생은—그들은 분명 선생이었다—나를 한눈에 발견했다. "문밖에 외국인이 있다!" 고작 이 말 한마디로 아이들은 죄다 벽을 향해 앉고는 아무도 고개를 돌리지 않았다.

세 선생 중 가운데는 아마도 교장 같았다. 그는 "먼저, 애국가 제창."이라고 말했지만, 아무도 부르지 않고 멍하니 있었다. 교장은 다시 "다음, 황제를 향해 경례!"라고 말했으나 아무도 절하지 않았다. 이번에도 다들 멍하니 있을 뿐이었다. "신령님께 묵념." 이때 학생들은 외국인을 잊어버렸는지 서로를 밀치며 욕하기 시작했다. "외국인이 있다!" 모두들 다시 조용해졌다. "교장 훈화." 교장은 앞으로 크게 한 걸음 나와 모두의 뒤통수를 향해 말했다. "오늘은 여러분의 대학 졸업일입니다. 이 얼마나 영광스러운 일입니까!"

나는 거의 기절할 뻔했다. 대학 졸업이라니? 하지만 우선 감정의 동요를 다잡고 들어보려 했다.

교장은 계속해서 말했다.

“최고 학부를 졸업하다니, 여러분, 이 얼마나 영광스러운 일입니까! 여기서 졸업하는 여러분은 모든 것을 이해하게 됐고, 모든 지식을 갖추게 됐습니다. 앞으로 나라의 앞일은 여러분의 어깨 위에 걸려 있으니, 이 얼마나 영광스러운 일입니까!” 교장은 길게 하품을 했다. “끝!”

두 선생은 죽기 살기로 박수를 치고 학생들은 다시 시끄러워졌다. “외국인이다!” 다시 조용해졌다. “교원 훈화.”

한참 머뭇거리던 두 선생 중 얼굴이 말린 호박처럼 삐쩍 마른 하나가 앞으로 한 걸음 나아갔다. 내가 보기에 이 선생은 비관주의자 같았다. 왜냐하면 눈가에 눈물이 맺혀 있었기 때문이다. 그는 극도로 애잔하게 말했다. “여러분, 오늘 최고 학부에서 졸업하니 이 얼마나 영광스러운 일입니까!” 눈물 한 방울이 흘러내렸다. “우리나라의 학교는 모두 최고 학부입니다. 이 얼마나 영광스런 일입니까!” 다시 눈물이 흘러내렸다. “여러분, 교장과 교사들의 도움을 잊지 마십시오. 우리가 여러분의 교사가 될 수 있다는 게 얼마나 영광인지요. 어제 내 아내가 굶어 죽었습니다만, 이 얼마나……” 그의 눈물이 빗방울처럼 쏟아져 내렸다. 한참 동안 몸부림치고 나서 그는 다시 말을 이어갔다. “여러분, 교사의 도움을 잊지 마세요. 돈이 있으면 좀 도와주고, 미혹나무 잎이 있으면 미혹나무 잎을 나누고! 여러분은 아마 우리가 25년 동안 봉급

한 푼도 받지 못했다는 걸 알죠? 여러분……" 그는 더 이상 말할 수 없어 비틀거리며 바닥에 앉았다.

"졸업장 수여."

교장은 담장 밑에서 얇은 돌을 들어 올렸다. 돌 위에는 선명하게 볼 순 없었지만 글자가 새겨져 있었다. 교장은 돌을 발 앞에 두고 말했다. "이번 졸업에서 여러분은 모두 1등이니, 이 얼마나 영광스러운 일입니까! 지금은 졸업장을 여기에 둘 테니, 여러분은 아무거나 가져가세요. 왜냐하면 다들 1등이니까 당연히 앞뒤의 순서를 나누는 게 불필요하지요. 그럼, 해산!"

교장과 한 선생은 땅바닥에 주저앉은 비관주의자를 일으켜 세우고, 천천히 걸어나갔다. 학생들은 졸업장을 챙기지도 않고 담벼락을 올라가더니, 땅 위를 구르며 어우러져 떠들었다.

대체 무슨 상황일까? 어리둥절해졌다! 돌아가서 샤오시에에게 물으려 했다. 하지만 집에 가보니 샤오시에와 미는 나가버린 후였다. 나는 다시 나가서 관찰을 더 한 다음 그들이 돌아오면 물어보기로 했다.

방금 막 보았던 학교의 대각선 방향에는 또 다른 학교가 있었다. 학생들은 대략 열대여섯 살 정도였다. 예닐곱 명이 땅 위에서 한 묘인을 짓누르고 있었고, 도구들을 이용해 절단하고 있었다. 옆쪽에서는 또 다른 학생들이 두 명을 묶고 있었다. 나는 이것이 절개를 이해하기 위한 실습일 거라고 생각했다. 하지만 살아있는 사람을 묶어서 해부하는 건 너무

잔인하지 않나? 결국 진상이 밝혀질 때까지 억지로 지켜보는 수밖에 없었다. 잠시 후, 그들은 두 명을 완전히 묶고는 담벼락 밑에 두었다. 둘은 조금의 소리도 내지 못했는데 아마도 이미 놀라 죽어버렸기 때문이었을 것이다. 해부하는 이들은 한편으로는 절단하면서 한편으로는 욕을 해댔다. "우리가 뭘 하든 신경 쓰지 않는 이놈을 봐! 이 죽일 놈!" 그러고는 한쪽 팔을 내던졌다! "우리에게 공부를 하라고? 여학생들을 건드리지 말라고? 사회가 이렇게 엉망인데, 계속 나더러 공부를 하라고? 학교 안에서 그러면 안 된다고? 네놈의 심장을 파낼 거야, 이 죽일 놈!" 새빨간 덩어리가 공중으로 날아갔다!

"저 시체 두 구를 잘 묶었어? 한 구만 들어서 가져와!"

"교장? 아니면 역사 선생?"

"교장!"

심장이 입을 통해 튀어나올 것만 같았다! 그러니까 절단난 것은 교장과 선생이었던 것이다!

어쩌면 교장과 교직원은 이미 진작에 살해당해 마땅했는지도 모르지만, 학생들이 산 채로 사람을 해부하는 걸 보고만 있을 수는 없었다. 누가 옳고 그른가를 떠나서, 인도주의적 입장에서, 학생들이건 다른 누구건 제멋대로 흉악한 짓을 하고 다니는 걸 관망할 수 없었다. 나는 권총을 꺼내 들었다. 내가 소리를 한번 지르자, 그들은 바로 도망쳐버렸다. 나는 정말 화가 났다. 그저 권총만이 이들을 다룰 수 있다는 생각이 들었으나, 어디 총 쏠 만한 가치라도 있나. 빵! 나는 한 발을 쏘았다. 와르르, 사방의

담이 모두 무너져 내렸다. 홍수가 내린 후의 담은 진동을 버텨내지 못했다. 나는 일을 그르치고 말았다. 교장을 구하고 싶었지만, 교장과 학생들은 모두 무너진 벽 아래에 깔려버렸다. 아무 생각도 나지 않았다. 교장을 살해한 학생들 역시 하나의 생명이기에 그대로 내버려 둘 수 없었다. 하지만 어떻게 이들을 구한단 말인가? 다행히도 벽은 오직 흙으로 만들어졌다. 최근 들어 마음이 왜 이리도 졸렬한지 모르겠다. 정신없는 와중에도 교장이 죽어 마땅하다는 생각이 드는 것이다. 학교가 지어진 모양을 보니, 이 흙더미로 담벼락을 만드는 데만 돈을 쓴 모양이었다. 학교를 운영하며 공금을 횡령했다면 죽어 마땅하다. 이렇게 추측하면서도, 내 손발은 놀고 있지 않았다. 연달아 파묻힌 이들을 빠르게 끌어냈다. 흙더미에서 힘겹게 끌어낼 때마다 그들은 나를 한번 쳐다보지도 않고 미친 듯이 도망쳐버렸다. 마치 새장에서 방류한 비둘기 같았다. 크게 다친 것도 아니어서 마음이 편안해졌다. 게다가 이 곡예가 꽤 재밌다는 생각마저 들었다. 마지막에는 교장과 교사도 끄집어냈는데, 그들의 손발은 모두 묶여 있어서 도망칠 수 없었다. 나는 그들을 한편에 두고는 아직 누군가 남아 있는지 보려고 흙에 발길질을 하기 시작했다. 흙 속에 아직 누군가 남아 있는 걸까. 없는 것 같았다. 하지만 다시 한번 발길질을 했다. 확실히 없다는 생각이 들어 묶여 있는 두 놈을 풀어주었다.

한참을 기다린 후 두 선생은 눈을 떴다. 내겐 구급약도 없고 정신을 안정시킬 술도 없었기에 둘을 쳐다보는 수밖에

없었다. 견딜 수 없이 궁금한 게 많았지만 바로 물어볼 수도
없었다. 두 선생은 천천히 일어나 앉았는데, 여전히 놀란
기색이었다. 나는 그들을 향해 옅게 웃고는 낮은 목소리로
물었다. "누가 교장입니까?"

둘은 매우 두려운 표정을 짓더니, 서로를 지목했다. 신경
착란이 생긴 것 같았다.

두 선생은 살며시, 천천히, 가볍게 일어섰다. 나는
움직이지 않았다. 그들은 일어나더니 고개를 끄덕였다. 그리고
눈 깜빡할 사이에 저 멀리 달아났다. 마치 서로를 몰아낸
왕잠자리 암컷과 수컷이 눈앞에서 빠르게 날아가 버리는 것
같았다. 쫓아간다고 해도 쓸모없었고, 내가 묘인과 달리기로
경쟁해서 이길 리 없었다. 나는 한숨을 내쉬면서 흙더미 위에
앉았다.

어찌된 일일까? 교활하다! 누가 교장일까? 그들은 서로를
지목했다. 살아나자마자 자기 목숨을 보전하고 다른 사람을
희생시키려 했다. 내가 교장을 해코지하려는 줄 알고 서로를
손가락질한 것이다. 슬그머니, 천천히 일어나더니 잠자리처럼
도망쳐버렸다! 하하! 나는 미친놈처럼 웃었다! 저 둘을 비웃는
게 아니었다. 곳곳에 의심이 가득하고, 이기적이고, 잔인한
이들의 사회를 비웃는 거였다. 이곳에 성실, 도량, 의리, 기개
따위는 없었다! 학생들은 교장을 해부하고, 교장은 자신이
교장이라는 걸 인정하지도 못한다. 어둡고도 어두웠다! 설마
내가 자기들을 구해주었다는 사실도 눈치채지 못한 걸까?
아, 그토록 어두운 사회 안에서는 누군가를 구해준다는 개념

자체가 없겠구나. 나는 공사부인과 여덟 여자들이 생각났다. 그들은 아마 아직도 그 자리에서 썩고 있을 것이다.

교장, 선생, 교사, 공사부인, 여덟 여인들…… 이들의 인생이란 뭘까? 나도 모르게 눈물이 났다.

대체 어떻게 된 걸까? 아무 생각도 나지 않으니 샤오시에에게 물어봐야 했다.

十八

교육

다음은 샤오시에의 말이다:

화성의 각국이 아직 야만인들의 시대였을 때, 우리는 이미 교육제도를 갖고 있었습니다. 묘국은 오래된 나라죠. 하지만 우리의 현행 교육제도는 외국에서 베껴온 겁니다. 이는 우리가 남을 모방했다는 게 아니라, 타자를 본보기 삼는 것이 쉬운 일이 아니란 얘기죠. 상호 모방은 당연한 것이고, 인류문명 진보의 중요한 동료이기도 합니다. 아무도 우리의 낡은 제도를 골라 시행하진 않으며, 우리는 반드시 다른 이들의 새로운 제도를 배워야 하죠. 누가 높고 낮은지는 이미 알 수 있죠. 하지만 만약 내가 제대로 모방할 수 있다면, 우리의 교육과 다른 나라의 교육이 어깨를 나란히 할 수 있겠죠. 물론 우리는 아주 저능하다고 할 순 없습니다. 새로운 교육제도와 방법을 시행한 지도 벌써 2백여 년이 지났지만, 여전히 엉망진창입니다. 이는 우리가 모방조차 할 줄 모른다는 걸 증명합니다. 원래 있던 걸 제대로 실행할 수도 없고, 다른 사례를 배우는 것도 할 수가 없습니다. 나는 비관주의자예요.

우리 민족이 저능하다는 걸 인정합니다.

저능한 민족을 혁신한다는 것은 농담과 같습니다. 그러니 우리의 새로운 교육은 하나의 농담입니다.

왜 아이들이 대학을 졸업하냐고 물었죠? 당신이 너무 성실하거나 너무 어리바리한 겁니다. 그게 농담이란 거 모르세요? 졸업이요? 그 아이들은 모두 입학 첫날이에요! 웃음거리가 생기면 바로 난리법석을 피우며 집에 가고, 우리는 자만할 수 있는 것 말곤 다른 게 없어요. 오직 철저한 농담밖엔 없죠. 지난 2백 년의 교육 역사는 바로 농담의 역사에요. 이제 이 농담의 역사는 마지막 장에 다다랐죠. 아무리 똑똑하다고 해도 이 거대한 농담을 더 우습게 만들 수는 없을 거예요. 새로운 교육이 처음 시행됐을 때, 우리의 학교들도 몇 개의 등급으로 나뉘었어요. 학생들은 반드시 한 걸음씩의 경험을 거쳐야 비로소 졸업할 수 있었죠. 2백 년의 개선과 진보를 거치면서, 차차 시험을 취소하게 되었어요. 무릇 학생이라면 그가 수업을 가든 아니든 무관하게 때가 되면 졸업한 것으로 치는 겁니다. 하지만 소학교 졸업과 대학교 졸업은 자연히 신분상 구별이 되는데, 누가 소학교 졸업 자격으로 만족하겠습니까. 소학교와 대학교는 똑같이 수업을 안 하지 않나요? 그래서 우리는 철저하게 개혁한 겁니다. 무릇 입학 첫날에 바로 그가 졸업한 것으로 치고, 먼저 졸업하면 그 후에, 아, 그 후란 없지요. 이미 졸업했으니까. 그리고 또 뭐가 있겠어요?

이건 묘국에서 가장 좋은 방법입니다. 통계적으로 우리의

대학 졸업생 숫자는 화성 여러 나라들 중에서 가장 많습니다. 수치상 1위는 충분히 자위할 수 있는 거죠. 아니, 오만입니다. 우리 묘인들은 실제를 가장 중시합니다. 세어보세요. 어느 나라의 대학 졸업자 수도 우리를 따라잡지 못해요. 모두 만족스러운 미소를 짓죠. 황제도 이 방식을 좋아합니다. 그가 열심히 교육하지 않았다면, 어떻게 대학 졸업생들이 이렇게 많을 수 있겠습니까? 그는 백성들 앞에 떳떳하겠죠. 교원들도 이 방법을 좋아하는데요. 누구나 대학 교수이고, 모든 학교가 최고학부니까요. 모든 학생들이 1등이고, 이 얼마나 영광스러운 일입니까! 가장들도 이 방식을 좋아합니다. 일곱 살 난 지저분한 아이도 대학을 졸업하죠. 자녀의 총명함은 부모의 영예입니다. 학생들은 말할 것도 없죠. 묘국에 태어났다면 예닐곱 살 때 죽지만 않았다면 어찌 됐든 대학 졸업 자격은 얻을 수 있거든요. 경제적으로 볼 때 이 방법은 더욱 기발하고도 비범합니다. 처음 학교를 운영했을 때, 황제는 해마다 교육비를 내도록 했거든요. 하지만 교육받은 학생들은 이게 돈만 쓰고 귀찮게 하는 것 아니냐며, 난색을 표하기 일쑤였죠. 지금은 황제가 한 푼도 내지 않게 하면서 매년 수많은 대학 졸업생들을 배출합니다. 이러니 졸업생들도 황제를 못살게 굴지 않겠죠. 굶어죽는 교원은 적지 않은데, 대학 졸업생 숫자는 오히려 늘었을 겁니다. 원래는 교장과 교원들이 돈을 벌어야 하기 때문에 하루 종일 서로를 배척했고 매일 몇 명씩 때려죽였습니다. 게다가 때때로 학생들을 부추겨 소란을 피우기도 했고, 소란스러워지니

다들 불안해했죠. 지금은 황제가 돈을 주지 않으니 서로 다투지 않습니다. 교원들이 급료를 달라고 했지만 황제는 무시했죠. 대신 군대를 파견해 그들의 뒷통수를 쳤어요. 그들의 방패는 학생들이었지만, 학생들은 이제 입학하면 바로 졸업해요. 누가 가서 다시 그들을 도울까요. 아무도 그들이 소란을 피우는 걸 돕지 않으면, 그들은 굶어죽기를 기다릴 수밖에 없어요. 굶어죽는 건 정직한 일이니, 황제는 교사들이 굶어죽는 것에 만족스러워하죠.

가장의 교육비 문제는 해결됐어요. 지저분한 꼬마들을 학교로 보내면 문제는 없어지거든요. 아이들이 집에 있으면 밥을 먹어야 하고, 아이들이 학교에 가도 밥을 먹어야 하죠. 먹을 밥이 있으면 아이를 굶기지 않겠지만, 밥이 없으면 아이들도 굶어야 하죠. 학교에 다니는 것과 다니지 않는 것은 같아요. 왜 가지 않는데도 졸업 자격이 주어지겠습니까? 어쨌든 책이나 펜, 그 밖의 비용은 없습니다. 왜냐하면 입학한다고 해서 꼭 공부하는 것도 공부하지 않는 것도 아니거든요. 자격을 얻기 위함이고, 반드시 자격을 얻어야 하죠. 이 방법이 좋다고 생각하시나요?

그럼에도 누군가는 왜 여전히 교장과 교사가 되려고 하느냐고요?

이에 답하려면 2백 년의 역사에 대해 이야기해야 합니다. 원래 학교들이 구축한 커리큘럼은 제각각 달랐고요. 배출하는 인재도 달랐습니다. 누군가는 공학을, 누군가는 상업을, 누군가는 농업을 배웠지요. 하지만 이들이 졸업한

후에는 뭘 할까요? 공학을 배운 이들은 외국의 기교를 배웁니다. 우리는 그들에게 외국의 공업을 준비시켜주지 않았죠. 상업을 배우는 것은 외국의 방법들을 배우는 것인데, 우리는 장사꾼 몇몇이 있을 뿐입니다. 대규모 사업은 시작하자마자 바로 군인들에게 몰수되어버렸죠. 농업을 배우는 것도 외국의 농사를 배우는 건데요. 우리는 미혹나무 잎을 심을 뿐 다른 건 심지도 않습니다. 이와 같은 교육은 학교나 사회와는 완전 무관하죠. 졸업 후 학생들이 뭘 할 수 있겠어요? 그냥 두 개의 길이 있을 뿐입니다. 관원이 되거나 교원이 되는 거죠. 벼슬을 하려면 인정과 권력이 있어야 해요. 당신이 뭘 공부하든 조정에 아는 이가 있으면 높은 곳으로 한 발자국 더 오를 수 있죠. 누구나 돈이 있고 세력이 있나요? 벼슬을 할 수 없으면 교사가 되는 게 차선이죠. 어찌됐든 새로운 교육을 받은 이들은 노동자나 노점상이 되는 걸 달가워하지 않는데요. 사회에서는 학교를 졸업한 자와 졸업하지 않은 자 두 종류로 나뉘게 됩니다. 전자는 관료나 교원을 직업으로 삼는 걸 견지하고, 후자는 소상공인이 되는 거예요. 이런 현상이 정치에 미치는 영향에 대해 오늘은 말하지 않을 겁니다. 우리의 교육은 순환 교육이 돼버렸죠. 저도 공부한 적이 있는데, 졸업 후에 당신의 아들딸을 가르치면 당신의 아들딸도 졸업을 할 테고, 그럼 또 내 아들딸을 가르치는 겁니다. 학식이 항상 그러하니, 인격은 매일 조금씩 퇴보하겠죠. 이를 뭐라고 설명하겠습니까? 졸업생은 날로 많아지고 있습니다. 몇몇 관원이 될 수 있는

이들 외에 나머지는 모두 공부를 해야 하는데, 학교가 그렇게 많을까요? 웃음거리가 될 수밖에 없는 겁니다. 본래 순환 교육은 단지 불멸의 작품인 몇 권의 교과서를 가르치기 위한 것일 뿐, 인의도덕 같은 건 아닙니다. 그러니 교사 자리 하나를 따내기 위해 때때로 1~2년의 내전을 치르고 살인과 유혈이 벌어지기도 하죠. 마치 모두가 교육 사업을 위해 진정 목숨을 바치는 것처럼 보이지만, 실은 그저 몇 푼의 월급을 위한 겁니다.

서서히 교육비를 황제와 정치인, 군인들에게 빼앗겼고, 다들 교육 대신 봉급을 받기 위한 운동에 전념하기 시작했습니다. 학생들은 선생들이 무슨 존재인지 간파하고 수업에 오지 않는 습관을 길렀죠. 그러니까 방금 제가 말한 공부하지 않고도 졸업하는 운동을 시작한 겁니다. 이 운동은 교육경비의 명을 끊었습니다. 황제와 정치인, 군인, 가장들은 모두 이 운동에 찬성했죠. 어쨌든 교육은 쓸모없는 것이니까요. 교원들이 존경할 가치도 없이 행동하니, 얼마나 흔쾌히 돈을 아낄 수 있겠습니까. 하지만 학교 문을 닫을 순 없었죠. 외국인들이 비웃을 것이고, 그렇기에 입학과 함께 바로 졸업한 것으로 치는 운동이 커진 겁니다. 학교는 여전히 열려 있어 졸업자 수는 날로 증가했지만 한 푼도 쓸 필요가 없는 겁니다. 이건 순환 교육에서 보편 교육으로 바뀐 것이지만, 실은 무교육이나 마찬가지입니다. 학교는 여전히 열려 있지만 거대한 농담인 셈이죠.

이 운동이 성숙하자, 교장과 교사들은 결코 이 때문에 교육에 대한 열정이 줄어든 것은 아닙니다만, 다들 눈코 뜰 새 없이 싸워댔어요. 왜냐고요? 예전의 학교는 확실히 학교의 모습을 하고 있었어요. 책걸상이 있고, 재산이 있었고, 설비들이 있었죠. 경비가 있을 때는 모두 돈을 벌려고 애썼기 때문에 교장과 교사는 어쩔 수 없이 공공 재산을 사적으로 팔아먹으면 그걸로 됐어요. 교장끼리 다툴 땐 학교 자산이 적은 이가 많은 이와 싸우고, 학교 자산이 없는 이가 있는 이와 싸우는 거예요. 한차례 피가 튀는 거죠. 황제는 항상 인심을 갖고 있기에, 교육경비도 중단시키고 학교 자산도 몰래 팔 수 없도록 금지했죠. 그렇게 해서 학교는 하나둘씩 경매장으로 변했고, 지금은 온통 사방이 벽으로 둘러싸인 공터가 됐습니다. 한데 왜 여전히 교장과 교원이 되고자 하는 이들이 있을까요? 안 해도 빈둥거리고 해도 빈둥거릴 텐데 뭐 하러 안 하겠어요? 다시 말해, 교장의 직함은 결국 유용했어요. 학생에서 교원으로, 교원에서 교장으로 가는 것은 본래 순환 교육의 필수 코스였죠. 지금은 교장과 교원들도 받을 돈이 없으니까, 그저 이 직함을 빌려 승진의 사다리로 삼을 수밖에 없는 겁니다. 이러니 묘성의 학교들에 교육은 없지만, 학생과 교사, 교장이 있을 수 있는 거고, 어떤 학교보다 최고의 대학이 된 거예요. 학생들은 자기 학교가 최고 명문이라는 말을 들으면 애교심에 마음이 저려 바로 천하가 태평해집니다.

학교에 진짜 교육이 없는데, 진짜로 공부하려는 사람은

어떻게 하냐고요? 오래된 제도를 회복하는 문제에 있어, 가정교사를 초대해 집에서 다른 집 애들과 가르치는 걸 택했습니다. 당연히 이는 오직 부유한 가정에서만 할 수 있고, 대다수의 아동들은 여전히 학교에서 배움을 상실하고 있죠. 교육의 실패는 묘국의 마지막 희망을 그림자도 남기지 않고 무너뜨렸습니다. 새로운 교육이 이뤄진 초기에는 지식에 대한 모독이 이뤄졌는데요. 새 제도는 새로운 지식과 함께 외국에서 가져와야 하고, 지식을 '새로운'이라 명명한다는 것은 지식이 진보하고 있고, 나날이 진리 탐구가 이뤄지고 있음을 드러내죠. 하지만 새 제도와 지식이 이곳에 오자, 비 오는 날 곰팡이가 핀 것처럼 흰 곰팡이가 피었습니다. 원래 타자로부터 취한 제도와 학문은 남의 몸에서 한 점의 살을 잘라 자기 몸에 보양하는 것과 같습니다. 자기 생각엔 남의 몸에서 살 한 덩어리를 잘라 오면 충분하다고 보지만, 다들 사람들의 새로운 살만 베어 오려 할 뿐, 근육이 필요로 하는 모든 양분에 대해선 일절 신경도 쓰지 않죠. 새로운 지식을 한 무더기 가져와도 연구 정신을 모르면, 확실히 순환 교육으로 나아갈 수가 없습니다. 결국 새 지식을 모욕하고 말지만, 이 시기 묘인들은 확실히 희망을 갖고 있었죠. 비록 그들은 타자의 몸에서 살 한 점을 베어낸다고 해서 자기들이 불로장생할 수 있다고 생각하는 건 잘못이라는 걸 알았지만, 이런 미신을 갖고 있기도 했어요. 오직 새 지식을 가져와야—그게 얼마큼이든— 자기들도 외국처럼 흥성할 수 있다고 여겼죠. 그래도 이런 꿈과 자만은 용서할 수 있습니다. 얼마간의 희망을 기대하는

것뿐이니까요. 하지만 오늘날 묘인들은 학교란 오직 교장과 다투고 선생들을 때리는 곳이며, 소란을 피우는 곳으로만 알고 있습니다. 그래서 그들은 이런 현상과 새 지식을 냄비 하나에 넣고 끓이며 이렇게 욕하죠. '새로운 지식은 강대국으로선 가치가 없을 뿐만 아니라, 사람을 망친다'고. 이처럼 새로운 지식을 헐뜯는 시기에서 나아가, 지식을 저주하는 시기로 옮겨가게 됩니다. 오늘날 가정에선 교사를 초빙해 자녀 교육을 시키는데요. 새 지식이 제외되다 보니까, 우리가 원래 갖고 있던 오래된 돌책들의 가격이 열 배나 치솟았습니다. 제 조부도 외국학문과의 싸움에서 승리했다고 아주 득의양양하셨죠. 할아버지는 기뻐하시면서 아들을 외국에 유학 보냈는데요. 자기 아들이 모든 걸 알고 와야 미래에 그가 새 지식을 이용해 돌책을 끌어안고 있는 이들을 속여먹을 수 있으리라 생각한 겁니다. 아버지는 총명하고 유능하신 분이라 항상 외국의 새로운 지식이 유용하다고 생각했습니다. 몇몇 묘인이 외국 흉계들을 배워 오면 충분하다고 봤죠. 하지만 일반적인 묘인들은 여전히 할아버지를 동정합니다. 새 지식은 마술 같은 사악한 술책이라, 머리가 아찔하고 눈이 침침해지도록 만들고, 아들이 아버지를 때리게 하고, 딸이 엄마에게 욕하게 하고, 학생이 선생을 살해하게 했죠. 좋은 점은 하나도 없습니다. 이렇게 새로운 지식을 저주하니, 망국의 시대가 더 가까워진 겁니다.

교육이 붕괴된 원인이 뭐냐고요? 대답할 수 없습니다. 그냥 인격이 없기 때문이 아닌가 싶어요. 새로운 교육이

처음 도입됐을 때 왜 묘인들이 그걸 필요로 했겠어요? 다들 돈을 더 많이 벌고 싶었기 때문이지, 자녀들이 더 많은 걸 알기를 바라기 때문은 아닙니다. 유용한 새로운 물건을 더 많이 만들어내고 싶었기 때문이지, 묘인들이 더 많은 진리를 알았으면 해서가 아니에요. 이러한 태도는 이미 교육에서 훌륭한 인격의 배양과 연구 정신을 계발하는 취지의 일부를 상실케 했어요. 나아가 새 학교가 만들어졌는데요. 학교 안에 있는 이들도 인격이 없었습니다. 선생들은 돈을 벌기 위해서, 교장도 돈을 벌기 위해서, 학생들은 돈 버는 걸 준비하기 위해서 학교에 갔으니, 다들 학교를 일종의 새로운 음식점 정도로 생각한 거죠. 아무도 교육이 무엇인지 묻지 않았어요. 나라가 쇠약해지고, 사회가 어두운 데다, 황제나 정객, 인민 모두가 인격이 없으니, 이런 학교 바깥의 몰인격이 학교 안의 인격도 물들인 겁니다. 이 빈약한 나라의 많은 묘인들은 배불리 먹지도 못했고, 그래서 인격에 대해 논하기도 어려웠으며, 경제적인 압박으로 인격이 타락해버렸습니다. 하지만 이건 가르치는 이들의 변명으로는 부족합니다. 왜 교육을 해야 하죠? 구국을 위해서입니다. 어떻게 구국을 하죠? 지식과 인격을 통해서겠죠. 이것은 교육을 할 때 생각해야 하고, 교장과 교사들이 되고자 할 때 자신의 작은 이익을 챙기는 것도 마땅히 희생해야 하는 부분입니다. 그런 점에서 어쩌면 저는 교육계에 대한 기대가 너무 컸는지도 모르겠어요. 묘인은 결국 묘인이라, 교원은 기생처럼 굶주림을 두려워합니다. 굶주림의 책임을 교원에게

돌려선 안 되듯, 저도 그들에게 책임을 돌리지 않습니다.
하지만 어떤 여자들은 굶더라도 기생만큼은 되지 않으려
하는데, 그렇다면 교육하는 이들도 이를 악물고 인격을 갖춘
묘인이 될 순 없는 걸까요? 자연스레 정부는 성실한 이들을
가장 업신여기고, 교육계에서도 성실할수록 업신여김을
받습니다. 하지만, 아무리 나쁜 정부라고 해도 민의를 좀
살피는 게 낫지 않을까요. 교육계 종사자들이 진정 인격을
갖추고 있다면 인격이 있는 학생들도 배양할 수 있을 텐데,
사회적으로 영원히 눈먼 채 좋고 나쁨을 알아채지 못합니다.
정부가 교육을 경시한다고요? 경비를 지급하지 않는다고요?
저는 10년의 인격 교육이 이뤄지면 묘국도 변화할 수 있다고
믿습니다. 하지만 새로운 교육을 시행한 지는 이미 2백 년이
됐죠. 결과가 어떻습니까? 만약 오래된 제도 하에서 노련한
이를 양성했다면, 그들이 부모를 사랑하고 예의를 지키는
이들이라면, 어떻게 교육이 그것에 상당하는 성과를 낼 수
없는 걸까요? 모두가—특히 교육계 사람들이—그것은 사회가
어둡기 때문이라고 말합니다. 사회를 깨끗하게 바꾸는 건
누구의 책임입니까? 교육계 인사들은 사회의 어둠을 탓할 뿐,
그들에게 사회를 청결하게 만들 책임이 있다는 걸 기억하지
못합니다. 그들의 인격이 어두운 밤의 별빛이라는 걸 인지하지
못하는데, 어디에 희망이 있겠습니까? 저는 제가 너무
편파적이고 이상적이라는 걸 압니다. 하지만 교육계 인사들은
마땅히 이상을 가져야 하는 것 아닌가요? 저는 정부와 사회가
그들을 돕지 않는다는 점도 압니다. 하지만 어느 누가 정부나

사회처럼 타락한 이들을 도우려 하겠습니까?

교사들이 살처분된 걸 봤죠? 놀랄 필요 없습니다. 몰인격한 교육의 당연한 결과니까요. 교육의 몰인격으로 학생들도 자연히 몰인격이 됐습니다. 몰인격만이 아니라, 묘인들을 몇백 년쯤 도태시키고, 고대인들의 식인 광경으로 돌려놨어요. 인류의 진보는 너무 느려요. 반면 퇴보는 아주 빠르죠. 한번 인격이 상실되면, 인류는 바로 야만으로 돌아갑니다. 하물며 우리는 지난 2백 년간 학교를 운영하기나 했습니까? 2백 년 동안 매일매일 교장이 다른 교장이나 선생들과 싸우고, 교원이 다른 교원이나 교장들과 싸운 것이지, 학생들끼리나 학생과 선생들이 싸운 게 아닙니다. 때리면 야만적으로 변하고, 한번 때리면 조금씩 야성이 늘어나 지금에 이른 거죠. 이제 학생들이 교장이나 교원들을 도살하는 건 흔히 볼 수 있는 일입니다. 당신도 교장과 선생들을 위해 불평할 필요가 없어요. 우리는 순환 교육을 하고 있어서 학생들도 언젠가는 반드시 교장이나 선생이 되고, 누군가 그들을 죽이러 올 거거든요. 이러한 교장과 교사가 몇 명이나 더 있는지는 사회적으로 전혀 관계가 없기 때문에, 학교 안에서 누가 누구를 죽이든 상관하지 않습니다. 이런 어두운 사회에서 묘인들은 마치 짐승처럼 평생 나다니며 먹을 걸 찾아다니는데, 모래 한 톨 만큼이라도 저렴한 것이면 온 힘을 다하죠. 이런 젊은이들이 공교롭게도 학교 안에서 교사들을 만났으니, 어린 굶주린 짐승들이 늙은 굶주린 짐승들을 만난 것과 같겠죠. 그들은 발톱과 이빨을 써서

서로 겨루지 않으면 안 됩니다. 작은 이득을 탐하는 욕망이 예전부터 내려져 온 야성에 불을 질렀으니, 책 한 권을 위해, 미혹나무 잎 하나를 위해 기꺼이 시체들이 바닥에 널려 있을 정도로 싸우는 겁니다. 소동을 일으킨다는 것은 젊은이들의 혈기왕성한 흥분 때문이라서 용서할 수 있습니다. 하지만 우리가 사는 이곳의 풍조는 또 다른 독특함이 있습니다. 소란이 일어나면 집을 허물고 물건을 때려 부수죠. 그러고는 이후에 다들 집으로 벽돌을 옮기고 쓰레기를 줍고 학생들은 만족스러워하고 부모들도 기뻐하죠. 소동 덕에 벽돌 몇 장과 나무 막대기를 거저 얻은 것이니 결국 소동도 헛되지 않은 셈이 되는 겁니다. 부모와 교사는 물건을 훔칠 기회를 얻고, 학생은 건물을 헐어버리고 난 후에 집으로 가져갈 기회를 얻는 거죠. 교장과 교사들은 죽어야 합니다. 학생들도 죽어야 마땅하고요. 학생들이 교장과 교사를 때려죽이는 건 분명 자연의 이치이고요. 학생들이 교장이나 교사가 되길 기다려 다시 맞아 죽기를 기다리는 것 역시도 당연한 이치죠. 이게 바로 우리의 교육입니다. 교육은 묘인들을 야만적으로 바꿀 수 있을 뿐, 아무런 성과도 기대할 수 없어요. 하하하하!

十九

학자들

샤오시에는 비관주의자다. 나는 그의 말을 꺾을 수 없다. 하지만 학생들이 입학하자마자 졸업하고 교장과 선생들을 도축하는 것은 직접 목격한 풍경이다. 내가 샤오시에의 말을 얼마나 의심하느냐와 무관하게 나는 그와 논박할 방법이 없다. 그저 다른 측면으로 질문해볼 뿐이다. “그렇다면, 묘국에는 학자가 없습니까?” 내가 물었다.

“있죠. 게다가 많습니다.” 샤오시에는 또 농담을 하고 있었다. 그는 내가 또 묻기를 기다리지 않고 말을 이어나갔다. “학자들이 많다는 것은 문화적인 우월성을 드러내는 거잖아요. 하지만 다른 면에서 보면 문화 쇠락의 현상이기도 합니다. 이건 당신이 학자를 어떻게 규정하느냐에 달려 있는 문제죠. 물론 저는 학자에 대한 정의를 내리진 않겠습니다만, 만약 당신이 우리나라의 학자를 보길 원한다면 그들을 불러올 수 있습니다.”

“초빙한다는 건가요?” 나는 그의 말을 정정해 물었다.

“불러낸다고요! 초빙하면 그들은 오지 않을 겁니다.

당신은 우리나라 학자들의 기질을 모르잖아요. 기다려보세요! … (미를 향해) 미, 학자들에게 가서 오라고 해봐. 내가 미혹나무 잎 좀 준다고 하면서 말야. 씽이랑 화가 그들을 찾는 걸 도와줄 거야."

미는 배시시 웃으면서 밖으로 나갔다.

나는 더 이상 물어볼 게 없었다. 오로지 학자가 오기만 기다렸고, 샤오시에는 미혹나무 잎 몇 장을 들고 왔다. 우리 둘은 천천히 잎을 씹었고, 그의 얼굴에는 장난스러운 웃음기가 어렸다.

미와 씽, 화, 그리고 몇몇 여인들이 먼저 돌아왔고, 내 주위에 둥글게 둘러앉았다. 다들 나를 보고 있었는데, 할 말이 있으면서도 감히 말하지 못하는 것 같은 기색을 보였다. "조심하시오." 샤오시에가 나를 향해 웃더니, "누군가 당신을 심문할 거니까요!" 그녀들은 다들 깔깔 웃기 시작했다. 미가 먼저 말을 꺼냈다. "우리가 좀 물어보고 싶은 게 있는데, 괜찮죠?"

"좋아요. 하지만 저는 부녀들의 일에 대해 아는 게 많지 않습니다." 나도 샤오시에의 미소와 말투를 배웠다.

"지구의 여자는 어떤 모습인지 말해주세요." 모두가 거의 동시에 물었다.

나는 내가 흥미를 끌며 대답할 수 있음을 알고 있었다. "우리 여자들은, 얼굴에는 하얀 분을 바르지요." 다들 '아'하고 소리 냈다. "머리카락은 보기 좋게 손질하는데, 누군가는 기르고, 누군가는 짧게 하며, 누군가는 가르마를 타고, 누군가는 뒤로 묶습니다. 다들 향수와 향유를 뿌리죠."

모두의 입이 아주 길고 크게 튀어나왔다. 서로가 머리 위의 짧은 털을 보았고, 일제히 입을 닫았다. 매우 실망한 것 같았다. “귀에는 귀걸이를 다는데 어떤 건 진주, 어떤 건 보석이에요. 길을 걸으면 앞뒤로 흔들리지요.” 모두가 머리통의 작은 귀를 만지작거렸는데, 누군가—아마 화였을 거다—는 마치 귀를 잡아당기는 것 같았다. “아주 예쁜 옷을 입는데요. 옷을 입고 있으면서도 살을 좀 더 드러내려고 방법을 강구하죠. 보일 듯 말 듯 하는 것이 여러분처럼 완전히 벗은 것보다 더 아름다워요.” 나는 어느 정도 고의적으로 미를 비롯한 이들에게 농담을 던졌다. “발가벗은 몸에는 육체미가 있을 뿐인데, 살의 색감은 다 똑같잖아요. 여러 색깔의 옷을 입으면 광채와 색깔이 입혀지죠. 그래서 우리 여자들은 발가벗는 걸 싫어하는 건 아니지만, 무더운 여름에도 옷을 입어요. 그리고 신발은 가죽이든 비단이든 모두 바닥이 높죠. 앞코에는 구슬이 박혀 있고 뒤에는 꽃이 수놓아져 있으니 예쁘지 않을 수 없겠죠?” 나는 여인들의 반응을 기다렸다. 다들 아무 소리도 내지 않았고, 입은 모두 ‘O’ 모양을 그리고 있었다. “고대에는 우리 여자들도 발을 이렇게 작게 싸맸어요.” 나는 엄지손가락과 집게손가락을 하나로 모아 비교했다. “이제는 전혀 전족(裹脚)[1]을 하지 않고, 이렇게 바꾸었…” 묘인들은 내 말이 끝나기도 전에 일제히 말했다. “왜 전족을 하지 않는 거죠? 왜 전족을 하지

1. 중국에서 여자의 발을 인위적으로 작게 하기 위하여 헝겊으로 묶던 풍습.

않냐고요? 멍청하네요! 발이 작은 게 얼마나 아름다운데! 작은 발끝에 작은 구슬을 하나 박으면 얼마나 예쁜데!" 다들 감정적으로 동요하는 것 같아 그들을 안심시켜야 했다. "제 이야기가 끝나길 기다리세요! 전족을 하지는 않지만, 다들 굽이 높은 신발을 신어요. 발끝이 여기에 있죠." 이렇게 말하며 나는 코끝을 가리켰고, "발뒤꿈치는 여기에 있고요"라고 말하면서 머리 꼭대기를 가리켰다. "이렇게 하면 키를 다섯 치 정도 늘릴 수 있고요. 발뼈가 부러지거나 때로는 벽을 짚고 가야 할 때도 있죠. 게다가 만약 굽이 꺾이면, 깡충깡충 뛰어야 할 때도 있고요!" 그러자 모두가 만족스러워했다. 하지만 지구의 여자들에 대해 만족할수록 자신들에 대해서는 더 실망하게 되었고, 다들 살금살금 자신의 발을 다리 밑으로 내려 숨겼다.

다시 그녀들이 내게 다른 질문을 하기만 기다렸다. 흥, 모두가 하이힐에 반한 것 같았다.

"구두 밑창은 얼마나 높은지 말해주세요." 한 명이 물었다.

"구두 위쪽에는 꽃이 있겠죠. 맞아요?" 또 다른 하나가 물었다.

"길을 걸으면 또각또각 소리가 나나요?"

"발뼈는 어떻게 접히나요? 신발을 신으면 자연스럽게 접히나요? 아니면 먼저 발뼈를 접고 신발을 신나요?"

"가죽으로 만든다고요? 사람 가죽으로도 하나요?"

"자수도 놓는다고요? 무슨 꽃무늬인가요? 어떤

색깔인가요?"

만약 내가 여기서 무두질을 해서 신발을 만든다면 부자가 됐을 것이다. 나는 지구의 여자들은 하이힐을 신는 것 외에 일도 한다고 말했고, 그때 학자들이 도착했다.

샤오시에는 "미, 가서 미혹나무 잎 주스 좀 준비해줘."라고 부탁한 후, 화를 비롯한 나머지를 향해 말했다. "너희는 다른 데 가서 하이힐에 대해 토론해 봐."

여덟 명의 학자들이 문을 열고 들어서자 샤오시에를 향해 절을 하고는 땅에 앉았다. 다들 얼굴을 위로 치켜들고 있었는데, 내게는 눈길도 주지 않을 정도로 무시했다.

미는 미혹주스를 가져왔다. 다들 천천히 한 입에 마시고는 눈을 감았다. 마치 나를 더더욱 경시하는 것 같았다.

그들이 나를 쳐다보지 않았기에, 나는 그들을 자세하게 뜯어볼 수 있었다. 여덟 학자들은 모두 극도로 마르고 지저분했으며, 머리에 달린 작은 귀는 하나같이 흙먼지로 뒤덮여 있었다. 입가에는 침을 흘리고 있었고, 움직임은 엄청 느렸다. 따시에의 동작에 비해 몇 배는 더 음흉하고 느릿느릿했다.

미혹나무 잎의 에너지가 생명의 근원에 도달한 듯했다. 모두들 눈을 뜨고 다시 위를 올려다보았다. 느닷없이 한 학자가 말을 꺼냈다.

"묘국의 학자들 중에서는 내가 제일이지요?" 그는 주위를 한번 둘러보는 김에 나를 쳐다봤다.

나머지 일곱 학자들은 이 한 마디에 움직이기 시작했다.

어떤 이는 머리를 긁고, 어떤 이는 이를 악물고, 어떤 이는 손가락을 입에 넣고는 일제히 말했다. “네가 제일이라고? 네 아버지를 포함하면, 아니, 네 할아버지까지 포함해서 죄다 개자식들 아니야?”

금방 싸울 것 같았다. 그러나 으뜸 학자를 자처하는 학자가 되려 웃는 걸 보니, 아마도 욕먹는 게 몸에 밴 것 같았다.

“할아버지, 아버지, 그리고 나 이렇게 삼대는 모두 천문학을 연구했습니다만. 당신들은 뭘 했소! 외국인들은 천문을 연구해서 망원경 같은 수많은 기구를 씁니다. 우리는 대대로 육안만 썼다고 전해지죠. 천문이란 그런 방식으로는 볼 수 없습니다. 천문학과 인생의 기쁨과 걱정 간 관계를 따지는 일에 대해 외국인이 어찌 이해하겠습니까? 어젯밤 내가 천체를 관찰하고 있는데 문곡성(文曲星)[2]이 내 머리 위에 떠있는 게 아니겠습니까? 내가 으뜸 학자가 아니라면 국내에 누가 있습니까?”

“만약 제가 어제 함께 서 있었다면, 그건 제 머리 위에 있는 것이기도 하겠죠!” 샤오시에가 웃으며 말했다.

“대인의 말씀이 지극히 옳습니다!” 천문학자는 더 말을 하지 않았다.

“대인의 말씀이 최고입니다!” 나머지의 일곱 학자들도 한마디 보탰다.

한참 동안 모두가 아무 소리도 내지 않았다.

2. 고대 중국 도교에서는 북두칠성 하나하나에 이름을 붙였는데, 그중 문곡성은 ‘문(文)’과 재물을 상징한다. 과거시험이나 문학을 관할한다고 여겼다.

"말해보시오!" 샤오시에는 명령을 내렸다.

한 학자가 말했다. "묘국의 학자 중 내가 제일이죠?" 그는 눈동자를 사방으로 한 바퀴 굴렸다. "천문도 학문이라 할 수 있소? 누가 안다고. 아니죠! 독서란 반드시 글자를 먼저 알아야 하니, 문자학이 유일한 학문이오. 나는 30년 동안 문자학을 연구했소. 30년! 당신들 중 누가 감히 나를 으뜸 학자라고 인정하지 않겠습니까? 누가 감히?"

"엄마한테 고약한 방귀나 뀌어라!" 다들 일제히 말했다.

문자학자는 천문학자처럼 온순하지는 않았다. 그는 한 학자를 붙잡고는 소리쳤다. "너 누구라고 했어? 나한테 빚진 것부터 갚으시지! 그날 너 나한테 미혹나무 잎 하나 빌려가지 않았어? 내놔! 내놓으라고! 그러지 않으면 네 머리통을 비틀어버릴 거야! 내가 으뜸 학자가 아니라니!"

"네 미혹나무 잎을 하나 빌렸지. 저명하고 세계적인 학자에 의하면 네 미혹나무 잎을 빌렸어! 나를 놔 줘! 내 팔을 더럽히지 마!"

"남의 미혹나무 잎을 받고도 인정하지 않다니. 좋아, 기다려. 내가 문자학 개론을 쓰게 되면 네 이름을 빼버리고, 국내 제일의 학자 지위를 전 세계에 알리겠어! 옛 글자 중에서 네 성을 빼버리겠다고. 기다려라!"

잎사귀를 얻어먹고도 채무관계를 부인하던 학자는 겁이 나서 샤오시에에게 말했다.

"대인! 어서 제게 미혹나무 잎을 빌려주세요! 그에게 돌려주려고요! 대인도 아시다시피 제가 국내 제일의

학자이지만, 학자는 돈이 없습니다. 가난하단 이유로 그에게서 잎사귀 하나를 빌려 먹었을지 모르지만, 정말로 기억은 못하겠습니다. 대인, 한 가지 부탁할 게 있으니 당신과 노대인께서는 우리 학자들에게 미혹나무 잎을 많이 주셨으면 합니다. 딴 놈들은 잎사귀가 없어도 괜찮지만, 우리 학자들, 특히 저 같은 으뜸학자가 미혹나무 잎 없이 어떻게 학문을 할 수 있겠습니까? 대인, 보십시오. 최근 제가 연구한 고대 형법에 따르면 착취라는 말이 있습니다. 저는 머지않아 논문을 탈고해 노대인께 바치고, 이 흥미롭고 역사적 근거가 있는 형법을 회복할 수 있도록 황제께 전해달라고 부탁할 겁니다. 이쯤이면 으뜸 학자라고 할 수 있지 않겠습니까? 문자학이 대체 뭐란 말입니까! 오직 역사학만이 진정한 학문입니다!"

"역사도 문자로 쓰인 게 아닌가? 내 미혹나무 잎을 돌려줘!" 문자학자의 태도는 아주 단호했다.

샤오시에는 미혹나무 잎을 하나 가져와 역사학자에게 주었고, 역사학자는 절반을 잘라 문자학자에게 주었다. "여기 돌려주지!"

문자학자는 미혹나무 잎 반쪽을 받고는 이를 악물며 말했다. "반쪽만 주다니! 기다려, 내가 네 아내랑 정을 통하지 않으면 미친놈이다!"

'아내'라는 말을 듣자 학자들은 죄다 흥분해버린 것 같았다. 일제히 샤오시에에게 말했다. "대인! 우리 학자들은 왜 아내를 하나밖에 둘 수 없습니까? 남의 아내를 훔치고 싶을 정도로 급해지면 어떡합니까? 우리는 학자입니다, 대인.

우리는 온 나라를 위해 영광을 쟁취하고, 자손만대를 위해 조상들이 물려준 학문을 보존합니다. 왜 한 사람당 최소한 부인 셋을 둘 수 없는 겁니까?"

샤오시에는 아무 말도 하지 않았다.

"천체로 이야기하죠. 큰 별 하나면 작은 별 몇 개를 달고 다니기 마련입니다. 천체가 그러니 묘인의 도 역시 그렇죠. 으뜸 학자로서의 지위로 학자 한 명에게 몇 명의 아내가 있어야 한다는 걸 증명한 겁니다. 하물며 제 아내의 '거시기'는 아주 무용지물입니다!"

"문자를 통해 이야기해 보죠. 옛날에 만들어진 많은 글자들 중에는 옆에 '女(여)'자가 있는 글자가 많습니다. 아내가 많아야 한다는 뜻이죠. 저는 으뜸 학자의 지위로 아내가 하나뿐이어선 안 된다는 걸 증명했습니다. 하물며…"
그 다음의 말은 기록할 만한 것이 못 된다.

학자들은 차례로 으뜸 학자의 지위로 아내가 마땅히 다수여야 한다는 걸 논증했다. 게다가 모두가 적어놓기 불편한 말들을 증거로 내놓았다. 이 학자들의 눈에 비친 여자들은 그저 '거시기'일 뿐이었다.

샤오시에는 한마디도 꺼내지 않았다.

"대인께서는 지치셨나요? 우리는…"

"미, 그들에게 미혹나무 잎을 더 주고, 꺼지라고 해." 샤오시에는 눈을 감고 말했다.

"감사합니다, 대인. 양해해 주셔서!" 다들 일제히 말했다.

미는 미혹나무 잎을 가져왔고, 학자들은 어지러이

한바탕 다투었다. 한편으로 샤오시에에게 감사의 절을 올리면서 다른 한편으로는 서로 욕을 해대며 밖으로 나갔다.

학자들이 막 나가자, 다시 일군의 청년 학자들이 들어왔다. 그들은 밖에서 한참 동안 기다린 상태였다. 노학자들과 마주칠까 두려워 한참을 기다렸던 거다. 신구 학자들이 한곳에서 마주치게 되면 최소한 두 명이 목숨을 잃게 된다.

청년 학자들의 모습은 훨씬 보기 좋았다. 마르지 않았고, 지저분하지도 않았으며, 매우 활발했다. 안으로 들어와 먼저 미를 향해 인사하고, 나를 향해서도 인사를 건넨 후, 그제서야 앉았다. 묘국에도 아직 희망이 있다는 생각이 들 정도로 마음이 좀 후련했다.

샤오시에는 내 귀에 대고 중얼거렸다. "이들은 외국에서 몇 년을 지내서 모든 걸 알고 있는 학자들이오."

미가 잎을 가져오자 다들 활발하게 앞다투어 먹으며 기뻐했다. 내 마음은 다시 서늘해졌다.

미혹나무 잎을 먹고 난 후 대담이 시작됐다. 그들은 뭘 이야기했을까? 나는 한 글자도 이해하지 못했다! 샤오시에와 왕래하면서 이미 수많은 새 글자를 배웠지만, 학자들의 말은 알아먹지 못했다. 그저 소리를 들을 뿐이었다. "구루바지, 디동디동, 화라푸스키(-夫司基)[3]…" 장난치는 걸까?

나는 그들이 무슨 말을 하는지 알고 싶어 조급해졌다.

---

3. 이하 등장하는 각종 '-푸스키'는 외국에서 묘국으로 유입된 각종 이데올로기를 말하는데, 작가 라오서가 러시아어의 '-스키'를 음차해 만든 조어다. 평등주의나 자유주의 등 정치 이데올로기들을 지칭한다. 소설에서 묘인들은 그 뜻을 정확하게 알지 못하고 남용한다는 점에서 비판적 의미로 쓰인다.

그들은 끊임없이 내게 말을 건넸고, 나는 아무런 답도 못하고 어리둥절하게 고개를 주억거리며 헛웃음을 지어야 했다.
“외국인 선생의 다리에 입혀져 있는 건 뭔가요?”

“바지죠.” 나는 어리벙벙하게 답했다.

“뭐로 만든 거죠?” 한 청년 학자가 물었다.

“어떻게 만든 거죠?” 또 다른 학자가 물었다.

“찢어진 바지는 어떤 학위를 표시하는 거죠?”

“당신의 나라는 바지로 계급을 나누나요? 바지를 입지 않는 계급이 있나요?”

내가 뭐라고 답하겠나? 그저 멍청하게 거짓 웃음을 지어야지.

내 대답을 듣지 못하자 다들 매우 실망한 것 같았다. 하나같이 다가오더니 손으로 내 찢어진 바지를 만졌다.

바지를 다 보고 나더니, 모두들 다시 “구루바지, 디동디동, 화라푸스키…”하고 말하기 시작했다. 답답해 죽어버릴 것 같았다!

모두가 떠나고 나서야 나는 샤오시에에게 그들이 무슨 이야기를 했는지 물었다.

“나한테 물어보는 거요?” 샤오시에가 웃으며 말했다. “누구에게 가냐고 물었더니 그들은 아무 말도 안 했어요.”

“화라푸스키? 이렇게 말했던 것 같은데요.” 내가 물었다.

“화라푸스키? 통통푸스키도 있었죠. 못 들었어요? 많아요! 그들은 그냥 외국의 명사들을 이어서 한꺼번에 말하는 거예요. 다른 사람들은 이해 못하죠. 자기들도

이해하지 못해요. 그냥 떠들썩하게 말하는 기죠. 이렇게 말하는 게 신식학자입니다. 화라푸스키라는 말은 지난 며칠 동안 유행하던 거예요. 무슨 일이건 화라푸스키죠. 아비가 아이를 때려도, 황제가 미혹나무 잎을 먹어도, 학자가 자살을 해도, 모두 화라푸스키죠. 사실 이 글자는 '화학작용'을 말하는 거예요. 당신이 그들을 다시 만나게 되면, 그냥 헛소리만 하세요. 화라푸스키, 통통푸스키, 모두푸스키[4]. 그들은 당신이 학자일 거라고 생각할 겁니다. 명사만 있으면 동사는 상관할 필요도 없고, 형용사는 '푸스키' 다음에 '~적(的)'만 붙이면 돼요."

"내 바지를 보던데 그건 또 무슨 의미인가요?" 내가 물었다.

"아가씨들은 하이힐에 대해 묻고, 신진 학자들은 바지에 대해 묻죠. 같은 작용을 합니다. 여성을 데리고 다닐 때 청년 학자들은 청결하고 아름다운 스타일을 중시하고 노학자들은 여성의 '그것'을 만지는 걸 중시해요. 신식 학자들은 매력 발산에 아주 신경을 쓰죠. 두고 보세요. 며칠 내로 청년 학자들은 죄다 바지를 입고 있을 겁니다."

방안의 공기가 너무 서글펐다. 샤오시에를 상대하지 않고 바깥으로 나갔다. 문밖에 있던 화를 비롯한 여자들은 모두 담벼락에 기대고 있었는데, 발뒤꿈치 아래에 벽돌 두 개씩을 깔고 있었다. 발끝으로 걷는 연습을 하는 것이었다.

---

4. '**大家夫司基**'는 '모두' 또는 '여러분'을 뜻하는 '**大家**(따쟈)'에 '-**夫司基**(푸스키)'를 합한 것이라 '모두푸스키'로 번역하였다.

二十

야야푸스키

비관주의자에게도 배울 점은 있다. 최소한 그는 한 차례 숙고하고 나서 비로소 비관한다. 사상은 불건전하고 마음은 나약할지 몰라도, 그는 자신의 머리를 쓴다. 이 때문에 샤오시에를 좀 더 좋아하게 됐다. 두 학자 집단 중에서 나는 신진 학자들에 희망을 가졌다. 어쩌면 그들도 나이 든 학자들처럼 멍청한지도 모른다. 하지만 그들의 겉모습은 즐겁고 활발해 보였다. 단지 이 점 하나만으로도 나는 그들이 샤오시에의 단점을 충분히 보충할 수 있다고 생각했다. 만약 샤오시에가 용기를 낼 수 있다면, 이 청년들처럼 쾌활하고 활발해진다면, 그는 분명 사회와 국가의 사업에 이점을 가져다줄 수 있을 것이다. 그에겐 도움을 줄 몇 명의 낙관주의자가 필요하다. 나는 신진 학자들을 최대한 많이 만나 그들이 샤오시에를 도울 수 있는지 알아보려 했다.

미에게 물어 그들의 거처를 알아냈다.

그들을 찾아가는 길에 학교 몇 곳을 지나쳐갔다. 다시 들어가 볼 마음이 조금도 들지 않았다. 샤오시에의 말을

곧이곧대로 믿는 건 아니었지만, 이 학교들 역시 사방이 흙벽으로 둘러싸여 있는 공터였다. 설령 이 학교들이 샤오시에가 말한 것처럼 그렇게 나쁘지 않더라도, 어떤 볼거리가 있으리란 생각이 들지 않았다. 거리를 오가는 남녀 학생들을 쳐다보면 잠시 눈시울이 젖었다. 그들의 태도, 특히 나이가 좀 더 많은 이들은 따시에가 일곱 명의 묘인들에 의해 들려나갈 때와 같았다. 오만하게 우쭐대는 게 마치 하나같이 살아 있는 신선을 자처하는 것 같았다. 그들은 자기 나라가 세계에서 가장 부끄러운 나라라는 사실을 전혀 몰랐다. 교육계 인사들의 멍청함 때문에 이런 무지한 학생들도 있는 것이니, 이 청년들을 용서해야 했다. 스무 살 남짓에 뜻밖에도 일이 돌아가는 꼴을 조금도 알아내지 못하다니, 이런 지옥에서 비상하게 의기양양해질 수 있다니, 이토록 오만할 수 있다니. 정말이지 그들에게 양심이 있긴 한 건지 알 수 없었다. 뭐가 그리 맘에 드는 걸까? 하마터면 그들을 붙잡고 물어볼 뻔했다. 하지만 누가 그렇게 한가로이 짬을 내겠는가?

내가 찾고자 했던 신진 학자 중 한 명은 고고학 박물관의 관리원이었다. 그를 방문한 김에 겸사겸사 박물관 참관도 할 수 있으리라 생각했다. 박물관 건물은 작지 않았는데, 20~30개의 칸으로 이루어져 있었다. 문밖에 앉아 있는 문지기는 머리를 벽에 기댄 채 단잠을 자고 있었다. 고개를 내밀어 안을 살펴보니 단 하나의 그림자도 보이지 않았다. 뜻밖에도 고고학 박물관의 네 문은 활짝 열려 있었다. 관리하는 사람이 아무도 없다니, 이상했다. 하물며 묘인들은 그렇게나 물건

훔쳐가길 좋아하는데, 이상했다! 나는 문지기를 놀라게 할 수 없어 직접 안으로 들어갔다. 빈방 두 칸을 지나니 새로운 친구를 만날 수 있었다. 그는 무척이나 유쾌하고 활발하며 예의도 있었다. 나도 모르게 그를 참 좋아하게 됐다. 그의 이름은 마오라푸스키(猫拉夫司基). 나는 이것이 결코 묘국에서 널리 쓰이는 이름이 아니라는 걸 알았다. 분명 외국어였다. 그가 내게도 '푸스키'라는 어미를 붙여줄까 봐 걱정됐다. 그래서 나는 단도직입적으로 본론에 들어가 그에게 고고학 박물관 참관을 위해 왔다고 설명하고, 안내를 부탁했다. 그가 옛 물건들에게까지 '푸스키'를 붙이진 않을 것 같았다. '푸스키'거리지만 않는다면 괜찮다는 생각이 들었다.

"여보세요, 이쪽으로 오세요." 마오라푸스키는 아주 쾌활하고 용기 있었다.

빈방으로 들어가자 그가 말했다.

"여기는 1만 년 전 석기를 보존하는 방입니다. 최신 방법에 따라 배열하고 있죠. 보십시오."

나는 주위를 한번 둘러봤지만 아무것도 없었다. 뭔가 이상하다는 생각이 들었다. 묻기도 전에 그가 벽을 손가락으로 가리키며 말했다.

"여기는 1만 년 전의 돌 항아리인데요, 위에 외국 글씨가 새겨져 있죠. 3백만 국혼의 가치가 있습니다."

아, 분명히 보였다. 담 위에는 작은 글씨 한 줄이 새겨져 있고 대략 3백만 정도 값이 나가는 돌 항아리가 진열돼 있었다.

"이건 1만 하고도 1년이 된 돌도끼로 2천만 국혼이에요.

이건 1만 2년 된 돌그릇으로 1백50만 국혼짜리죠. 그리고 이건… 3백만이고요. 이건…… 4백만."

다른 건 몰라도, 나는 그가 옛 물건의 가치를 이렇게 잘 기억할 수 있다는 것에 정말 탄복했다. 다른 빈방에 들어가서도 그는 매우 공손하고 정성스럽게 말했다.

"이곳은 1만 5천 년 전의 책들을 보존하는 방입니다. 세계에서 가장 오래된 서적들이죠. 최신식 배열법으로 배치돼 있습니다."

그는 한 질의 책과 가격을 외웠다. 그러나 담 위에 있는 몇 마리 검은 벌레 외에는 아무것도 보이지 않았다.

단숨에 빈방 열 개를 보고 나니 내 참을성은 마오라푸스키에 의해 완전히 소진돼버렸다. 감사와 작별의 인사를 남기고 바깥 공기를 좀 마시려는데 그가 나를 다시 한 방으로 인도했다. 방 바깥에는 이십여 명이 서 있었고, 손에는 모두 몽둥이를 들고 있었다! 안에는 어떤 물건이 있었는데, 고맙기 그지없었다. 가버리지 않아 다행이었다. 열 칸의 빈방을 지나 한 칸의 진짜가 있어 헛걸음하지 않은 셈이다.

"선생님 때마침 잘 오셨습니다. 이틀 후면 이런 물건은 볼 수 없을 겁니다." 마오라푸스키가 매우 따뜻하고 정중하게 말했다. "이것은 1만 2천 년 전의 도기들입니다. 최신 배열 방법에 따라 진열했죠. 1만 2천 년 전 우리의 도자기들은 세계에서 가장 정밀하고 아름다웠습니다. 나중에 8천 년쯤 전부터 우리의 도자업은 단절됐고, 지금에 이르고 있죠. 아무도 만들지 않게 됐어요."

"왜죠?" 내가 물었다.

"야야푸스키."

야야푸스키라니 무슨 뜻일까? 그는 내 질문을 기다리지 않고 말을 이어갔다. "이 도자기들은 세계에서 가장 값비싼 물건입니다. 현재는 이미 외국에 팔렸죠. 합쳐서 3천억 국혼에 이릅니다. 가격이 그리 높은 게 아닙니다. 정부가 서둘러서 팔지 않았다면, 적어도 5천억 정도에 팔 수 있었겠죠. 예전에는 1만 년도 되지 않는 석기들을 2천억 가까이에 팔았으니, 이번 협정은 실패입니다. 정부의 실패는 작은 일이 아니죠. 일을 처리하는데 수수료를 적게 받은 것은 주의할 만합니다. 우리는 뭘로 먹고사나요? 몇 년째 봉급이 나오지 않고 있어요. 옛날 물건을 팔아서 수수료를 버는 것은 기대도 하지 않아요. 설마 우리더러 매일 바람을 맞으라는 건가요? 물론 골동품을 팔면 수수료가 크죠. 하지만 고고학 박물관에 오는 건 죄다 신진 학자들입니다. 일상에서 쓰는 돈이 옛날 학자들보다는 몇 배는 많죠. 우리가 쓰는 물건은 죄다 외국에서 온 것이고, 물건 하나를 살 때에도 늙어서 책을 읽는 이들은 많은 시간을 허비하죠. 이건 확실히 문제입니다!" 마오라푸스키의 영원히 쾌활한 얼굴은 슬프고 괴로운 빛을 띠고 있었다.

도자산업은 왜 중단된 걸까? 야야푸스키! 골동품을 내다판다? 학자가 수수료를 챙길 수 있다니. 신진 학자들에 대한 희망은 한 톨도 남지 않았다. 더는 자세히 물어보고 싶지 않았고, 더 이상은 그와 이야기할 가치가 없다고 생각했다. 그저 그 골동품들을 끌어안고 한바탕 통곡해야겠다고

생각했을 뿐이다. 다시 물을 필요도 없다. 정부는 옛 물건을 팔아 재정 공급원의 하나로 삼았고, 신진 학자들은 리베이트를 챙겼으며, 판매한 골동품의 가격을 보고했다. 그러니 다시 물어 뭐 하겠는가. 하지만 나는 한마디 더 질문했다. "만약 이 물건들이 다 팔려 다시는 리베이트를 받지 못하게 된다면 어떻게 할 건가요?"

"야야푸스키!"

야야푸스키는 샤오시에의 '얼렁뚱땅'에 비해 훨씬 더 얼렁뚱땅한 말이라는 걸 알게 됐다. 나는 마오라푸스키가 싫었고, 그의 야야푸스키는 더더욱 싫었다. 미혹나무 잎 먹는 게 습관이 되면 화내는 걸 잘 못하게 되는지라, 나는 마오라푸스키의 두 뺨을 때릴 수 없었다. 문득 한 중국인이 묘인들의 일로 화를 내서 뭐 하겠나 하는 생각이 들었다. 묘국의 신진 학자들은 외국에 가본 적이 있고 최신 배열 방법들을 보거나 들은 적이 있을 뿐이었다. 근본적으로 그들은 어떤 판단력도 없었으며, 뭐가 좋고 나쁜지에 대해 이해하지 못했다. 그저 들은 것들에 기대 약간의 새로운 배열 방법에 따라 그럭저럭 살아갈 뿐이다. 도자산업이 중단된 것은 얼마나 안타까운 일인가. 그것은 야야푸스키에 상응하는 가치가 있다! 옛 물건을 팔아치우는 것은 얼마나 가슴 아픈 일인가, 아니면 하나의 야야푸스키인가! 기개도 없고, 판단력도 없고, 인격도 없는 그들은 그저 외국에 한번 갔다온 후에 스스로를 학자라고 지칭하고, 안온하게 야야푸스키하는 것이다!

나는 마오라푸스키에게 인사도 하지 않고 밖으로

뛰어나왔다. 빈방 안에서 흐느끼는 듯한 소리를 들은 것 같았는데, 마치 어떤 귀신의 그림자를 보고 얼굴을 가린 채 흐느끼는 것 같았다. 골동품들에 영혼이 있고, 내가 만약 그 골동품이라면, 반드시 나를 팔아넘긴 그 신진 학자들에게 일곱 개의 구멍을 내 피 흘려 죽게 할 것이다!

거리로 나서자 마음이 진정됐다. 이 어두운 사회에서 고대 유물을 외국에 내다파는 것은 골동품으로서는 복된 일이다. 도둑질과 파손은 묘인들이 가장 많이 저지르는 일이다. 그러니 그들 스스로 역사적 보물을 망가뜨리게 하기보다는 차라리 외국에 옮겨져 보존되는 게 낫다. 하지만 이는 단지 골동품에 대한 이야기일 뿐이지, 결코 마오라푸스키를 용서할 수는 없다. 고대 유물을 내다팔아도 된다는 것은 당연히 그 한 사람의 생각이 아니다. 하지만 조금도 수치스러워하지 않는 그의 태도는 용서할 수가 없다. 근본적으로 그는 무슨 일이 수치스러운 건지 몰랐다. 인류에게 역사적 긍지란 가장 없애기 어려운 근성이다. 하지만 묘국 청년들은 자기네 역사의 보물들을 아무런 감정 동요 없이 스스로 내다판다. 하물며 마오라푸스키는 학자 아닌가. 학자가 이러하니, 일자무식의 묘인들은 어떨 것인가. 묘국의 부흥에 대한 나의 희망은 뿌리까지 썩어 사라졌다. 때로는 노력이 과도해도 개인이나 국가를 죽게 하기에 충분하다. 그러나 나는 노력하다가 피를 토해 죽은 이들에게 탄복하지 않을 수 없다. 마오라푸스키들은 그저 야야푸스키밖에 모르니, 희망이 없다!

신진 학자를 더 만나야겠다는 마음이 사라졌다. 다른 문화기관은 살펴보고 싶지도 않았다. 한 명이라도 더 만나면 '이상적인 사람'에 대한 일말의 희망을 덜고, 하나의 기관이라도 더 본들 눈물만 흘릴 뿐이니, 이게 무슨 고생인가! 샤오시에는 대단하다. 그는 나를 데리고 오지도 않았고, 미리 설명도 하지 않았고, 직접 보게 했다. 암시하는 바가 있었던 셈이다.

길에서 한 도서관을 지나가는데도 들어가 보고 싶지 않았다. 또 공성계(空城计)[1]에 걸려들 것 같았다. 그런데 도서관 안에서 한 무리의 학생들이 나왔다. 책을 읽었을 거라는 생각이 들여다보고 싶다는 욕망을 불러일으켰다. 도서관 건물은 나쁘지 않았다. 비록 수리한 지 몇 년은 된 것 같았지만, 꺼지거나 무너진 곳은 없었다.

대문으로 들어가니 벽에 막 쓴 것 같은 흰 글자가 있었다. "도서관 혁명" 누구를 향해 도서관을 혁명한다는 걸까? 나는 그리 총명한 사람이 아니라서 바로 추측해낼 수 없었다. 안쪽으로 두 발자국 들어가 벽에 적힌 글자만 쳐다보고 있었다. 그때 땅에 있는 누군가가 내 다리를 끌어안더니, "살려주세요!"하고 소리를 질렀다.

땅에는 십여 명이 누워 있었는데, 내 다리를 껴안은 이는 바로 신진 학자 중 하나였다. 이들의 손발은 모두 묶여 있었다. 그들을 풀어주자 방류한 물고기처럼 모두 멀리 달아나고 신진

---

1. 공성계(空城計)는 '성을 비운다'는 뜻으로, 심리전술의 일종이다. 『손자병법』의 삼십육계 중 제32계로 소개됐다. 굳이 자신의 위치를 노출시킴으로써 적의 경계심을 유발하는 계략인데, 반대로 적에게 간파당하면 오히려 전멸당할 위험이 있다.

학자만 남았다.

"무슨 일이죠?"하고 내가 물었다.

"또 혁명이다! 이번엔 도서관 혁명이다!" 그는 허둥대며 말했다.

"도서관이 뭘 혁명했다는 거죠?"

"그들이 도서관을 혁명했다고요, 선생!" 그는 자신의 다리를 가리켰다. 아, 그는 짧은 바지를 입고 있었다. 하지만 바지와 도서관 혁명이 대체 무슨 관계라는 거지?

"선생도 바지를 입고 있지 않나요? 저희 학자들도 외국 학문·도덕·풍속을 소개하는 것을 직무로 삼고 있기 때문에 바지를 입기 시작했습죠." 그가 말했다. "이건 일종의 혁명 사업입니다."

'혁명 사업은 이렇게 쉬운 게 아니라고.' 나는 속으로 생각했다.

"제가 바지를 입으니 야단이 났죠. 이웃 대학의 학생이 내 혁명 행위를 봤으니까요. 모두들 저를 찾아와서 자기들에게 바지 한 벌씩을 달라고 했어요. 저는 도서관 관장이고, 책을 팔아 학생들에게 약간의 돈을 줘야 했습니다. 왜냐하면 학생들은 '모두푸스키주의'라는 신앙을 갖고 있거든요. 저는 책을 팔지 않으면 살 수 없고, 책을 팔아 그들에게 약간의 돈을 나눠주지 않으면 안 됩니다. 모두푸스키를 믿는 이들은 살인을 하거든요. 하지만 모두푸스키에 익숙해졌어요. 오늘 그들은 제가 바지 입은 걸 보고도 모두푸스키를 원했어요. 저는 돈이 없어서 모두에게

바지를 만들어 줬죠. 그러자 그들이 반혁명을 일으킨 겁니다. 제가 입고 있는 바지는 혁명 사업인데, 그들이 바지를 입지 않는 것은 저를 혁명하려는 거죠. 그러고는 우리 모두를 묶어버리고, 제가 모아둔 돈을 다 빼앗아 갔습니다!"

"책을 뺏어간 게 아니고요?" 나는 개인의 이해득실에 관심이 없다. 내가 보려는 것은 도서관이다.

"책을 빼앗아갈 수 없는 건 15년 전에 책들을 죄다 팔아버렸기 때문입니다. 우리는 지금 정리하는 일을 전문으로 하고 있죠."

"책이 없는데 뭘 정리한다는 거죠?"

"건물을 정리하고, 혁명을 준비하는 거죠. 도서실을 하나의 여관으로 바꾸는 건데, 이름은 계속 도서관이라 부르려 합니다. 실제로는 방세를 받고 임대를 내놓는데, 여기엔 벌써 여러 차례 병사들이 묵었죠. 다른 이들이 거주하려면 병사들보다는 좀 더 단정해야 합니다." 묘인들이 정말 대단하게 느껴졌다. 그들에 탄복했기에 나는 더 이상 그의 말을 들을 수 없단 생각이 들었다. 더 들었더라면 아마 탄복은 욕설로 바뀌었을 것이다.

二十一

왁자지껄의 왕

밤사이 큰 비가 내렸다. 묘성의 비는 시심을 자극하는 힘은 없는 것 같다. 아무리 평정심을 되찾으려 해도 초조하고 불안한 기분에서 벗어날 수 없었다. 담이 무너져 내리는 소리가 계속되니 마치 온 도시가 태풍을 만난 배 같았다. 어디든 언제든 떨림과 공포 속에 있었다. 파멸은 이렇게도 쉬운 걸까. 며칠만 더 큰 비가 내린다면 충분할 것 같았다. 나는 결코 이 비인도적인 일이 실현되길 바라지 않는다. 묘인들 때문에 슬프고 조급해졌다. 그들은 왜 사는 걸까? 대체 어떻게 살고 있는 걸까? 여전히 불명확했다. 그저 그들의 역사 속에 아주 황당한 잘못들이 있었다는 생각이 들 뿐이었다. 공허하고 황당한 생각일지 모르겠지만, 오늘날의 묘인들은 역사의 죄과로 인해 징벌을 받고 있는 것이다.

'모두푸스키'라는 말이 다시 떠올랐다. 어차피 잠이 오지 않으니 그냥 꿈 꾸며 노는 수밖에. 이 단어뿐만 아니라, 어떤 의미가 있든 묘인들이 받아들인 외국어 글자들에는 해로운 점이 많다.

학생들 중 모두푸스키를 믿는 이들이 많다는 말에 대해 다시 생각해 봤다. 나는 묘국의 모든 것을 분명히 알고 싶었고, 그러려면 먼저 정치 상황을 똑바로 알아야 했다. 지구상의 각국 역사를 보면 학생들에겐 정치사상을 발효시키는 힘이 있다. 학생들은 예민한 심리와 감정을 갖고 있지만, 감정적 예민함이 신기한 말들을 수용하는 데 그친다면 학생들의 열기는 가벼운 것이 되어버린다. 만약 묘인 학생들이 정말 이와 같다면, 묘국의 장래에 대해 나는 그저 눈 감으면 그만이다! 학생들만 탓하는 건 불공평하다. 그러나 그들에게 기대를 갖는다고 해서 그들을 비난하는 마음까지 감출 순 없었다. 샤오시에를 찾아 헤매느라 하룻밤을 잠들지 못했다. 그는 비록 자신이 정치를 이해하지 못한다고 했지만, 내게 역사 속 진실을 알려줄 수 있을 것이다. 이런 정보가 없으면 지금의 상황을 이해할 수 없다. 왜냐하면 이곳에 있는 시간이 너무 짧기 때문이다. 나는 샤오시에를 찾아가기 위해 일찍 일어났다.

“모두푸스키가 뭔지 알려줄 수 있나요?” 나는 미혹나무 잎에 중독된 것 같았다. “그건 모든 묘인들이 모두를 위해 살아야 한다는 일종의 정치이념입니다.” 샤오시에가 미혹나무 잎을 먹으며 말했다. “이런 정치이념 하에서는 모두가 일하고, 모두가 쾌활하고, 모두가 안전하죠. 사회는 거대한 기계 같은 거고요. 누구나 이 거대한 기계의 일꾼이고, 쾌활하고 안전하게 일하는 작은 나사와 기어죠. 나쁘지 않아요!”

“화성에 이런 사상이 실행되고 있는 나라가 있나요?”

“있어요. 2백여 년간 그래 온 곳도 있죠.”

"귀국은요?"

샤오시에가 눈을 치켜뜨자 내 심장이 뛰기 시작했다. 한참 기다리고 나서 그가 말했다. "우리도 소란을 피운 적이 있죠. 시끄러웠어요. 똑똑히 기억하죠. 하지만 우린 지금까지 어떠한 주의도 '실행'하지 않았어요."

"왜 시끄럽기만 했었나요?"

"만약 당신의 아이들이 장난을 심하게 쳐 당신이 아이를 몇 대 때리게 되면, 제가 알게 될 테고, 저 역시 제 아이를 한 번 때리겠죠. 우리 아이가 장난을 쳤기 때문이 아니라, 당신이 아이를 때렸으니 저도 때리게 된다는 겁니다. 집안 문제로도 이렇게 시끄러울진대 정치에 대해서는 더 심할 것입니다."

"당신들은 영원히 자기 일에 대한 방책을 생각하지 않을 거라고 말하는 것 같군요. 바람이든 비든 남의 의견에 따라 영원히 시끄럽게만 한다는 건가요? 비유하자면 당신들은 항상 자기 집을 짓지 않고 셋방살이를 하는 건가요?"

"원래 바지를 꼭 입지 않아도 되는데 입으려는 건 남들이 입고 있는 걸 봤기 때문이겠죠. 다리 사이즈를 직접 맞추지 않고 기성품만 사러 가고요."

"과거의 사실을 말해봐요!" 내가 말했다. "소란만 피웠던 것이라도 좋으니, 최소한 어떤 변화를 일으키지 않았습니까? 안 그래요?"

"변화가 곧 개선과 진보는 아닙니다."

샤오시에 이 자는 확실히 대단하다! 나는 미소를 지으면서 그의 말을 기다렸다. 그는 한참 동안 생각에 잠겨 있었다.

"어디서부터 이야기를 해야 할까요? 화성에는 모두 합쳐 20여 개국이 있습니다. 나라마다 정치적인 특색과 개혁이 있죠. 우리는 가끔 어떤 나라 정치의 특색이 어떻다는 말을 듣곤 합니다. 그리하여 다 같이 떠들기 시작하죠. 또 갑자기 어떤 나라에서 정치적인 개혁이 일어났다는 걸 들으면 모두들 서둘러 소동을 일으킵니다. 하지만 그 결과, 남의 특색은 아직 남의 것이고, 남의 개혁은 진짜 개혁이지만, 우리는 여전히 우리인 겁니다. 만약 당신이 꼭 우리 특색을 알아야겠다면 말이죠. 소동을 피울수록 엉망이 되는 게 바로 우리의 특색입니다."

"그래도 사실을 알려주세요. 아주 체계적이지는 못해도 말이죠." 그에게 요구했다.

"일단 왁자지껄(哄)[1]에 대해 말해보죠."

"왁자지껄요? 뭘 말예요?"

"바지와 마찬가지로 이건 우리 고유의 물건이 아닙니다. 당신네 지구에도 이런 게 있나 모르겠군요. 아니, 물건이 아니라, 일종의 정치단체 조직이죠. 모두가 연합해서 모종의 정치 주장과 정책을 옹호하는 겁니다."

"있어요. 우리는 '정당'이라고 부르죠."

"좋아요. 정당이든, 아니면 다른 이름이든, 어쨌든 이곳에서는 왁자지껄이라고 불러요. 자고로 우리는 항상 황제가 모두를 보살피고, 인민은 아무 소리도 낼 수 없죠.

---

1. 哄(hōng)은 와, 왁자지껄, 와글와글 등을 뜻하는 의성어이자, 왁자지껄하다를 뜻하는 동사이다.

근데 갑자기 외국에서는 인민들도 정치에 참여할 수 있다는 소식을 들은 겁니다. 그러니까 다들 어떻게 생각했을 것이며, 어떻게 이런 결론을 도출하지 않을 수 있겠어요? 이게 바로 왁자지껄 아닌가요? 다시 말해보죠. 예부터 우리는 세속에 물들지 않고 결백을 지키는 걸 도덕의 기준으로 삼아 왔습니다. 갑자기 수많은 사람들이 당을 만들거나 집회를 열 수 있다는 걸 듣고는, 다들 고서를 뒤적거렸지만 적당한 문자를 찾을 수가 없었죠. 그냥 '왁자지껄'이라는 글자만이 어느 정도 의미가 있었던 겁니다. 다들 한자리에 모이는 이유가 뭐지? 그렇게 해서 왁자지껄이라고 부른 거고, 왁자지껄을 시작하게 된 겁니다. 제가 정치는 알지 못한다고 말한 적 있죠. 왁자지껄이 시작된 이후부터 정치—당신이 그것도 정치라 칠 수 있다고 동의한다면—의 변동은 너무 잦았습니다. 그래서 자세히 말해줄 수가 없어요. 그저 일련의 사실들에 대해 알려줄 수 있을 뿐이고, 두서도 없습니다."

"그럼 주먹구구로 말해주세요." 나는 단지 그가 더 이상 말하지 않을까 봐 걱정됐다.

"첫 번째 정치개혁은 황제에게 인민의 참정을 윤허해달라는 거였습니다. 황제는 당연히 받아주지 않았죠. 그래서 '참정 왁자지껄'의 인사들이 연합해 수많은 군인들을 이 운동에 가담시켰습니다. 황제는 형세가 불리해지자, 참정 왁자지껄의 중요 인물들에게 관직을 내렸습니다. 왁자지껄 인사들은 관직을 받고는 머지않아 관직에 몰두하게 되고, 자연스레 왁자지껄의 비전은 깨끗이 잊어버렸죠. 또 어떤

이들은 원래 황제라는 건 없어도 된다는 얘기를 듣고 황제를 쫓아내자는 왁자지껄을 시작했습니다. 이 왁자지껄은 '민정 왁자지껄'이라고 부르죠. 황제는 이번에도 안정을 찾는 계획을 세웁니다. 왁자지껄로 왁자지껄을 공격하는 방법이 아니면 안 됐던 것이죠. 그는 스스로 왁자지껄 하나를 조직하고, 멤버들에게 매월 1천 국혼을 하사합니다. 민정 왁자지껄의 인사들은 눈이 벌게져서 혼비백산해 황제에게 투항하죠. 그러자 황제는 그들에게 매월 1백 국혼만 주겠다고 윤허합니다. 마지막에 황제가 103 국혼까지 올리지 않았더라면, 하마터면 결렬될 수도 있었습니다. 이 사람들은 매달 거저 돈을 받고 다른 이들의 주의를 끌 수 있습니다. 그러니까 한 명짜리 왁자지껄, 두 명짜리 왁자지껄, 열 명짜리 왁자지껄 등으로 늘어나서 왁자지껄의 이름도 아주 많아졌죠."

"하나 더 묻겠습니다. 이런 왁자지껄들 안에는 진정한 서민들도 있나요?"

"알려드리죠. 서민들이 어떻게 그 안에 있겠습니까. 그들은 교육을 받은 적도 없고, 지식도 없고, 그럴 만한 머리도 없습니다. 그들은 기만당하기를 기다릴 뿐, 어떠한 방책도 없어요. 언제 왁자지껄이 일어나건 모두가 국가와 국민을 위한다고 하죠. 하지만 관직을 얻고 나면 폐하가 돈을 줘도 그 돈은 인민으로부터 나오는 것 아니겠습니까. 관직을 얻지 못하면, 죽기 살기로 왁자지껄하는 거죠. 먼저 인민을 속여 돈을 공급합니다. 인민이 속지 않으면, 군인들과

연합해 인민들에게 형벌을 내립니다. 왁자지껄하는 인민이 늘어날수록 고통은 심해지고 국가는 빈궁해집니다."

나는 또 말에 끼어들었다. "왁자지껄 안에는 좋은 사람이 정말 없습니까? 정말 나라를 위하는 묘인이 하나도 없습니까?"

"당연히 있지요! 하지만 좋은 사람도 밥을 먹어야 하고, 혁명 역시도 연애를 해야 합니다. 밥을 먹고 연애를 하려면 돈이 필요하고, 그러니까 혁명에서 돈벌이 방법을 강구하는 것으로 바뀐 거고, 돈을 구하면 밥을 먹어야 하고, 결혼도 해야 하죠. 할 수 없이 돈을 주고 노예 짓을 해야 하고, 결국 영원히 뒤엎을 수 없게 됩니다. 혁명이나 정치, 국가, 인민은 까마득히 먼 곳으로 던져버릴 수 있는 거죠."

"그러면 직업도 있고 밥도 굶지 않는 묘인들은 전혀 정치운동을 안 한다는 건가요?" 내가 물었다.

"평민들은 아무것도 이해할 수 없기 때문에 혁명을 할 수 없고, 돈이 있는 자들은 설령 지식이 있다고 해도 감히 혁명 같은 걸 할 수 없죠. 그들이 움직이면 폐하나 군인, 왁자지껄 성원들이 바로 그의 재산을 몰수하니까요. 그는 그저 꾹 참거나, 작은 벼슬 따위 던져버릴 수밖에 없습니다. 그래야 약간의 재산이라도 보전할 수 있으니까요. 비록 모든 걸 멈출 수는 없지만, 그가 만약 움직이면 뿌리까지 썩게 될 겁니다. 외국에 나가본 적이 있는 사람, 학교에서 공부한 자, 부랑자, 건달, 몇 글자 아는 군인들만이 정치를 할 수 있죠. 그들은 앞으로 나아가면 얻는 게 있고, 물러서도 잃는 게 없죠. 왁자지껄하면 밥이 생기고, 왁자지껄하지 않으면 밥이

생기지 않습니다. 그러니 우리나라에서 혁명은 일종의 직업이 됐습니다. 그 때문에 몇 년 정도 왁자지껄을 하면 두 개의 뚜렷한 현상이 나타납니다. 첫째, 정치는 변동이 있을 뿐 개혁은 없습니다. 이렇게 민주사상이 발달할수록 민중들은 더 가난해지죠. 둘째, 왁자지껄이 늘어날수록 청년들은 천박해졌습니다. 모두가 정치만 바라보고 학식은 신경 쓰지 않았죠. 설령 구국의 진심이 있었다고 해도 정권을 손에 넣어도 불행이 눈앞에 닥칠 때까지 빤히 보기만 했습니다! 대처할 능력과 지식이 없었으니까요. 이렇게 해서 노인들은 득의양양해졌습니다. 똑같이 지식이 없었지만, 처세에 있어서는 청년들보다 나쁜 생각들을 많이 품었죠. 청년들은 참된 지식 대신 정치를 운영하고 싶어 했고, 노인들에게 나쁜 아이디어를 구하지 않으면 안 됐습니다. 그래서 혁명이 혁명을 다스리고, 진짜 권력을 잡은 것은 그 늙은 여우 무리였습니다. 청년들은 공허하고 노인들의 생각은 간교하니, 모두들 정치란 묘인과 묘인 간의 '얼렁뚱땅' 같은 거라고 여겼습니다. 얼렁뚱땅하면 만사가 잘 되고, 얼렁뚱땅하지 않으면 끝장이 난다는 거죠. 그래서 지금 학교의 학생들은 공부를 하지 않습니다. 단지 새 글자 몇 개만 더 외우고, 나쁜 생각을 좀 더 많이 배우면, 스스로를 정치의 천재로 자부할 수 있죠."

나는 샤오시에가 잠시 쉴 수 있도록 했다. "아직 모두푸스키는 말하지 않았죠?"

"다들 왁자지껄만 신경 쓰고 경제 문제는 신경 쓰지 않아서 왁자지껄을 많이 할수록 인민은 가난해진다고

했지요. 마지막으로 모두푸스키 이야기입니다. 그것은 보통 인민이 시작하고, 경제 문제 때문에 일어나죠. 몇 년의 혁명 동안, 임금은 끝내 쓰러지지 않았습니다. 어떤 왁자지껄이 일어나도 폐하는 자신은 왁자지껄의 주장을 완전히 믿을 뿐만 아니라, 그 왁자지껄의 지도자가 되길 원한다고 선언했죠. 암암리에 돈을 건네주니 곧바로 진짜 왁자지껄의 지도자가 됐습니다. 그래서 어떤 시인은 우리 황제를 '모든 왁자지껄의 왕'이라고 칭송하기도 했습니다. 한데 모두푸스키만이 뜻밖에도 황제를 살해했습니다. 황제가 살해당하자, 진짜 왁자지껄로부터 만들어진 정권—모두푸스키 왁자지껄—이 꾸려졌습니다. 이 왁자지껄은 근본적으로 다른 이들을 뿌리 뽑으려 했기 때문에 적지 않은 이들이 죽었죠. 오직 진짜 농민과 노동자들만이 남았습니다. 자연히 살인은 더 이상 이상한 일로 여겨지지 않게 됐고, 묘국은 마음대로 살인할 수 있는 곳이 됐습니다. 만일 관계없는 이들을 모두 죽이고 정말 농민과 노동자만 남겨둔다면, 그것도 해결책이 아니라고만 할 순 없을 겁니다. 하지만 묘인은 결국 묘인이죠. 그들은 살인할 때 온갖 수작을 부리며 돈을 내는 자들은 죽이지 않았습니다. 누군가는 대신 사정해 주는 묘인도 있었고, 그래서 죽여야 하는 묘인은 안 죽이고, 죽이지 말아야 할 묘인은 죽였죠. 죽여야 하는 묘인을 죽이지 않으니, 그들은 왁자지껄에 잠입해서 나쁜 생각들을 만들어냈고, 그 결과 매일 살인이 벌어지고 정의를 조금도 깨닫지 못했죠. 또 있습니다. 모두푸스키주의는 모든 묘인들에게 적당한 일을

시키고 같은 임금을 받게 합니다. 이러한 사상을 실행하려면 먼저 경제 제도를 개조해야 하고, 두 번째로는 교육을 통해 모든 이를 위해 살아가야 한다는 신앙을 길러야 합니다. 하지만 우리의 모두푸스키 왁자지껄의 성원들은 근본적으로 경제 문제를 이해하지 못했고, 새로운 교육을 창설하는 것에 대해선 더욱 몰랐습니다. 모두 별다른 대책이 없었죠. 그들은 농민과 노동자로부터 시작하려고 했지만, 농업이 뭔지, 어떤 일을 해야 하는지 하나도 몰랐습니다. 한 차례 토지를 균등 분배했는데 다들 미혹나무를 가져와 심었죠. 미혹나무가 다 자라기 전에는 모두 굶을 수밖에 없었습니다. 노동자들도 기꺼이 일하고 싶어 했지만 할 만한 일자리가 없었습니다. 여전히 살인을 해야 했는데, 다들 어느 정도 죽이고 나면 사정이 바로 좋아질 거라고 생각했죠. 이건 마치 피부가 가려우니 피부를 벗겨버리면 좋아질 거라는 말과 같습니다. 이것이 모두푸스키의 경과입니다. 외국에서 온 다른 정치주의가 다른 나라에서는 병을 낫게 하는 좋은 정책이었지만, 반대로 우리나라에 와서는 사서 고생하는 것으로 변한 거죠. 우리 스스로는 영원히 숙고하지 않고, 영원히 문제를 살피지 않습니다. 그래서 우리는 혁명을 해도 재해만 남고 조금의 장점도 얻지 못한 겁니다. 혁명은 새로운 주장과 새로운 계획을 실행하기 위한 것입니다. 하지만 우리의 혁명은 그저 왁자지껄을 위한 것이죠. 근본적으로 지식이 없기 때문에, 일에 대한 것에서 묘인에 대한 것으로 바뀌는 겁니다. 묘인을 포커스로 하기 때문에 모두들 혁명

사업에 마땅히 있어야 할 고상한 인격을 잊어버리고, 그저 서로 공격하기 위해 가장 비열한 수단을 쓰게 되는 겁니다. 그러다 보니까 모두푸스키를 몇 년 하는 동안 살인만 한 게 아니라 모두들 서로를 노려보게 됩니다. 그 결과 모두푸스키 왁자지껄의 수령은 다시 황제가 됐죠. 모두푸스키로부터 황제가 되니 이 얼마나 볼품없고, 악몽과 같습니까! 하지만 우리가 보기에는 이상할 게 없습니다. 다들 원래부터 정치가 뭔지 이해하지 못했고, 모두푸스키는 정통성도 없었거든요. 결국 황제를 모실 수밖에 없는 거죠. 황제가 있으면 모두의 마음이 놓일 수 있거든요. 이렇게 해서 오늘날 우리는 아직도 황제가 있고, 황제는 여전히 '모든 왁자지껄의 왕'이며, 모두푸스키 역시 왁자지껄 안에 있는 겁니다."

샤오시에는 눈물을 흘렸다.

二十二
오랜 친구

샤오시에의 말은 타당했지만, 그것은 건설적인 비평이 아니었다. 지나친 비관에 좋은 점이 어딨겠는가. 물론 나는 태평하고 즐거운 중국에서 왔기 때문에, 묘국에도 여전히 희망이 있으리라 생각했다. 병이 없는 이는 병자가 그토록 비관적인 이유를 알지 못한다. 하지만 희망은 인류가 마땅히 가져야 하는, 그야말로 인류가 가져야 하는 일종의 의무다. 희망이 없다는 건 자포자기의 표시이고, 희망은 노력의 어머니다. 나는 묘인들이 자신의 힘을 하나로 모으면 어떠한 성취도 이룰 수 있으리라 믿는다. 묘국의 발전을 제한하는 수많은 원인이 있고, 그것들은 정치가 바른 궤도에 오르는 걸 막고 있다. 내가 보고 들은 것을 근거로 할 때 그들의 어려움은 적지 않다. 하지만 묘인들도 결국 인간이고, 인간이란 모든 고난을 극복할 수 있는 동물이다.

따시에를 찾아가 정치가 몇 명을 소개해달라고 청하기로 마음먹었다. 만약 머리가 맑은 인물을 만나게 된다면, 샤오시에의 견해나 비평에 비해 더 절실하고 유익한 의견을

들을 수 있을지도 모른다. 우선은 민중을 만나야 마땅하지만, 그들은 외국인을 무서워하기 때문에 다가갈 방법이 떠오르지 않았다. 사리를 분별할 수 있는 인민이 없으면 정치는 맑아지기 어렵다. 반대로 그런 인민이 있으면 정치의 운용은 좀 더 쉬워질 것이다. 만약 진정한 정치가가 나라와 국민을 위해 일한다면 말이다. 아직까지 기쁘게 받들 수 있는 영웅의 발걸음은 없지만, 여전히 나는 이상적인 영웅을 찾는다.

마침 따시에가 손님을 만나고 있었다. 그는 중요 인물 중 하나인 만큼, 손님 중에도 분명 정치가가 있을 테니, 좋은 기회다. 나는 며칠 동안 이쪽 거리로 오지 않았다. 거리는 여전히 시끌벅적했다. 부산스러운 개미는 있어도 부지런한 개미는 없었다. 이 파괴된 도시에 어떤 흡인력이 있길래 이토록 연연하게 하는지 알 수 없었다. 아마 농촌이 완전히 붕괴되어 그나마 도시가 시골보다는 낫기 때문이 아닐까 싶었다. 예전보다 나아진 한 가지가 있는데, 거리에 예전처럼 악취가 나지 않는다는 사실이었다. 최근 비를 자주 내려 하느님이 그들 대신 청소를 해주신 셈이다.

약속 시간에 맞춰 왔지만, 따시에는 집에 없었다. 나를 초대한 인사는 일전에 미혹나무 숲에서 밥을 가져다준 묘인이었는데, 어느 정도 아는 사이인지라 내게 이렇게 알려주었다. "정오 약속이라면 저녁에 오면 됩니다. 저녁 약속이라면 날이 밝을 때 오시고요. 어쩔 땐 이틀이 지나서야 따시에님이 오시기도 하니까요. 저희의 표준입니다." 나는 안내에 감사를 표하고, 초대된 손님들의 면면을 물었다.

마음속으로 손님들 중 내가 만나고 싶은 자가 없다면 다시 오지 않으리라 생각했다. 그는 "손님들은 모두 중요 인물들입니다. 그렇지 않으면 외국인을 모실 수도 없겠죠."라고 답했다. 좋아, 반드시 돌아오리라. 하지만 어디서 시간을 보내야 할까? 갑자기 주머니 속에 남은 국혼 몇 개를 꺼내 나의 옛 하인들에게 갖다 줘야겠다는 생각이 들었다. 그러면 나머지 일은 처리하기 쉬워진다. 지붕 위에서 기다리며 몇 가지 일들에 대해 가르침을 청하면 된다. 묘인의 입을 여는 열쇠는 바로 국혼이다.

이토록 많은 도시 묘인들은 대체 무엇으로 생계를 꾸리는가? 이것이 내 첫 번째 질문이었다. "이들요?" 그는 거리 위의 인파를 가리키며 말했다. "다들 아무것도 하지 않죠."

좋아, 속으로 생각했다. 그리고 그에게 물었다. "그렇다면 어떻게 밥을 먹죠?"

"밥은 안 먹습니다. 미혹나무 잎만 먹습죠."

"미혹나무 잎을 어디서 가져오는데요?"

"묘인 하나가 벼슬을 하면, 여러 묘인들이 미혹나무 잎을 먹을 수 있습니다. 관료들의 친지나 친구들이죠. 큰 벼슬을 하는 자가 미혹나무 잎을 경작하고 잎을 팔면 친지나 친구들에게 나누어줄 잎사귀가 남습니다. 작은 벼슬을 하는 자들은 미혹나무 잎을 사서 자기가 먹고, 친지와 친구들에게 나눠줍니다. 벼슬하지 않는 이들은 미혹나무 잎을 기다리죠."

"관직하는 묘인은 많겠죠?" 내가 물었다.

"빈둥거리는 이들 빼고는 관직을 맡고 있습니다. 저 역시

관료입니다." 그는 옅게 미소를 지었다. 이 웃음은 아마도 내가 그를 얕잡아본 것—나는 그의 두피를 조금 벗긴 적이 있다—에 대한 일종의 복수일 것이다.

"관료들은 다들 돈이 있나요?"

"있죠. 황제가 준 돈이요."

"다들 농사도 짓지 않고 일도 하지 않고 생산도 하지 않는데, 어떻게 황제가 돈이 있을 수 있죠?"

"보물을 팔고 토지를 파니까요. 당신들 외국인들은 우리의 보물과 토지를 사는 걸 좋아하고요. 그래서 돈이 없을까 봐 걱정하지는 않습니다."

"그렇군요. 고고학 박물관, 도서관……앞뒤가 맞아떨어지네요. 자신을 걸고 말해보세요. 당신도 보물과 토지를 팔아넘기는 건 나쁜 일이라고 생각하지 않습니까?"

"어쨌든 돈이 생기니 좋은 거죠."

"수지가 맞으니 당신들은 근본적으로 경제 문제가 없는 거요?"

이 문제는 너무 심도가 깊었나 보다. 그는 한참 만에 이렇게 대답했다. "한때는 경제 문제를 일으킨 적도 있지만, 지금은 아무도 그에 대해 이야기하지 않습니다."

"그땐 다들 농사를 짓고 일도 했죠?"

"맞습니다. 지금 시골은 거의 텅 비어 있습니다. 도시의 묘인들이 물건을 사려고 하면 파는 외국인이 있죠. 그래서 우리가 농사를 짓거나 일할 필요가 없고, 다들 빈둥거리는 겁니다."

"그렇다면 왜 아직 관료가 있는 건가요? 관리가 되면 내내 빈둥거릴 순 없지 않나요? 관리가 되든 되지 않든 언제나 미혹나무 잎을 먹을 수 있는데, 뭐 때문에 고생스럽게 관료 일을 맡는 거죠?"

"관료들은 돈을 많이 법니다. 미혹나무 잎을 먹는 것 말고도 외국 물건들을 많이 사들이고, 여러 명의 부인들에게 장가를 가기도 합니다. 관료 일을 하지 않으면 미혹나무 잎을 가려 먹어야 하죠. 관료 일은 피곤하지도 않고, 관료 수는 많되 일은 적어요. 일을 하고 싶어도 할 일이 없습니다."

"그럼 죽은 공사부인은 왜 미혹나무 잎을 먹지 않은 건가요? 달리 먹을 수 있는 게 없나요?"

"밥을 먹으려면 먹을 수 있죠. 하지만 아주 비싸고요. 고기나 채소는 모두 외국 것을 사야 합니다. 미혹나무 숲에 있을 때 당신은 밥을 꼭 먹어야 했잖아요. 우리 주인께서 적지 않은 돈을 쓰신 겁니다. 공사부인은 이상한 여자예요. 그녀가 만약 미혹나무 잎을 먹으려 했다면 누군가 공급했을 겁니다. 밥을 먹으려 했기에 아무도 공급해줄 게 없었던 거죠. 공사부인은 오로지 그 여덟 여인들을 데리고 야생초나 산나물을 캐러 다녀야 했죠."

"고기는요?"

"고기는 외국 물건을 살 돈이 없으면 구할 수가 없습니다. 묘인들 절반은 밥을 먹고, 다른 절반은 미혹나무 잎을 먹을 때—불과 몇 년 전의 일입니다—이미 모든 동물을 다 먹어 치웠습니다. 조류든 포유류든 하나도 남지 않았죠.

새나 짐승을 본 적 있으세요?"

한참 동안 생각해봤는데 정말로 동물을 본 적이 없었다.

"아, 흰꼬리독수리요! 본 적 있어요!"

"맞습니다. 오직 그들만이 남았죠. 왜냐하면 그들의 육질엔 독이 있거든요. 그렇지 않았다면 진작에 멸종됐겠죠."

네놈들은 참 빠르구나……. 더 이상 물을 필요가 없었다. 개미와 꿀벌은 필요한 것을 알고, 경제적인 문제도 없다. 개미나 꿀벌은 모두가 본능적으로 움직인다는 점에서 묘인보다 강하다. 현재 묘인들의 정치나 경제는 아예 없다고 할 수 있고, 분쟁과 소란은 피할 수 없는 상태다. 어느 신께서 이런 불량품을 만드셨는지 모르겠다. 벌과 개미 같은 본능도 없고, 인류의 지혜조차 없으니, 그들을 만든 신은 아마 농담을 하려 했던 것 같다. 학교는 있지만 교육은 없고, 정치인은 있지만 정치는 없으며, 인간은 있지만 인격이 없고, 얼굴은 있지만 수치를 몰랐다. 아무래도 농담이 지나치다고 하지 않을 수 없다.

무슨 말을 하건 나는 그 중요 인물들을 꼭 봐야 한다. 나로서는 묘인들에게 뾰족한 아이디어를 떠올려주지 못한 셈인데, 그 묘인들에게 해결책이 있는지 없는지 보려 한다. 문제는 아주 간단해 보인다. 미혹나무 잎을 균등하게 한 장씩 나눠주고, 일종의 '미혹나무 잎 모두푸스키주의'로 만들면 된다. 하지만 이는 궁지로 모는 방법이기도 하다. 그들은 반드시 되돌아와 미혹나무 잎을 금지하고, 농업과 공업을 회복시켜야 한다. 그래야 공멸을 피할 수 있다. 하지만 누가 이 중임을 맡을 수 있단 말인가? 그들은 모기나 파리의 생활 방식을 사람의

방식으로 바꾸지 않으면 안 된다—이 도약에 얼마나 많은 힘을 쏟아야 할까, 얼마나 큰 의지와 결심을 품어야 할까! 나는 아마 샤오시에처럼 비관적으로 변한 모양이다.

따시에가 돌아왔다. 그는 미혹나무 숲에 있을 때보다 훨씬 살이 빠졌다. 그래서 더 음흉하고 간사해 보였다. 나는 조금도 미안한 마음이 들지 않았다. 그를 보자마자 "왜 손님을 부른 거요?"라고 물었다.

"아무것도 아니오, 아무것도. 같이 이야기하려는 거지."

내가 보기엔 분명 뭔가 있다. 그에게 물어볼 문제가 많았지만, 그를 보니 왜 이리 혐오스러운지, 한마디라도 덜 말해야겠다는 생각이 들었다.

계속해서 손님들이 왔다. 이들은 여태껏 만난 적 없는 자들이었는데, 보통의 묘인들과 조금도 같은 점이 없었다. 나를 힐끗 보더니 하나같이 '오랜 친구'라고 불렀다. 나는 가만히 있지 않고 지구에서 왔다고 말했다. 이는 '오랜 친구'라는 표현이 적당하지 않다는 걸 드러내기 위함이었다. 하지만 그들은 내 말 속의 쓴맛을 단맛으로 여기는 것 같았다. 의연하게 '오랜 친구'라고 불러댔다.

십여 명의 손님들이 왔다. 운 좋게도 그들은 모두 정치인들이었다.

관찰해 보니 십여 명을 세 분파로 나눌 수 있었다. 첫 패거리는 따시에파였다. '오랜 친구'란 말을 자연스럽게 했지만, 약간은 그렇게 말하지 않을 수 없다는 듯 우쭐거렸다. 이 패거리는 나이가 많았는데, 샤오시에가 말했던 늙은

여우들이라는 말이 떠올랐다. 두 번째 패거리는 좀 더 어렸다. 외국인에 대해 특히 친절하고 예의가 발랐다. 얼굴은 늘 미소를 띠고 있었지만 뭔가 공허해 보였다. 그들을 보면 늙은 여우들로부터 막 배운 나쁜 술수를 알아차릴 수 있었고, 그래서 아직은 기괴함을 드러내 일을 망칠 수는 없었다. 세 번째 패거리는 가장 어리다. '오랜 친구'라는 말을 어색하게 꺼냈는데, 아직은 수줍어하는 것 같았다. 따시에는 특별히 이 세 번째 패거리를 소개했다. "이 친구들은 이제 막 저쪽에서 왔지요." 나는 그의 말뜻을 분명히 알아듣지 못했다. 하지만 자세히 물어보기도 거북했다. 얼마 후 나는 소위 '저쪽'이란 학교를 뜻한다는 걸 깨달았다. 이 몇 명은 필시 막 정계에 진입한 새내기들일 것이다. 나는 이들이 어떻게 늙은 여우들과 소통하는지 보고 싶었다.

연회에 참석하는 것은 이번이 처음이었다. 손님들이 모이자 미혹나무 잎부터 먹었다. 예상했던 대로다. 미혹나무 잎을 먹고는 새로운 술책들을 살펴보려 준비했다. 드디어 시작되자, 따시에가 말을 꺼냈다. "저쪽에서 새로 온 친구들을 환영하고자 오늘 여러분은 기생을 선택해야 합니다."

저쪽에서 온 몇 명은 웃고, 눈짓을 하고, 수줍게 머뭇거리면서 교만을 부렸다. 그러면서 모두푸스키,

모두푸스키 하고 소곤거렸다. 내 마음은 애인이 곧 죽을 것처럼 아팠다. 이게 그들의 모두푸스키다! 저쪽에서는 새로운 주장이 있는 푸스키였는데, 이쪽에 오니 모두푸스키 기생이라니! 망했다. 아무 말도 하지 않으니 지켜볼 수밖에!

기생들이 왔다. 다들 거듭 미혹나무 잎을 먹었다. 잎을 먹은 청년 정치인들은 얼굴의 회색털이 온통 분홍빛이 되었고, 따시에를 흘겨보았다. 따시에는 웃으며 말했다. "여러분 맘대로 하십시오. 맘대로요. 괜찮습니다." 그들은 기생의 손을 잡고 아래층으로 내려갔다. 말할 것도 없이 따시에는 그들이 즐길 곳을 마련해주었다.

그들이 내려가자 따시에는 중노년의 정치인들을 향해 웃었다. 그는 "그들이 눈앞에 없으니 이제 진지한 이야기를 합시다."

내 추측은 맞았다. 손님을 초대한 것은 틀림없이 사정이 있을 것이다.

"여러분 모두 들었습니까?" 따시에가 물었다.

노년의 인사들은 어떠한 표현도 하지 않았고, 눈동자는 스스로를 성찰하는 것 같았다. 중년 인사들 중 하나는 고개를 끄덕이며 다른 묘인을 쳐다보더니, 얼른 고개를 쳐들어 하늘을 봤다. 나는 하하하 웃기 시작했다.

모두들 심각해졌지만 심하게 웃어댔다. 그저 나를 따라 웃는 것이었다. 나는 외국인이니까.

한참을 기다리자 결국 한 중년 인사가 말했다. "조금 듣긴 했는데, 모르겠군요. 믿을 만한지 아닌지 절대

모르겠어요.”

“믿을 만하지! 내 병사들은 이미 패배했거든!” 따시에는 확실히 관심을 드러냈다. 어쩌면 자신의 병사들이 패배했다는 점 때문일지도 모른다.

다시 아무 말도 하지 않았다. 한참이 지난 후 한숨을 돌렸다. 콧수염이 다칠까 봐 두려워하는 것 같았다.

“여러분, 기생 몇 명을 불러서 시중 들게 할까요?” 따시에가 제안했다. 모두가 살아났다.

“좋습니다, 좋아요! 여자가 없으면 좋은 정책도 없지요! 부탁드립니다!” 다시 기생들이 왔다. 다들 매우 즐거워했다.

해는 빠르게 저물었다. 끝내 누구도 정치에 대한 이야기는 한마디도 하지 않았다.

“감사합니다, 감사해요. 내일 또 봅시다!” 다들 기생을 데리고 떠났다.

몇 명의 청년들도 아래층에서 올라왔는데, 얼굴색이 붉어지기보다는 약간 회록색을 띠고 있었다. 감사하다는 말도 없이, 그저 모두푸스키라고 중얼거리기만 했다.

나는 생각했다. 필시 내전이 일어났고, 따시에의 병사가 패배해서 모두에게 도움을 구하는 것일 거라고. 그런데 그들은 관여하길 원하지 않는 거라고. 만약 내 추측이 틀리지 않았다면, 아무도 따시에를 돕지 않는 게 좋은 일은 아닐 것이다. 따시에의 표정은 아주 급박해진 것 같았다. 떠나기 전 그에게 물었다. “당신의 병사들은 어떻게 패배한 건가요?”

“외국인들이 공격해 왔습니다!”

二十三

선택

태양은 아직 완전히 지지 않았다. 거리에는 이미 귀신 한 마리 보이지 않았다. 하지만 담벼락 위에는 크고 하얀 글자가 적혀 있었다. “완강하게 맞서자!”, “구국은 자신을 구하는 것이다!”, “병합푸스키를 타도하자!”…… 빙빙 돌아가는 황소처럼 머리가 어지러웠다.

살아있는 것들은 모두 죽어버린 이 도시의 거리에 비록 나 한 사람밖엔 없었지만, 공기는 매우 희박했다. “외국이 쳐들어왔다!”하고 고함치는 소리가 죽음을 알리는 슬픈 종소리처럼 귓가에 맴돌았다. 왜일까? 모르겠다. 따시에는 분명 놀라서 정신을 잃은 듯했다. 그렇지 않다면 왜 내게 자세한 사정을 말하지 않았겠는가. 하지만 놀라 자빠질 만한 순간에도 접대를 잊지 않고, 또 기생들을 초대하는 걸 잊지 않았다는 점은 도무지 이해할 수 없는 영역에 있었다.

그 정치인들은 외국이 쳐들어왔는데도 기생놀이만 즐기면서 나랏일에 대해 일언반구도 하지 않았다. 묘인의 마음이 도대체 어떻게 생겼는지 이해할 수 없었다.

별 수 없이 나는 샤오시에를 찾아갔다. 그는 분별력을 갖춘 유일한 묘인이다. 비록 나는 그의 비관적인 태도를 좋아하지 않지만 말이다! 그러나 이 정치인들을 만난 이후에도 그가 비관적이라는 이유로 원망할 수 있을까?

해가 저물었다. 너무나도 아름다운 노을이 남은 태양빛 속에서 한참 동안 붉게 물들었다. 그 아래 한 줄기 옅은 안개가 지상을 적막하게 비추었고, 하늘의 영광은 밝게 드러났다. 가슴과 등짝에 미풍이 불어왔고, 개 짖는 소리조차 들리지 않았다. 이곳이 큰 도시이긴 하지만, 아마 원시 세계조차 이곳보다는 좀 더 시끌벅적했을지 모른다. 눈물이 주룩 흘렀다. 샤오시에의 거처에 도착했다. 내 방에 들어오니 어두운 그림자 속에 한 묘인이 앉아 있었다. 누군지 불분명했지만, 샤오시에가 아니라는 건 알 수 있었다. 체구가 샤오시에보다 훨씬 컸기 때문이다.

"누구요?" 그가 큰 목소리로 물었다. 목소리로 볼 때 그는 평범한 묘인이 아니었다. 평범한 묘인이라면 감히 이렇게 당당하게 질문할 수 없다.

"저는 지구에서 온 그 사람입니다." 내가 대답했다.

"아, 지구 선생! 앉으시오!" 그의 말투는 조금 명령조였다. 하지만 시원시원해서 듣기 거북할 정도는 아니었다.

"당신은 누구죠?" 나도 스스럼없이 물으면서 그의 옆에 앉았다. 그로부터 가까웠기 때문에 나는 그가 키만 큰 게 아니라 꽤 뚱뚱하다는 걸 알 수 있었다. 얼굴의 털은 유난히 길어서 귀와 코, 입을 죄다 가린 것 같았다. 그 털 속에 두 개의

아주 밝은 눈이 보였는데, 마치 새 둥지에 있는 두 개의 빛나는 알과 같았다.

"나는 따잉[1]입니다." 그가 말했다. "다들 나를 따잉이라고 부르긴 합니다만, 내 진짜 이름은 아니죠. 왜 따잉이냐고요? 다들 나를 무서워해서 내게 이 이름을 주더라고. 우리나라는 좋은 묘인들에게는 무섭고 흉악하다고 하지. 그래서 '따잉'이라고 하고요!"

하늘을 쳐다보니 까맣게 어두워지고 오직 한 조각 붉은 구름만이 남아 마침 따잉의 머리 위에 고독한 꽃처럼 피었다. 멍해져서 물어볼 게 생각나지 않았다. 마음속으로 조금 전의 그 영광스러운 저녁노을을 생각할 뿐이었다.

"낮에 밖으로 못 나와서, 저녁에야 샤오시에를 찾고 있습니다." 그가 말했다.

"낮에 왜 못 나오시죠?" 그의 말을 다 듣지도 않았지만 이미 무거운 기분이 들었다.

"샤오시에 말고는 제 적이 아닌 묘인이 없거든요. 왜 낮에 나갈 수가 없는 걸까요? 저는 시내에 살지 않고 산 위에 삽니다. 어제 밤새 걸어 나와서 오늘은 하루 종일 숨어 있다가 지금 도시에 온 겁니다. 당신은 밥은 먹었나요? 하루종일 굶었네요."

"제게는 미혹나무 잎만 있습니다."

"굶어 죽더라도 미혹나무 잎은 됐습니다!" 그가 말했다.

기개 있는 묘인은 처음이었다. 나는 미를 불러 뭔가

1. '따잉(大鷹)'은 '매'를 뜻한다.

만들어달라고 하고 싶었다. 미는 집에 있지만, 오고 싶지 않은 듯했다.

“필요 없어요. 여자들은 다 저를 무서워하죠. 하루 이틀 굶는 건 아무것도 아니에요. 지금 와서 죽는 게 뭐가 두렵겠소?”

“외국이 쳐들어왔나요?” 내가 물었다.

“맞소. 그래서 샤오시에를 찾고 있는 거지.” 그의 눈은 더 밝아졌다.

“샤오시에는 너무 비관적이고 낭만적이에요.” 원래 나는 친구를 이렇게 비평하진 않지만, 숨기지 못하고 말했다.

“그는 똑똑하기 때문에 비관적인 겁니다. 그리고 또 너무 어떻다고? 당신 말뜻을 이해하지 못하겠네. 어찌 됐든 간에 내가 같이 죽을 사람을 찾아야 한다면, 오직 그를 찾을 거요. 비관주의자는 살아 있는 걸 걱정하고, 죽는 걸 두려워하지 않거든. 우리의 인민들은 모두 너무 즐겁게 살고 있는데, 뱃가죽이 등에 붙어버릴 정도로 굶어도 즐거워하잖아. 천성적으로 비관하지 않기 때문에, 혹은 천성적으로 생각이란 걸 하지 않기 때문이지. 오직 샤오시에만이 비관할 줄 알고, 그러니 내가 만약 첫 번째라면, 그는 두 번째로 좋은 묘인이오.”

“당신도 비관합니까?” 나는 그가 너무 오만하다고 생각했지만, 감히 그의 지혜를 의심하진 않았다.

“나요? 아니! 비관하지 않으니까 다들 나를 무서워하는 거요. 만약 샤오시에에게 배울 수 있다면, 내가 산속으로

쫓겨나진 않았겠지. 샤오시에와 내가 다른 점이 여기에 있는 거요. 그는 이 생각도 인격도 없는 이들을 혐오하지만 그들의 미움을 받진 않죠. 나는 그들을 싫어하지 않지만 그들을 깨우쳐주고 싶어합니다. 그들에게 인격이 부족하다는 걸 일러주고 싶은 거요. 그래서 그들로부터 미움을 받다 보니, 큰 위험을 맞닥뜨린 거요. 샤오시에는 나처럼 죽는 걸 두려워하지 않긴 하죠."

"당신도 예전에 정치를 하셨나요?" 내가 물었다.

"그랬죠. 먼저 개인의 행위로 말하자면, 나는 미혹나무 잎 먹는 걸 반대하고, 기생들과 노는 것도 반대합니다. 아내를 여러 명 두는 것도 반대하고요. 그래서 미혹나무 잎을 먹지 말라고, 기생들과 놀지 말라고, 부인을 여럿 두지 말라고 권했죠. 이렇게 하니까 젊은 놈이든 늙은 놈이든 죄다 나를 미워하더군. 지구 선생, 누가 고생스럽게 알아서 체득하길 바라는 건 우리 인민들의 관점에선 위선입니다. 나는 길을 갈 때 일곱 명이 떠받치고 가게 하지 않지요. 하지만 그들은 결코 당신의 고통을 달가워하지 않을 겁니다. 당신에게서 배우기는커녕 위선적이라는 말을 교묘하게 덧붙이겠죠! 정치인 노릇을 하는 자들은 경제니 정치니 떠들겠죠. 학생들도 무슨 주의니 무슨 푸스키니 하겠고. 당신이 그들에게 따져 물을 때 그들은 모두 눈을 부라리고, 당신이 진지하게 연구할 때 위선을 가장하지. 평민들은 말야, 국혼 하나를 주면 웃기 마련이오. 그러나 미혹나무 잎을 적게 먹자고 말하면 그들은 당신을 노려보고는 위선자라고 말할

거라고. 위로는 황제, 아래로는 평민에 이르기까지 나쁜 짓을 저지르는 게 인생의 정도이고, 좋은 일을 하면서 고생하는 건 위선이라고 다들 받아들이고 있다고. 그러니까 그들이 말하는 위선자를 제거하기 위해 나를 죽이고 싶어 하는 거요. 정치적으로 볼 때 나는 어떤 정치적 주장이건 반드시 경제 문제에 의해서만 접근해야 하고, 어떤 종류의 정치 개혁이건 반드시 구체적인 개혁의 진정성이 필요하다고 생각합니다. 그러나 우리의 정치가들은 경제 문제를 이해하는 작자가 단 한 명도 없어요. 조금의 진지함도 없는 거죠. 그들은 처음부터 끝까지 정치를 하나의 속임수로 여기거든. '네가 속임수를 쓴다면 난 너를 조져버리겠다'는 식이지. 그러니까 모두들 정치를 얘기하지만 내내 정치가 없는 거고, 다들 경제를 얘기하지만 농업과 공업이 완전히 파산한 거요. 이런 정세 하에서 나처럼 지식과 인격을 정치의 기초로 삼으려는 인사는 위선자인 거지! 저들은 내게 위선이라는 죄목을 붙이지 말고, 자신의 잘못을 인정하고, 잘못에 대한 건설적인 비평을 받아들여야 합니다. 수년 전 정치의 퇴조는 경제 제도 불량의 결과였습니다만, 오늘날에는 경제문제는 말할 것도 없고, 인격을 주된 기조로 삼아 묘국의 영예를 회복시킬 계획을 세워야 합니다. 하지만 인격이 한번 실종된 후에 다시 회복하려는 것은 망자를 다시 살릴 수 있다고 믿는 것보다도 헛된 희망이지. 지난 몇십 년 사이에 우리의 정치 변동은 너무 잦았습니다. 한번 변동될 때마다 인격의 가치는 더 추락하고, 나쁜 놈들이 늘 승리했지. 그래서 지금은 다들 최후의 승리를

원하는데, 그건 곧 누가 제일 나쁜 놈인지의 문제겠죠. 인격에 대해 이야기하면, 이런 말만 꺼내면 다들 내 얼굴에 침을 뱉는단 말야. 외국에서 '주의'라는 건 좋은 것인데, 우리에게 오면 죄다 나쁜 것으로 바뀌어요. 무지와 인격의 결핍은 미혹나무 잎으로 하늘과 곡식을 만든다고 합니다! 하지만 나는 여전히 비관하지 않소. 내 양심은 나 자신보다, 태양보다, 다른 모든 것보다 크니까! 나는 자살하지 않을 거고, 반대도 두려워하지 않아. 내가 최선을 다할 수 있는 곳이 있으면, 그래도 해볼 거요. 이익이 없다는 걸 분명 알지만, 방금 말했듯 내 양심은 내 목숨보다 훨씬 크니까."

따잉은 말을 멈추었다. 나는 그의 거친 목소리를 들으며 숨을 돌렸다. 나는 영웅을 숭배하는 사람은 아니지만, 그를 존경하지 않을 수 없었다. 그는 만인에 의해 욕을 먹고 있었다. 이런 사람은 얄팍한 숭배 심리에 휩싸인 영웅이 아니라, 모든 묘인들을 대신해 치욕을 씻는 희생자다. 그는 인도자[2]다.

샤오시에가 돌아왔다. 지금껏 그는 이렇게 늦게 돌아온 적이 없었다. 분명 특별한 사고가 있었기 때문일 게다.

"나 왔어!" 따잉이 일어나 샤오시에에게 달려들었다.

"잘 왔네!" 샤오시에도 따잉을 끌어안았다. 둘은 통곡하기 시작했다.

내막을 자세히 알 순 없었지만 사정이 아주 심각해졌다는 걸 느꼈다. 그때 샤오시에가 말했다. "하지만…" 그는 마치

2. 원작에서는 교주(教主)이나, 문맥상 교주보다는 인도자라는 의미가 더 적합하여 의역하였다.

따잉이 이미 모든 걸 직감했으리라 생각하는지 중간부터 말을 꺼냈다. "네가 와 봤자 할 수 있는 게 별로 없어."

"알아. 소용이 없을 뿐만 아니라, 네 일에 방해가 될 수도 있어. 하지만 오지 않을 순 없었어. 죽을 찬스가 왔으니까." 따잉이 말했다. 둘은 함께 앉았다.

"너 어떻게 죽게?" 샤오시에가 물었다.

"전쟁터에서 죽는다는 허영은 너한테 양보할 수밖에 없지. 난 불명예스러운 죽음을 원해. 하지만 죽는 게 꼭 효과가 없는 건 아니기도 하지. 샤오시에 너 몇 명이나 있어?"

"많지 않아. 아버지의 병사들은 싸우지도 않고 죄다 도망쳤어. 다른 이들의 병사들도 퇴각을 준비 중이라, 아마도 파리장군(大蝇)의 묘인들이나 내 지시를 들을 수 있을 걸. 하지만 그들이 만약 네가 여기 왔다는 걸 들으면 가망이 없을지도."

"알아." 따잉은 매우 침착하게 말했다. "아버지의 병사들을 끌고 올 수 있겠어?"

"그렇게 희망적이진 않아."

"만약 네가 장교 한둘을 죽여서 겁을 준다면?"

"아버지는 나한테 군권을 주지도 않았어."

"이런 루머를 퍼뜨리는 건 어때? 나한테 병사가 많이 있는데 네 지휘를 거절했다고…"

"그건 가능하지. 비록 한 명도 없긴 하지만, 너한테 병사 1만 명이 있다고 내가 퍼뜨리면 누군가는 믿겠지. 어때?"

"그리고 나를 죽인 다음 내 머리를 거리에 매달아서 네 명령을 거부하는 병사들에게 경고를 하는 거야."

"나쁘지 않은 방법이네. 다만 아버지가 이미 내게 군권을 양보했다는 헛소문을 먼저 퍼뜨려야 돼."

"헛소문을 낼 수밖에 없어. 적들이 이미 거의 도착했으니까 병사 한 명이라도 더 얻는 게 좋을 거야. 좋아, 친구! 난 자결할 거야. 네가 날 죽이지 않아도 되도록." 따잉은 샤오시에를 포옹했는데, 누구도 울지 않았다.

"기다려!" 내 목소리가 갈라졌다. "기다려요! 당신들 둘이 이렇게 하면 대체 좋은 점이 뭐가 있는 거요?"

"좋은 점이야 없지요." 따잉은 여전히 아주 침착했다. "조금도 좋은 점이 없죠. 적의 병사들은 많고, 무기도 좋으니, 우리나라의 모든 역량을 쏟아부어도 이기기 어렵겠죠. 하지만 만일 우리 둘의 작업이 어느 정도 영향을 끼치면 어쩌면 묘국의 일대전기가 될지도 모르죠. 적군은 이미 우리가 감히 저항하지 못하리라 예상하고 있소. 우리 둘은, 만약 다른 좋은 점이 없다면 최소한 적군이 우리를 이렇게 경시하고 징벌하겠죠. 만약 아무도 우리에게 호응하지 않는다면 아주 간단해집니다. 묘국은 망하고 우리 둘도 죽겠죠. 희생이든 영광이든 상관없어요. 살아 있으면 망한 나라의 일을 해야 하지만 죽으면 망국의 노예 노릇을 피할 수 있죠. 양심이란 목숨보다도 중요할 뿐입니다. 잘 있어요, 지구 선생."

그때 샤오시에가 그를 불렀다. "따잉, 마흔 개의 미혹나무 잎이면 편안하게 죽을 수 있어."

"그것도 좋지." 따잉이 웃으며 말했다. "살면서 미혹나무 잎을 먹지 않는다는 이유로 위선자라고 손가락질 받았는데,

죽을 때 미혹나무 잎을 먹는 것은 묘인들이 내가 결국 위선자였다는 걸 증명하기에 좋을 거야. 목숨이란 게 얼마나 왜곡되겠는가! 좋아, 미에게 미혹나무 잎을 가져와달라고 해 줘. 나도 밖에 나갈 필요가 없겠구먼. 너희들은 내 숨이 끊어지는 걸 보고 있어. 죽을 때 친구가 눈앞에 있다는 것은 꽤나 인간미 있는 일이니까." 미는 미혹나무 잎을 가져왔고, 돌아서 바로 나가버렸다.

따잉은 한 입씩 씹어 먹었다. 더는 말을 하고 싶지 않은 것 같았다.

"네 아들은 어떻게 됐지?" 샤오시에가 물었지만, 묻자마자 후회하는 것 같았다. "아, 물어보지 말 걸!"

"상관없어." 따잉이 낮은 목소리로 말했다. "나라가 망할 텐데 어찌 아들을 돌볼 수 있겠나!" 그는 계속해서 먹었다. 씹는 속도는 점차 느려졌고, 입은 거의 마취되어 갔다.

"자야…겠…어." 그는 천천히 말하더니 땅바닥으로 쓰러졌다.

한참을 기다린 후 그의 손을 만졌더니 아직 온기가 느껴졌다. 그는 아주 작은 목소리로 말했다. "고맙소." 이것이 그의 마지막 말이었다. 늦은 밤까지 숨을 거두지 못했지만, 더는 한마디의 말도 하지 않았다.

二十四

마조신선

따잉의 죽음—그는 스스로를 영웅이라 자처하지 않았기 때문에 나는 '희생'이란 말을 쓰고 싶지는 않다—이 바라던 효과를 발휘할 수 있을지, 만약 실현되면 어느 정도일지, 당분간은 알 수 없었다. 내가 아는 것은 그의 머리가 매달려 있었다는 것이다. 한동안 묘성에서는 "보러 가자"가 가장 유행하는 말이 됐다. 나는 그의 머리를 보려 하지 않았지만, 참관하는 대중들을 보고 또 보았다. 샤오시에는 이제 만나기 쉽지 않았다. 그는 너무 바빴고, 미 역시 인사조차 하기 어려웠다. 나는 오직 거리에 나가볼 수밖에 없었다. 도시 안은 여전히 시끌벅적했다. 아니, 더 시끌벅적해졌다고 하는 게 맞겠다. 다들 땅에 떨어진 돌멩이를 앞다투어 보는 것보다 따잉의 머리를 보는 데 흥미를 가졌다. 머리가 걸린 곳에 도착하기 전, 듣자 하니 이미 세 명의 노인과 두 명의 여성이 압사했다고 했다. 묘인들의 시각을 만족시키기 위해 희생된 것은 참으로 탄복할 만하다. 구경하는 이들은 비평하거나 토론하지 않았다. 밀치락달치락하며 서로 욕할 뿐이었다.

아무도 그가 누구인지, 왜 죽었는지 묻지 않았다. 얼굴에 털이 길다거나, 눈이 감겨 있다거나, 머리만 있고 몸뚱어리는 없어서 아쉽다는 등의 말만 들렸다.

따잉의 죽음이 일으킨 이 몇 마디 평들이 말해주는 게 있다면, 그의 죽음은 옳았다는 점이다. 이런 무리와 함께 살아 있는 게 무슨 의미가 있겠는가.

떠나기 전 나는 황궁으로 갔다. 그곳에는 분명 볼만한 게 있으리라 생각했다. 길을 걷기가 너무 어려웠다. 음악이 끊임없이 흘러나왔는데, 음악대 하나가 지나가면 또 한 무리가 지나가다 보니, 제대로 볼 수 없었다. 묘인들은 음악대를 자세히 뜯어보았는데, 음악대가 지나가면 섭섭해했다. 다들 동분서주하며 불만족스럽게 두 눈을 굴렸다. 그들의 함성소리로 이 악대들이 모두 결혼 축하 행렬이라는 점을 알 수 있었다. 묘인이 너무 많아 연주 소리만 들릴 뿐, 새 신부가 가마를 타고 있는지 일곱 명이 떠받치고 있는지 보이지도 않았다. 보고 싶진 않았지만 왜 대란을 앞두고 결혼을 서두르는지 궁금했다. 하지만 물어볼 만한 데가 없었다. 묘인들은 외국인과 대화하지 않기 때문이다. 나는 미를 찾으러 돌아갔다. 그는 방안에서 울고 있었는데 나를 보더니 더 서러워하며 말하기 어려울 정도로 울어댔다. 내가 한참을 달래고 나서야 울음을 그치고 말했다.

"그가 가버렸어요. 전쟁하러 갔다고요. 어쩌면 좋아요!"

"그는 돌아올 겁니다." 나는 비록 거짓말을 하긴 했지만, 샤오시에가 돌아왔으면 좋겠다고 생각했다. "저와 함께

가기로 했어요. 그러니 반드시 돌아올 거고, 저도 그와 함께 갈 거예요."

"정말요?" 미는 눈물을 머금은 채 미소 지었다.

"정말이죠. 당신도 저랑 같이 갑시다. 여기서 혼자 울지 마시고요."

"울지 않을게요." 미는 눈물을 닦고는 화장을 했다. 그리고 나와 함께 밖으로 나갔다.

"지금 왜 이렇게 많이들 결혼하는 거죠?" 내가 물었다.

만약 한 여자를 위로해 잠시나마 울지 않게 할 수 있다면, 그 역시 공적인 성취이리라. 이것으로 내 이기심을 용서할 수밖에 없다. 사실 미에 대해서는 거의 생각하지 않았다. 샤오시에의 전사는 이미 기정사실이 아닌가. 나는 그저 내 호기심을 만족시키고자 할 뿐이었다. 지금까지도 나는 그녀에게 미안하다.

"매번 난리가 나면, 다들 빨리 결혼해요. 여자들이 적군 병사들에 의해 훼손돼선 안 되니까요." 미가 말했다.

"하지만 굳이 이렇게 시끌벅적하게 할 필요까지 있나요?" 마음속으로 나는 전쟁과 멸망에 대해 생각하고 있었다.

"결혼이란 게 원래 시끌벅적하죠. 전쟁은 며칠이면 끝나지만, 혼사는 평생에 한 번이잖아요." 역시 묘인들의 생명에 대한 해석은 나보다 더 고명하도다. 그녀는 말을 이어나갔다. "우리 공연 보러 가요." 그녀는 내 거짓말을 믿어버린 후에 모든 비통함마저 잊었다. "오늘 외무부장이

며느리를 맞는데, 거리에서 공연을 하기로 했거든요. 당신 아직 공연을 본 적 없죠?"

나는 확실히 묘인들의 희극 공연을 본 적이 없다. 이런 상황에서 연극이나 하고 있는 외무부장을 죽이는 게 공연을 보는 것보다 더 의미 있는 일이라고 생각했다. 그렇다고 해서 내가 살인을 하러 갈 사람은 아니다. 그러니 일단은 공연을 보러 가도 무방하리라. 최근 나의 변증법은 어느 정도 고양이화되었다.

외무부장의 집밖에는 병사들이 가득했다. 공연이 시작됐지만 평민들은 앞으로 나아가지 못했다. 밀치고 가면 몽둥이로 툭 하고 머리통을 맞았다. 고양이 병사들은 확실히 자국민들을 때릴 줄 안다. 미는 인파를 밀치며 앞으로 나아갔다. 물론 병사들은 감히 나를 때리지 못했다. 하지만 나는 앞으로 가고 싶지 않았다. 먼 곳에서도 노래 부르고 악기를 연주하는 소리가 듣기 싫을 정도였는데, 가까이 가면 얼마나 귀를 찌를지 모르니까.

한참을 들었는데 고함만 요란했다. 미안하지만 묘인들의 공연이 맘에 들지 않았다.

"이것보다 좀 더 고상하고 우아한 공연은 없나요?" 내가 미에게 물었다.

"어릴 때 외국 공연을 본 적 있는데요. 이보다는 우아하고 고상하더군요. 하지만 아무도 그 공연을 이해하지 못했기 때문에 그걸 연기할 묘인도 없었죠. 외무부장은 그 스스로 외국 희극을 주창했는데요. 나중에 어떤 외국인이

그걸 듣고는, 우리의 공연도 가치가 있다고 얘기했죠. 그러자 외무부장은 다시 옛 연극을 제창하더군요."

"훗날 또 어떤 외국인이 외국 연극이 가치 있다고 일러주면요?"

"그래도 그가 다시 외국 연극을 제창하진 않았어요. 외국 희극은 확실히 좋지만 너무 심오하거든요. 그가 외국 희극을 주창할 때 그것의 오묘한 점을 진짜 알지는 못했어요. 그래서 어떤 묘인은 우리 희극이 더 좋다고 말했고, 그러자 외무부장은 바로 다시 고개를 돌렸죠. 그는 근본적으로 희극에 대해서 알지 못해요. 하지만 연극을 제창하는 인사라는 명망을 원하는 거예요. 그러니 옛 희극을 제창하는 것은 쉽기도 하고 일반인들의 추대를 받을 수도 있겠죠. 일거양득인데 왜 이렇게 하지 않겠어요. 우리의 수많은 일들이 다 이런 식이에요. 새로운 두각을 드러내면 일은 끝나고, 옛것은 그로 인해 더 발달하죠. 새로운 게 쉽지 않은 일이란 걸 분명히 알면, 우리도 곧 그만큼의 정신을 쏟지 않게 되잖아요." 미는 샤오시에에게 전염됐다. 짐작컨대 이건 절대 미의 견해가 아니다. 미는 계속 앞쪽으로 밀고 나아갔다. 물론 나는 그녀를 말리기는 어려웠다. 잠시 공연을 보고 난 후 나는 정말 참을 수가 없었다.

"우리 가죠?" 내가 말했다.

미는 떠나고 싶지 않은 것 같았지만, 고집부리지는 않았다. 그런 말을 했으니 아무래도 가지 않는 건 쑥스러웠을 것이다.

나는 황궁 쪽으로 가보려고 했고, 미도 반대하지 않았다.

황궁은 묘성 안에서 가장 큰 건물이지만 가장 아름답지는 않다. 오늘 같은 경우엔 궁 앞이 특히 흉측했는데, 담 밖과 담벼락 위에 병사들이 있었다. 병사가 없는 곳이 없었다. 그것도 모자라 담 위엔 진흙이 가득 쌓여 있었고, 담 아래 도랑에는 더러운 물이 가득했다. 나는 이 썩은 흙탕물이 무슨 역할을 하는지 알 수 없어 미에게 물었다.

"외국인들은 깨끗한 걸 좋아하죠." 미가 말했다. "그래서 외국인들이 우릴 공격하러 온다는 소식을 들을 때마다 궁 밖에 이렇게 진흙을 쌓고 더러운 물을 채워요. 설령 적들이 여기까지 오더라도 그들은 지저분한 걸 무서워하니까 바로 진입해올 수 없도록 하려고요."

나는 하도 웃어서 더 웃지도 못할 정도였다.

담벼락 위에 몇 사람의 머리가 드러났다. 그들은 한참을 머무르더니 다 같이 담 위로 기어 올라갔다. 미는 아주 흥분한 것 같았다. "어명이다! 어명!"

"어디요?" 내가 물었다.

"기다리고 있어요!"

얼마나 기다렸는지 다리가 저렸다. 더 이상 서 있을 수 없었다.

한동안 기다리자 담벼락 위의 묘인들이 돌을 묶어놓은 게 보였다. 돌 위엔 흰색 글자가 쓰여 있었다. 미는 시력이 좋아 앞을 보며 "어라"하고 말했다.

"대체 무슨 일이죠?" 나는 조급해졌다.

"천도요! 천도! 황제가 이사 갔대요! 아뿔싸! 그가 여기에

없으면 어쩌지!" 미의 마음이 급해졌다. 샤오시에는 처음부터 이곳에 없었다. 미는 이제 어쩌란 말인가!

내가 미를 위로하려 하자, 담 위에서 또 하나의 석판이 내려왔다. "어서 보세요, 미!"

"군인과 시민 등은 마음대로 이주할 수 없으며, 오직 황제와 관원들만이 이사 갈 것." 미가 읽어주었다.

나는 황제의 계략에 탄복했다. 그가 가는 도중에 미끄러져 죽기만을 바랐다. 반면 미는 오히려 좋아했다.

"괜찮아요. 모두 가는 건 아니니까 전 무섭지 않아요!"

마음속으로, 관원들이 가는데 어찌 전체가 가지 않을 수 있겠나, 묘인들은 이제 어떻게 미혹나무 잎을 먹나, 하고 생각했다. 이런 생각을 하고 있는데, 담 위에서 다시 어명이 내려왔다. 미는 다시 내게 읽어주었다.

"오늘 이후 황제를 '모든 왁자지껄의 왕'이라고 부르는 것을 금지함. 곧 대란이 닥칠 것이며, 전국 묘인들은 한마음 한뜻이 되어 황제를 '한 왁자지껄의 왕'이라고 부를 것." 미는 한 마디 더 읽었다. "왁자지껄하지 않는 것도 물론 좋음!" 계속 읽어나갔다. "무릇 우리 군·민은 일치단결하여 저항해야 하며, 사사로운 일로 나라를 망쳐서는 안 됨!" 나는 되물었다. "그렇다면 황제는 왜 먼저 도망친 거죠?"

우리는 다시 한참을 기다렸다. 담벼락 위의 병사들이 기어내려왔는데, 더 이상 칙서가 없는 것 같았다. 미는 샤오시에가 집에 돌아왔는지 보고자 돌아가려 했다. 나는 정부 각 기관에 가보려 했지만 들어갈 수 없었다. 아마

바깥에서는 명령들을 볼 수 있을 것이다. 나와 미는 헤어졌다. 그녀는 동쪽으로, 나는 서쪽으로 갔다. 동쪽은 여전히 꽤나 시끌벅적했는데, 멀리서 들리는 결혼 공연의 음악은 귀에 거슬리는 잡음에 가까웠다. 서쪽은 꽤 고요했는데, 비록 아주 중요한 지시가 있긴 했지만 보러 온 묘인은 별로 없었다. 마치 결혼식을 보는 것이 세상에서 가장 중요한 일인 것 같았다.

나는 외무부를 특히 주의해 살펴봤다. 하지만 관아 밖에는 아무도 없었다. 한참을 기다렸지만 아무도 밖으로 나오지 않았다. 외무부장 자택에서 잔치를 하니 당연히 업무를 볼 자도 없었던 거다. 긴박한 외교가 요구되는 이 특수한 시기에 말이다. 묘성에 외교부가 있긴 하지만, 외교라는 행위를 하든 하지 않든 문제는 여전했다. 아무도 없으니 들어가 봐야겠다는 생각이 들었다. 안에는 정말 아무도 없었다. 건물이 잠겨 있지도 않았다. 나는 자유롭게 돌아볼 수 있었다. 건물 안에는 '항의'라고 적혀 있는 커다란 돌판 말고는 아무것도 없었다. 아하! 소위 외교관이란 무슨 일이 벌어지면 '항의'를 보내는 일을 하고, 즉 외교관은 항의 전문가라는 걸 깨달았다. 나는 외국에서 묘인들에게 보낸 공문을 찾으려 했지만 찾지 못했다. 아마도 묘인들의 '항의'에 대해 사람들은 영원히 이해할 수 없을 것이다. 이런 방식의 외교란 확실히 단순하고도 편리하기 짝이 없다.

다른 관공서들은 더 볼 필요가 없었다. 외무부가 이렇게 단순하니, 다른 관아 안이야 '항의' 같은 돌덩어리마저 없지 않겠는가.

밖으로 나와 서쪽으로 걸어가니 관공서가 정말 많았다. 기생부, 미혹나무잎소, 유학부, 외국제품통제국, 고기반찬청, 고아판매국…… 하지만 이는 내가 특히 재미있다고 생각한 몇 개의 이름들에 불과하다. 이 밖에도 내가 이해하지 못하는 곳들이 많았다. 빈둥빈둥 노는 것이 바로 관료 일이니, 당연히 관공서들이 많이 설치되어 있어야 했다. 나는 많다고 생각했지만 묘인들은 충분하지 못하다고 여길 것이다.

계속 서쪽으로 갔다. 처음으로 서쪽 끝으로 간 셈이다. 외국인 구역을 둘러보고 싶었다. 아니, 돌아가서 샤오시에가 돌아왔는지 봐야겠다. 나는 거리 쪽으로 돌아가기로 마음을 바꾸었다. 학생들을 거의 마주치지 못했는데, 아마 다들 따잉의 머리를 구경하러 갔거나 공연 구경을 갔을 것이다. 한참을 걸어가다 우연히 땅 위에 무릎을 꿇고 있는 일군의 학생들을 마주쳤다. 앞에는 커다란 바위가 놓여 있었고, 위에는 몇 개의 흰 글자가 쓰여 있었다. "마조신선(马祖大仙)[1]의 신위(神位)[2]" 지나가면서 내가 질문을 했다면 틀림없이 그들은 깡그리 도망쳤을 것이다. 나는 살짝 뒤쪽으로 가서, 무릎을 굽혀 그들이 무슨 이야기를 하는지 엿들었다.

가장 앞에 서 있는 한 명은 바위 앞쪽에서 모두를 향해 소리쳤다. "마조주의 만세! 모두푸스키 만세! 푸뤄푸뤄푸라푸[3] 만세!" 나머지도 따라서 소리쳤다.

---

1. 직역하면 '마씨 할아버지 신선'인데, 다음 단락에서의 맥락을 보면 아마도 마르크스를 지칭하는 것으로 보인다.
2. 죽은 사람의 영혼이 의지할 자리, 신주(神主)를 모셔 두는 자리 등을 뜻한다.
3. 원문의 '扑罗普落扑拉扑'는 아무 의미가 없는 음차어다.

서 있는 묘인은 모두를 향해 말하기 시작했고, 나머지 묘인들은 바닥에 앉았다. 그가 말했다. “우리는 대신을 무너뜨려야 합니다. 마조신선을 전적으로 믿읍시다! 우리는 가장들을 타도하고, 선생들을 타도하고, 자유를 회복해야 합니다! 우리는 황제를 타도하고, 모두푸스키를 실천해야 합니다! 우리는 외국인들의 침략을 환영합니다. 그들은 푸뤄푸뤄푸라푸입니다! 지금 바로 황제를 쫓아가서, 그를 우리의 외국 동지들에게 바칩시다! 이것은 우리 유일의 기회이며, 곧바로 가야 합니다. 황제를 쫓아가고, 그 다음에는 가장들과 선생들을 죽여버립시다! 그들을 죽여버리면, 미혹나무 잎은 모두 우리 것입니다! 여자들도 모두 우리 것이고, 인민들 역시 모두 우리 것이니까, 노예로 삼읍시다! 모두푸스키는 우리 것입니다. 마조대신도 이렇게 말씀하셨습니다. 푸뤄푸뤄푸라푸는 띠동띠동의 야야자이며, 상층과 하층 화라라라고! 이제 황궁으로 갑시다!”

아무도 움직이지 않았다. “우리는 지금 가야 합니다!” 그런데도 여전히 아무도 움직이지 않았다.

“다들 일단 집으로 가서 아버지를 죽이는 게 어떻습니까?” 누군가가 건의했다. “황궁엔 병사들이 너무 많습니다. 빤히 알면서 손해를 볼 필요는 없습니다!”

다들 일어나기 시작했다.

“앉아! 그렇다면 일단 집에 가서 아버지들을 죽인다?”

모두가 서로에게 묻고 답하기 시작했다.

“아버지를 죽이면 누가 미혹나무 잎을 먹으라고 주죠?”

누군가가 이렇게 물었다.

"바로 미혹나무 잎을 손에 넣으려고 아버지를 죽이는 거요!" 다른 한 명이 대답했다.

"지금 우리의 주장은 이미 일치하지 않습니다. 나눠서 일을 합시다. 황제를 죽이러 갈 자들은 황제를 죽이러 가고, 아버지를 죽이러 갈 자들은 아버지를 죽이러 가는 거지." 또 다른 제안이 나왔다.

"하지만 마조대신은 오직 황제를 죽이라는 관점과 식견을 내려주셨을 뿐, 아버지를 죽이라고 말씀하신 적은 없습니다만……"

"반혁명이다!"

"마조신선의 말씀을 오독한 저 자를 죽여라!"

나는 곧 싸움이 일어나리라 생각했다. 한참을 있었는데 아무도 손을 대지 않았다. 하지만 사태가 너무 어지러워 해결될 수 없었다. 한 무리는 여러 작은 무리들로 점차 나누어졌고, 모두가 마조신선의 신위 앞에 서서 일제히 떠들어댔다. 다시 한참 후, 한 명씩 짝을 짓더니 여전히 바위를 향해 소리쳐댔다. 이리저리 소리치다 보니 다들 힘이 없어졌고, 최후의 힘을 다해 바위를 향해 크게 소리쳤다. "마조신선 만세!" 그러곤 뿔뿔이 흩어졌다.

이게 대체 무슨 수작일까?

二十五

길 위에서

묘인들에 대해 더는 어떤 비평도 하고 싶지 않다. 돌멩이 하나를 비평한다고 해서 그걸 아름다운 조각으로 만들 수는 없다. 무릇 용서할 수 있는 것은 몇 번이고 용서할 수 있지만, 용서할 수 없는 것은 풍수가 좋지 못한 탓으로 돌릴 수밖에 없는 노릇이다.

나는 샤오시에를 기다린 후, 그와 함께 전선에 가고 싶었다. 화성의 국제 관계에 대해 나는 거의 아는 바가 없었다. 미에게 물어보긴 했지만, 미가 아는 건 외국인들이 만든 분이 묘인들이 만든 분보다는 더 세밀하고 희다는 점뿐이었다. 그 밖의 질문에 대해서는 고개를 저었다. 고개를 젓고 나면 반격이 돌아왔다. "샤오시에는 왜 돌아오지 않는 건가요?" 나는 이 질문에 답해줄 순 없었지만, 이 세상 여성들을 위해 기도하고 싶다. 다시는 전쟁이 일어나선 안 된다고!

온종일 기다려도 샤오시에는 돌아오지 않았다. 미는 더욱 어쩔 줄을 몰랐다. 묘성의 공무원들은 죄다 떠나버렸다. 여전히 적지 않은 이들이 따잉의 머리를 구경하고 있긴

했지만, 대낮의 거리도 그리 북적이지 않았다. 이제 소식을 듣는 것은 불가능한 일이 돼버렸다. 비록 '나라'라는 말이 즐겨 쓰이고 있긴 하지만—미혹나무 잎은 나라 음식이고, 따잉은 나라의 도적이었으며, 도랑 안의 악취 나는 진흙은 나라의 진흙—, 이제 아무도 나랏일에 대해 알지 못했다. 외국인 구역에 가 물어보고 싶었지만, 그 사이 샤오시에가 돌아올지도 모른다. 미는 죽기살기로 나를 따라오며 "우리도 도망갈까요? 화를 비롯해 다들 도망갔어요!"라며 떠들었다. 나는 고개를 저으며 아무 말도 하지 않았다.

또 하루가 지나자 샤오시에가 돌아왔다. 그의 얼굴에 오랫동안 배어 있던 무료하고도 쾌활한 모습은 온데간데없었다. 미는 너무나도 기뻐 말 한마디 못하고 그의 얼굴만 바라봤다. 나는 그를 한나절쯤 쉬게 한 후에야 어떻게 된 것인지 물었다.

그는 한숨을 내쉬며 말했다. "희망이 없어요!"

미는 나를 힐끗 샤오시에를 힐끗 번갈아가며 보더니, 있는 힘껏 힘을 모아 진작에 말해야 했음에도 하지 못했던 말을 쥐어짜냈다. "또 갈 거야?"

샤오시에는 미를 쳐다보지도 않으면서 고개를 저었다.

나는 물어볼 수가 없었다. 샤오시에가 거짓말을 한다고 한들, 구태여 사실대로 말하라고 추궁해 미의 마음을 상하게 할 필요가 있을까. 물론 미 역시 샤오시에가 그녀를 속였는지에 대해 알아낼 수 없다.

한참 쉬고 나서 그는 자신의 아버지를 만나러 갔다. 미는 아무 말도 하지 않았지만, 그를 따라가기로 결심한 것 같았다.

샤오시에는 우왕좌왕했다. 그의 거짓말은 이미 절반 이상 드러났다. 나는 그가 미를 속이는 걸 도와주려 했지만, 미의 눈빛이 나를 움츠려들게 했다. 샤오시에는 방안을 맴돌았고, 미는 답답함이 멎지 않았다. "네가 어딜 가든 나도 갈 거야!" 눈물이 흘러내렸다. 샤오시에는 고개를 떨구고 한참 생각에 잠겼다. "그래, 좋아!"

나도 말을 꺼내야 했다. "나도 갈게요!"

물론 따시에를 보러 가는 건 아니었다.

우리는 서쪽으로 갔는데, 길 위에서 마주친 이들이나 군대 모두 동쪽으로 가고 있었다.

"적들이 서쪽에 있는데 왜 군대는 동쪽으로 가는 거죠?" 나도 모르게 질문이 나왔다.

"왜냐하면 동쪽이 평화로우니까요!" 샤오시에가 이를 악무는 소리가 말소리보다 컸다.

우리가 우연히 마주쳤던 수많은 신구파 학자들은 얼굴에 아주 기쁜 기색을 띠며 몇몇씩 나뉘어 동쪽으로 걸어갔다. 몇몇이 다가와 샤오시에에게 인사했다. "우리는 동쪽으로 가서 황제를 만날 거요! 어전 학자회의를 소집하라고! 나라를 구하는 건 모두의 일이고, 아이디어는 결국 학자들로부터 나올 테니까! 전선에는 얼마나 많은 병사들이 있었습니까? 적들은 묘성을 점령하려고 하나요? 만약 그들이 묘성을 공격할 뜻이 있다면 당연히 황제에게 동쪽으로 더 이동하라고 권고해야죠! 영광의 황제는 학자들을 잊지 않으셨어요! 영광의 학자들은 황제께 충성을 다해야 해요!"

各

샤오시에는 한마디도 꺼내지 않았다. 학자들은 황제로부터 초대받은 영광으로 충만했다. 샤오시에는 한마디도 하지 않았지만 예의가 없다고 간주되지 않았다. 이 학자들이 지나가고, 샤오시에는 또 다른 학자들에게 둘러싸였다. 이들의 얼굴은 마치 모두 막 부친을 잃은 것처럼 보였고, 표정이 내내 보기 좋지 않았다. "우리 좀 도와주시오! 대인! 왜 황제께서는 학자회의를 소집하면서 우리를 빼놓으신 거요? 우리의 학문이 저런 것들보다 수준이 낮나요? 우리의 명망이 저것들에 비해 작나요? 우리는 반드시 갈 거예요. 그렇지 않으면 누가 다시 우리를 학자라고 부르겠어요? 대인, 제발 인정을 발휘하셔서 우리도 학자회의에 가입시켜주시오!" 샤오시에는 여전히 아무 말이 없었다. 학자들은 급해졌다.

"대인이 신경 쓰지 않는다면, 우리가 정부를 비판해 창피 준다고 탓하지 마시오!" 샤오시에는 미를 끌고 가버렸고, 학자들은 소리 내 울기 시작했다.

군대가 다시 왔다. 병정들의 목에는 모두 붉은색 리본이 매여 있었다. 나는 여태껏 이렇게 생긴 군대를 본 적이 없었지만, 다시 샤오시에에게 묻기도 뭐했다. 나는 그가 이미 학자들에게 질려버린 상태라는 걸 알았다. 한데 샤오시에는 이런 내 마음을 알아차렸는지 갑자기 미친 듯이 웃었다. "이게 어떤 군대인지 몰라요? 바로 국가푸스키[1]군이에요. 다른 나라에도 이런 조직이 있었죠. 목에는 붉은 리본을

1. 원문의 '国家夫司基(궈자푸스키)'에서 夫司基는 러시아어에서 남성 형용사의 주격인 СКИЙ(-스키)의 음역어다.

걸고 다니면서 상징으로 삼죠. 국가푸스키군은 다른 나라에서 극단적인 애국 군대입니다. 국가만 있고 개인은 없죠. 편협하고도 열렬한 푸스키입니다. 당신이 보고 있는 이 붉은리본군도 평화로운 지역으로 이동하고 있는 거예요. 너무나도 애국적이기 때문에 애국군의 해체를 피함으로써 자신들의 안전을 먼저 도모할 방도는 없을 거예요. 적들에게 살해당하지 않고서야 어떻게 다시 애국할 수 있겠어요? 이런 측면에 대해 생각해야 돼요." 샤오시에는 미친 듯이 웃어댔다. 나는 그가 정말 미쳐버린 것 같아 무서웠다. 다시 뭔가를 말할 수가 없었고, 고작 걸어가면서 붉은리본군을 볼 뿐이었다. 군대의 중심에는 어떤 사람이 십여 명의 병사들 머리 위에 앉아 있었는데, 그의 붉은 리본은 특히 굵었다. 샤오시에는 그를 흘끗 보고는 낮은 목소리로 내게 말했다. "저 사람이 바로 붉은리본군의 우두머리예요. 그는 정부의 모든 권력을 자기만의 손아귀에 넣고 싶어 하죠. 왜냐하면 그렇게 해서 강력하게 떠오른 다른 나라들이 있으니까요. 아직은 모든 권력을 쟁취하진 못했어요. 하지만 다른 누구보다 대단한 사람이죠. 제가 대단하다고 말하는 것은 '교활하다'는 뜻이에요. 전 그가 황제를 없애버리고 대권을 독점할 계획을 실행하고 있다는 걸 알거든요!"

"그렇다면 묘국은 작은 희망을 가질 수 있을까요?" 내가 물었다.

"간교하면 정권을 얻을 수 있죠. 반드시 강국이 될 겁니다. 왜냐하면 그는 자신의 염원을 중심에 놓고, 마음속에

국가라는 두 글자는 없으니까요. 진짜 나라를 사랑하는 것은 적들을 피 흘리게 하는 이들이죠."

적의 출현은 묘인 내전의 도화선이 됐다. 나는 붉은리본군의 리본 때문에 정신이 어지러워졌다. 군인들은 붉고 불명예스러운 피의 바다 속에서 헤엄치고 있었다.

우리는 묘성을 떠났다. 왜 이 도시를 다시 볼 수 없다는 생각이 들었는지 모르겠다. 얼마 되지 않는 길을 걷다가 일군의 묘인들을 만났다. 기이하게도 그들은 큰 키에 멍한 모습이었고, 손에는 풀뿌리 한 포기씩을 쥐고 있었다. 미는 한참 동안 말없이 있다가 갑자기 "좋아! 서방의 신선께서 오셨다!"라고 말했다.

"뭐?" 샤오시에는 미에게 한 번도 화낸 적이 없었는데, 의외로 낯빛이 달라지고 큰소리를 쳤다. 미는 서둘러 말을 바꿨다. "난 절대 신선을 믿지 않아!"

"무슨 신이요?" 내 질문이 샤오시에의 화를 누그러뜨릴 수 있을 것 같았다.

샤오시에는 한동안 내게 답하지 않았지만, 홀연히 내게 물었다.

"묘인의 가장 큰 결점이 뭔지 아십니까?"

확실히 이는 대답하기 어려운 문제라, 순간 나는 답할 수가 없었다.

샤오시에가 말했다. "어리석어요!" 그는 내가 어리석다는 말을 하려는 게 아니었다.

한참을 기다리다 샤오시에가 말을 이어갔다. "이봐요,

친구. 어리석음은 우리의 목숨을 위태롭게 합니다. 묘인들 중에는 어떠한 일에 대해서 충분히 명확하게 아는 자가 없어요. 그래서 다른 이들을 베껴서 자기들이 똑똑한 것처럼 행세하죠. 하지만 사실은 모르는 걸 안다고 위장하는 겁니다. 큰 재난이 닥치기 전에 그들은 모든 신조어를 제쳐놓고, 가장 우스꽝스럽고 애매한 것—그들 영혼 밑바닥의 바위와 같은—을 끄집어내죠. 원래부터 텅 비어있었으니까요. 조급해지면 본색을 드러내는 모습이 어린애가 급해져 엄마를 부르는 거랑 같아요. 우리의 모두푸스키 신도들은 조급해지면 마조신선을 외치지만, 마조신선이 원래는 미신적이지 않은 인물이라고 하거든요. 우리의 혁명가들은 급하면 서방의 신선을 베끼는데, 서방의 신선은 세상에서 가장 신기가 없고 멍청해서 풀 몽둥이밖엔 들지 않던 인사입니다. 문제는 아무도 이해하지 못한다는 점인데, 문제가 바로 해결될 수 없다면 다들 어쩔 수 없이 신선을 찾아 도움을 청할 수밖에 없다는 거죠. 이게 우리가 필연적으로 망할 수밖에 없는 까닭입니다. 다들 멍청해요! 경제, 정치, 교육, 군사 등이 나라 망하기 딱일 만큼 불량하죠. 충분히 망할 만큼 멍청해요. 세상에는 짐승처럼 어리석은 자들을 인간으로 대우해줄 사람은 없기 때문이죠. 보세요. 우리의 실패는 의심의 여지가 없습니다. 실패 이후 적들은 우리를 모조리 살육하지 않으면 안 돼요. 왜냐하면 그들은 근본적으로 우리를 사람으로 보지 않거든요. 그들이 우리를 살육하는 건 가축을 살처분하는 것과 같아요. 그러니 절대로 다른 나라의 반감을 야기하진

않을 거예요. 사람들은 가축 살처분을 지켜보는 것에 별로 동요하지 않거든요. 인간은 잔혹해요. 그들이 존중하지 않는 것은—특히 (묘인들처럼) 어리석은 이들은 존중하지 않죠—조금도 사양하지 않고 살육하거든요. 지켜봅시다!"

나는 서양 신선이 대체 뭘 하는지 돌아가서 보고 싶었다. 아쉽지만 샤오시에와 미 때문에 참았다.

우리는 한 작은 마을에서 잠시 쉬었다. 작은 마을에는 몇 채의 무너진 작은 집밖에 없었고, 묘인은 한 명도 보이지 않았다.

샤오시에는 과거의 달콤함을 떠올리는 것 같았다. "제가 어릴 때 이곳은 아주 큰 마을이었어요. 여기서 몇 년을 보내고 나니 묘인 그림자조차 보이지 않을 정도가 됐죠. 멸망은 아주 쉬운 일이에요!" 그는 마치 혼잣말을 하는 것 같았다. 나는 그에게 작은 마을이 멸망한 원인에 대해 묻지 않았다. 그의 마음을 아프게 하고 싶지 않았다. 나는 혁명이란 항상 전쟁을 불렀다는 점을 떠올렸다. 이후에 누가 이기건 간에 어쩔 수 없다. 오직 혁명만을 돌보고 건설적인 지식과 열의가 없었기 때문이다. 그러니까 혁명이 한번 있으면 군대는 더욱 늘어나고, 시민들을 해치는 관료들은 더더욱 늘어난다. 이와 같은 정세에서 인민은 일을 해도 굶고 하지 않아도 굶게 된다. 따라서 대도시 안으로 도망치거나 오직 몇 조각의 미혹나무 잎을 얻기 위해 군대에 들어가는 것이다. 마을의 묘인들은 이처럼 죽기 살기로 하나도 남지 않고 도망치게 된다. 혁명을 해도 참된 지식이 없다니 얼마나 위험한 일인가! 그들의 멍청함이 목덜미에 둘러진 밧줄이라는 것을 알지 못하고서는

무엇도 묘국을 구할 수 없다.

내가 이렇게 어지럽게 생각하고 있을 때, 갑자기 미가 뛰기 시작했다. "저기 보세요!"

서쪽의 먼지들이 높이 흩날리더니, 갑자기 기이한 바람이 일었다.

샤오시에는 입술을 부르르 떨며 말했다. "졌다!"

二十六
망국의 밤

"당신들은 숨어요!" 샤오시에는 차분했지만 매우 친절한 모습을 보였다. 이제껏 그의 눈이 이렇게 반짝거렸던 적이 없었다. "우리 병사들은 용기 없이 출전했다가, 패배하고 나니 실성해버렸어요. 빨리 숨어요!" 그는 서쪽을 바라보고는 내게 "친구, 미를 당신한테 맡길게요!"하고 말했다. 그의 얼굴은 여전히 서쪽을 향하고 있었지만, 한 손을 뒤로 했다. 급박한 와중에도 미를 만지려는 것 같았다.

미는 그의 손을 끌면서, 온몸을 부르르 떨며 말했다. "우리 한곳에서 죽자!"

나는 영문을 알 수 없었다. 미를 데려가 같이 숨는 게 좋을까, 아니면 그들 둘이 생사를 함께 하는 게 좋을까? 죽는 것은 두렵지 않다. 내가 고려해야 하는 것은 어떤 방법이 더 좋은 방법인가였다. 만약 몇백 명의 병사들이 내게 목숨을 걸고 달려든다면, 권총도 무용할 것이다. 더 이상 생각할 겨를도 없이, 한 손에 한 명씩 붙잡고 마을 뒤편의 무너진 집 쪽으로 달려갔다. 어쩌다 이런 생각을 했는지 모르겠다.

내 계획은—아니, 계획 같은 건 없었다. 곰곰이 생각해볼 겨를도 없었기 때문이다. 단지 직관이 번뜩여 마음속에 번개가 치더니 이런 길이 보였을 뿐이다. 우리 셋은 함께 숨고는 적군이 지나가길 기다렸다. 나는 낙오되어 있던 병사 하나를 붙잡는 모험을 했다. 그에게 전선의 형세에 대해 심문하고 나서 다시 계책을 세울 수 있었다. 불행히도 우리는 적군 부대—아마도 그들은 이곳에서 잠시 쉬고 있었다—에 발견됐다. 별 수 없이 권총을 꺼내 힘닿는 대로 한바탕 저항할 수밖에 없었고, 나머지는 모두 하늘에 맡길 뿐이었다.

샤오시에는 아무것도 하지 않았다. 그에겐 아무것도 하지 않아야 할 수많은 이유가 있는 것 같았지만, 말할 틈도 없었다. 나는 이해할 수가 없었다. 그는 뛰지도 않았고, 미 역시 내 말을 듣지 않았다. 어떻게 해야 좋을지 몰랐다. 서쪽의 먼지바람은 점점 가까워졌고, 묘인들의 발과 눈의 지독함은 익히 아는 바였다. 그들의 눈에 띄면 숨어봤자 이미 너무 늦었다.

"당신은 그들 손에 죽으면 안 돼요! 그렇게 되는 걸 허락하지 않겠어!" 나는 절박하게 말하고, 둘을 끌고 갔다.

"다 끝났어요! 목숨을 구해줄 필요 없어요. 미 역시 신경 쓰지 말고, 맘대로 하게 둬요!" 샤오시에도 아주 단호하게 말했다.

힘으로 치면 그는 내 상대가 되지 못한다. 나는 그의 허리를 끌어안고는, 절반은 안고 절반은 밀며 압박했다. 그는 발버둥 치지 않았다. 데굴데굴 구르며 억지를 부릴 성격의 소유자가 아니었다. 미는 긴박하게 나를 따라왔다. 이렇게

이들을 이겨내고, 마을 뒤의 한 낡은 집으로 숨어들어갔다. 나는 벽돌 몇 개를 담 위에 쌓아올려 작은 병풍을 치고, 벽돌의 틈새를 통해 밖을 봤다. 샤오시에는 담벼락 아래에 앉았고, 미는 그 옆에 앉아 손을 붙잡았다.

얼마 후 적의 부대가 왔다. 마치 기이한 바람이 먼지와 낙엽을 감싸고 뭉게뭉게 앞으로 전진하는 것만 같았다. 조잡하고 시끄러운 소리가 한차례 따라 들리더니, 갑자기 소리가 작아졌다. 마치 파도가 느닷없이 뚝 끊기는 것 같았다. 나는 숨을 죽이고 그 파도가 다시 거세게 일기를 기다렸다. 사람 수가 적어지니 묘인 병사들의 모습이 보였다. 각각의 손에는 나무몽둥이 하나 없었고, 눈은 그저 발끝만 쳐다보다가, 혼비백산하여 앞으로 내달렸다. 그 모습이 신기해 오싹함이 느껴질 정도였다. 군대인데 말소리도, 깃발도, 총칼도, 행렬도 없었고, 그저 뜨거운 모래 위를 달리는 수많은 벌거벗은 묘인들이 있을 뿐이었다. 다들 겁에 질린 듯 정신없이 달렸는데, 마치 겁에 질린 한 무리의, 한 땅의, 한 세계의 야인들 같았다. 지금껏 이런 광경은 본 적이 없었다! 만약 그들이 정렬해서 간다고 해도 결코 두려워하지 않을 것이다.

한나절이 지나자 병사 수는 점차 적어졌다. 나는 숙고하기 시작했다. 병사들이 싸움에서 패배했는데, 샤오시에는 왜 그들을 반드시 만나러 가야 한다는 걸까? 그의 아버지의 병사들이니, 패배는 그의 책임이 되기 때문인가? 그게 도리에 맞긴 하다. 하지만 샤오시에는 왜 그들을 피하지 않고 맞아야 한다는 걸까? 근거를 알 수 없었다. 판단력을

잃어 대담해져서인지, 나는 묘인 병사들을 데려올 모험을 하려 했다. 낡은 집 외에는 나무 한 그루의 장애물도 없었다. 뛰쳐나가기만 하면 들키고 말 것이다! 다시 한참을 기다리니 병사들은 더 적어졌다. 하지만 모두 유난히 빨리 달렸다. 아마도 뒤쪽으로 낙오되는 게 너무 무서워 재빨리 앞쪽 병사들을 따라잡고 싶었기 때문일 게다. 그들을 쫓는 것은 무익하니 좋은 생각을 떠올려내야 했다. 좋아, 내 총 솜씨가 어떤지 시험해 볼까. 만약 내가 한 놈을 쓰러뜨리더라도 다른 놈은 절대 그를 신경 쓰지 않을 것이다. 앞쪽의 병사들이 총소리를 듣더라도 결코 다시 되돌아오지도 않을 것이다. 하지만 어떻게 해야 한 놈을 때려눕혀 가볍지도 무겁지도 않은 상태로 생포해올 수 있을까? 그러니까 내가 때리더라도, 치명적인 곳을 때리진 않아야 심문할 수 있다. 총탄을 살에 박은 채 심문해야 하는데, 군관 일을 해본 적 없는 나로서는 그런 잔인함을 발휘할 수 없었다. 그러니 이것은 그리 훌륭한 계획이 되지 못한다.

병사들은 점점 적어졌다. 혹여 얼마 지나지 않아 하나도 남지 않을까봐 걱정됐다. 나가서 한 놈을 생포해오기로 결정했다. 어쨌든 이미 숫자는 많지 않고 묘인 병사 몇몇에게만 둘러싸일 테니 실패하지 않을 것이다. 더는 지체할 수 없어 총을 집어 들고 뛰쳐나갔다. 이 일은 쉽지도 않고, 그렇다고 해서 어렵지도 않다. 만약 고양이 병사들이 날 보고 바로 쏜살같이 달아난다면, 내가 하루 온종일 쫓아다녀도 한 놈도 잡지 못할 것이다. 그런데 뜻밖에도 어떤 병사가 나를

보더니, 마치 개구리가 물뱀을 쳐다보듯 옴짝달싹도 못하고 멍하니 서 있었다. 나머지는 쉬웠다. 나는 그를 돼지처럼 묶어 돌아왔다. 그는 아무 소리도 내지 못하고 발버둥 치지도 못했다. 도망치기에는 이미 너무 지쳐버린 게 아닐까 싶었다. 게다가 크게 놀랐으니 이미 반쯤은 죽은 셈이었다.

그를 낡은 집 안에 두었는데 한참 동안 눈을 뜨지 않았다. 가까스로 눈을 뜬 그는 몸에서 가장 약한 부분을 총검에 찔린 것 같았다. 일어나면 샤오시에에게 달려들겠다는 의사가 보였다. 나는 그의 팔을 붙들었다. 그의 눈은 화를 내는 것 같았지만, 내가 옆에 있어 감히 화를 내거나 말하지 못했다.

샤오시에는 이 병사에게 조금도 흥미를 느끼지 못하는 것 같았다. 그저 미의 손을 붙잡고 멍하니 앉아 있을 뿐이었다. 내가 부드럽게 심문한다면, 병사는 아마 대답하지 않을 것이다. 나는 상당한 정도로 협박하며 어떻게 해서 전쟁에서 패했냐고 물었다.

그는 모든 걸 잊어버린 것 같았다. 한참 동안 멍하니 있다가, 샤오시에를 가리키며 "모두 이 자 때문이요!"라고 소리쳤다.

샤오시에는 웃었다.

나는 "말해봐!"하고 병사에게 요구했다.

"모두 그 때문이라고요!" 병사는 반복해서 말했다. 나는 묘인들의 수다스러움을 알고 있었다. 우선은 그가 노기를 누그러뜨리길 기다렸다.

"우리는 모두 싸우고 싶지 않았습니다. 한데 기어코

그가 우릴 속여 싸우러 가게 했죠. 적들은 우리에게 국혼을 줬어요. 근데 그가 안 된다고 했어요! 그는 그저 우리에게 간섭하기만 할 뿐이었죠. 그는 붉은리본군 쪽으로 이동하라고 했고, 모두가 다가갔죠! 외국인의 국혼은 쉽사리 취소됐고, 우리는 외국인들에게 두들겨 맞아 정신을 차리지 못할 정도로 혼이 났어요! 우리는 자기 부친의 병사들인데 그는 우리를 보살펴주기는커녕 사지에 내버려뒀죠! 우리 중 하나라도 살아남아 그가 편히 죽게 내버려둬선 안 돼요! 그의 부친은 우리를 철수시키려고 했죠. 하지만 샤오시에는 신경 쓰지도 않았어요! 그 자는 부상도 입지 않았을 뿐만 아니라, 돌아가서 물건들을 빼앗을 수도 있었죠. 나무몽둥이조차 하나 없는데, 우리더러 어떻게 살란 말입니까?!" 그는 꽤 흥분해서 말했다. 나와 샤오시에는 아무런 말도 하지 않고 그의 말만 듣고 있었다. 어쩌면 샤오시에는 마음속으로 너무 괴로워 아무 말도 하지 못하고 듣기만 했는지도 모르겠다. 나는 병사의 모든 말들이 매우 흥미로웠고, 그가 계속 말하길 간절히 바랄 뿐이었다.

"우리의 땅, 집, 가정 모두를 당신들이 가져갔소. 오늘은 이것, 내일은 저것을 뺏어갔죠. 관직은 날이 갈수록 많아졌고, 백성들은 날이 갈수록 가난해졌어요. 우리를 계속 빼앗고 속여 군대에 가지 않으면 안 될 정도였죠. 그러니까 군대라도 가서 당신들 관료들이 도둑질하는 걸 도운 거고, 당신들은 잘나가게 된 거죠. 당신들은 우리가 당신들을 돕지 않을까 봐 걱정돼서 우리한테 조금씩만 나눠주는 거잖소. 외국인들이

당신들을 공격하고 재산을 빼앗으려니까 우리더러 나가서 죽으라고 한 거고. 이 눈깔 뒤집힌 놈아. 어느 누가 너희들을 위해 목숨을 팔아버리겠느냐! 우리는 일하지 않을 거야. 너희들이 우리의 부모들을 병사로 만들어버리고, 우리가 어릴 때부터 오직 군대에만 갈 수 있게 했으니까 입대하는 것 말곤 살 방법이 없다고!" 그는 숨을 헐떡였다. 이 기회를 틈타 나는 그에게 물었다.

"그럼 당신들은 저들이 나쁘다는 걸 알고도 왜 그들을 죽이지 않고 계속 모든 일을 알아서 하는 겁니까?"

병사의 눈알이 돌아갔다. 나는 그가 내 말뜻을 알아듣지 못한다고 생각했지만, 사실 그는 생각에 잠긴 것이었다. 그는 잠시 가만히 있다가 말했다.

"당신은 우리더러 혁명을 하라는 거요?"

나는 고개를 끄덕였다. 그가 혁명이라는 두 글자를 알고 있으리라곤 생각치도 못했다. 나는 묘국 혁명의 횟수를 깜빡 잊고 말았다.

"그건 말할 필요도 없소. 이제 아무도 믿지 않으니까! 한번 혁명을 하면 우리는 잃을 것들이 좀 있지만, 그들은 전혀 나쁠 게 없죠. 모두에게 똑같이 토지와 재산을 분배한다고 칩시다. 모두들 기뻐하겠죠. 하지만 모든 이들에게 고작 약간의 땅만 나눠주면, 십여 그루의 미혹나무를 심기엔 여전히 충분하지 못합니다. 우리는 농사를 지어도 굶주리고 농사를 짓지 않아도 굶주리죠. 그들은 해결책이 없어요. 그들, 특히 젊은 것들은 그저 대책을 내놓기만 하지 우리의 배가

굶주리고 있는지 아닌지에 대해선 신경 쓰지 않죠. 배고픔을 다스리지 않는 해결책이란 모두 멍청한 방법들입니다. 우린 이제 더 이상 그들의 말을 믿지 않아요. 스스로도 아이디어를 내지 못하죠. 그저 누구에게 미혹나무 잎을 줄지 누굴 입대시킬지 뿐입니다. 이제는 입대조차도 불확실해요. 우린 이제 죽이지 않으면 안 되죠. 만나는 족족 죽이는 겁니다! 외국인과 싸우라는 건 우리의 생각을 죽이라는 뜻일 뿐이죠. 하지만 우릴 죽인다고 해서 군대에 가서 미혹나무 잎을 먹을 수 있겠어요? 그들의 미혹나무 잎은 무더기로 쌓여 있고, 부인들은 무리지어 있죠. 오늘날에 이르러 그까짓 미혹나무 잎 하나도 먹을 수 없게 되고 말았으니, 우리더러 외국인과 싸우라고 하면, 그럼 너 죽고 나 살자 밖에 없는 것 아니겠습니까."

"지금 당신들이 도망치고 있는 것은 그를 죽이기 위해서인가요?" 나는 샤오시에를 가리키며 물었다.

"오직 그를 죽이기 위해서지! 그는 우리한테 전쟁터에 나가게 했고, 외국인이 주겠다는 국혼을 허락하지 않았으니까!"

"그를 죽이면 어떻게 되는데요?" 내가 물었다.

그는 아무 말도 하지 않았다.

샤오시에는 내가 만난 가장 똑똑한 묘인이지만, 이처럼 모두로부터 미움을 사게 됐다. 나는 불편하고 여유도 없었다. 그 병사에게 샤오시에가 그렇게 미워해 마땅한 묘인은 아니라고 설명해주었다. 그는 샤오시에를 관료 계급의 대표로

오해했다. 그들에겐 관료 계급을 타도할 방도가 없었고, 그저 샤오시에를 죽임으로써 화를 표출하고 싶어 했다. 이게 바로 묘국이 쇠락하고 멸망하게 된 진짜 원인임에 분명했다. 어느 정도 총명한 자들이 인민을 이끌고 혁명을 일으켰지만, 새로운 사회를 건설하는 데 필요한 지식은 없었던 것이다. 그리하여 정치·경제 문제를 해결하려다가 스스로 회오리바람에 휘말리고 말았다. 인민들은 여러 차례 혁명을 거쳤고, 계급의식을 가졌음에도 어리석고 무지했다. 속을 줄만 알았지 조금의 방법도 없었다. 아래위로 어리석고 다 같이 멍청했다. 이것이 바로 묘국의 치명상이다. 이런 상처를 안고 있으니, 망국의 고통이라는 자극이 있더라도 그들은 이를 악물고 일어나 저항하지 않을 것이다.

이 병사를 어떻게 처분해야 할까? 그를 풀어주면 아마 그는 다른 병사들과 함께 샤오시에를 죽이러 돌아올 것이다. 우리와 함께 있더라도 그는 좋은 동반자가 될 수 없다. 그렇다면 우리는 어디로 가야 할까?

시간이 늦어버렸으니 결정해야 했다. 샤오시에의 표정은 어서 죽기만 바란다고 말하는 것만 같았다. 그와 무슨 상의를 할 필요가 있겠는가. 미는 아무런 주장도 하지 않았다. 나는 온 힘을 다해 샤오시에의 죽음을 저지하려 했고, 그것이 그에게 무익하다는 걸 분명히 알면서도 그러지 않을 수가 없었다. 어디로 가야 할까? 묘성으로 돌아가는 건 위험하니 서쪽으로 갈까? 하지만 그건 바로 스스로 그물에 걸려드는 것인데, 적군이 지금 이곳으로 가고 있지 않다는 걸 어찌

알겠는가! 한참 동안 생각하니 외국인 구역으로 가는 것만이 만전을 기하는 대책이리란 생각이 들었다.

그러나 샤오시에는 고개를 저었다. 그는 죽을지언정 체면마저 깎이고 싶지는 않았다. 그는 나더러 그 병사를 풀어주라고 했다. "그냥 가게 둡시다!"

그의 말을 따를 수밖에 없어 병사를 풀어주었다.

하늘은 차츰 어두워졌다. 이상하고도 무섭도록 적막했다! 주위에 아무도 없었지만, 멀리 수많은 패잔병이 있고 앞에는 적들이 오고 있다는 걸 알았다. 이 정적은 마치 무인도에서 바람이 불기를 기다리는 것 같았고, 마음을 진정시키려 할수록 더 긴장됐다. 묘국이 멸망하면 나는 다른 나라로 갈 수 있다. 하지만 내 친구 샤오시에를 생각하면 내 마음은 찢어질 것만 같았다! 낡은 집에서 망국의 밤을 보내고 있으니, 이 얼마나 비통한 일인가. 물론 지금의 미는 너무나 불쌍하다. 망국의 시간이 오니 이제서야 '한 사람'과 '한 국민'간의 관계가 얼마나 중요한지 알게 됐다. 물론 이건 나와 무관하지만 샤오시에와 미를 고려해야 했다. 이렇게 해야 그들의 마음 깊이 들어가 그들의 고통을 어느 정도 분담할 수 있다. 그들을 위로하는 것은 무용하다. 국가가 멸망하는 것은 민족이 우둔해 생긴 결과다. 무슨 말로 한두 명을 위로하겠는가? 망국은 고뇌를 비극적으로 해소하는 것도 아니며, 시인의 정의에 대한 비유도 아니다. 그것은 현실이며, 틀림없는 역사다. 어찌 단순하고 감정적인 말 한 마디로 그 사실을 설명하겠는가! 나는 한 권의 책을 읽고 있는

게 아니라, 멸망을 독촉하는 발자국 소리를 듣고 있는 것이다! 나의 두 친구들은 당연히 나보단 더욱 분명하게 그것을 듣고 있을 것이다. 그들은 자신들의 모든 과거를 저주하고, 어쩌면 달콤하게 추억하고 있다. 그들에게는 과거가 있을 뿐 미래가 없다. 그들의 현재는 인류 최대의 치욕스러운 결정체다.

하늘은 여전히 어두컴컴했고, 별들은 밝게 빛났다. 모든 것은 아직 고요했다. 오직 망국의 밤을 지키는 눈만큼은 감을 수 없었다. 나는 그들이 깨어있다는 걸 알았고, 그들 역시 내가 자고 있지 않다는 걸 알았다. 하지만 누구도 말을 꺼낼 수 없었다. 혀는 파멸의 손가락에 사로잡힌 것만 같았다. 이제부터 묘인과 묘국은 영원히 다시 이름을 날릴 수 없게 될 것이다. 이 세상의 한 문화가 벙어리가 되었는데, 그것의 마지막 꿈은 너무 늦어버린 자유의 노래였다. 그것은 영원히 다시 깨어나지 않을 것이다. 그들의 혼령이 생전에 남긴 기록은 역사상 하나의 오점이기 때문에 지옥으로 갈 수밖에 없다.

二十七

작별

날이 막 밝을 무렵, 나는 가까스로 잠이 들었다.

탕! 탕! 두 발의 총소리를 들었을 땐 이미 너무 늦었다. 눈을 뜨니 핏자국 두 개가 있었고, 두 친구의 몸뚱이는 땅에 쓰러져 있었다. 나로부터 두 척 정도 떨어진 곳이었다. 나의 권총이 샤오시에의 옆에 놓여 있었다.

당시의 내 감정을 형용하는 것은 불가능하다. 나는 모든 걸 잊었고, 마음속 어디가 아픈지조차 몰랐다. 그저 생기발랄하던 두 청년이 네 개의 눈을 부릅뜬 채로 나를 보고 있다고 생각할 뿐이었다. 생기발랄이라고? 그렇다. 나는 일시적으로 뇌를 회전시킬 수 없었는데, 그들이 숨을 멈추리라고는 생각할 수 없었다. 그들은 나를 보고 있었지만, 아무런 표정도 없었다. 마치 일말의 긍정적인 의의라도 포착해 보라고 요구하는 듯했다. 눈이 아플 때까지 그들을 쳐다보고 있었다. 그들의 눈은 여전히 나를 주시하고 있었다. 그들은 내가 가장 풀기 어려운 수수께끼를 주었고, 나는 모든 걸 잊어버렸다. 그들 앞에서 생명을 되돌릴 어떤

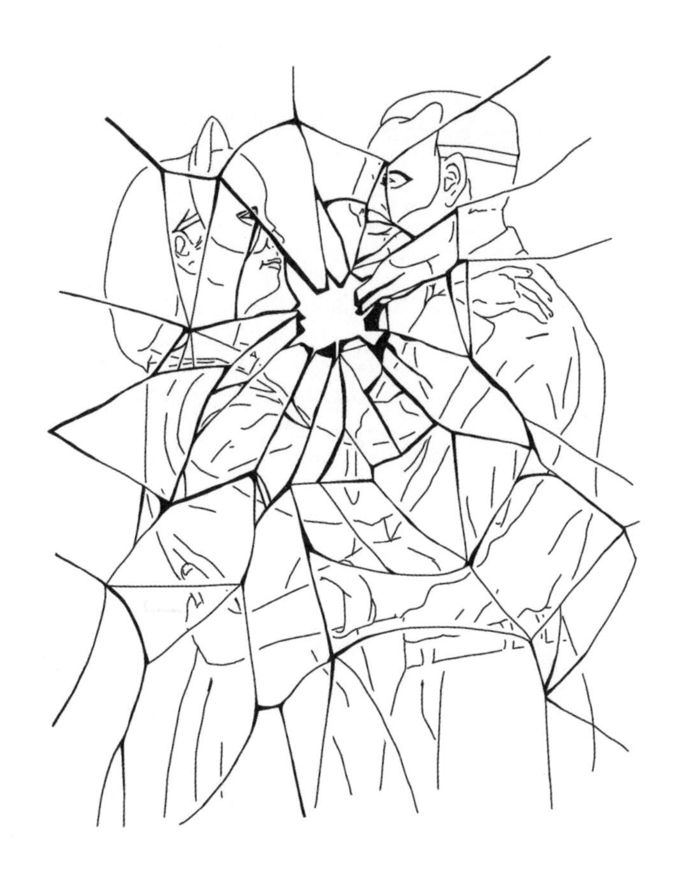

방법도 생각해낼 수 없었고, 나는 인생의 연약함과 무능함을 느꼈다. 하지만 나는 끝내 눈물을 흘리지 않았다. 그들은 누워 있고 나는 서 있다는 점만 빼면, 우리는 똑같이 죽은 상태였다. 무심코 주저앉아 그들을 쓰다듬어보니 아직 온기가 느껴졌다. 우정 어린 응답이 없을 뿐이었다. 그들의 모든 것은 내가 알고 있는 만큼만 남아 있고, 그 밖의 것들은 그들과 함께 죽었다. 어쩌면 죽음이라는 것은 고요한 아름다움인지도 모른다.

미가 불쌍했다. 한 아름다운 여자가 왜 망국의 제물이 되어야 하나. 내 마음은 무너져내리려 했다. 민족의 죄악은 그들의 누나, 여동생, 처, 어머니까지 징벌한다. 만약 내가 하느님이라면, 나는 이 못난 민족을 위해 여자를 만든 것을 후회해야 한다!

샤오시에를 잘 알기에 더욱 미가 불쌍했다. 샤오시에에게는 반드시 죽어야 하는 이유가 있었지만, 어찌 됐든 미는 죽지 말아야 했다. 하지만 국가와 함께 죽는다는 것에 대해선 논쟁이 필요하지 않을까? 민족과 국가는 이 세계에서 여전히 생명을 관할할 수 있는 힘을 갖고 있다. 이 역량이 소실되면 죽음뿐이며, 죽지 않으려 하는 자는 신체를 목석으로 바꾸고 영혼을 지옥에 내맡기는 수밖에 없다. 나는 미와 샤오시에를 더 좋아하게 됐다. 그들의 순수함과 영혼은 바로 그들 자신의 것임을 알려줬어야 했다. 그러지 못했다는 사실이 원망스럽다. 그들을 일깨우고, 그들을 데리고 지구로 돌아와 생명의 모든 즐거움을 향유할 수 있도록 하지

못했다는 점도 한스럽다. 환상은 무익하다. 하지만 환상 외에는 오직 슬픔이 있을 뿐이다. 아무리 환상을 가져도 그들은 움직이지 않는다. 마치 내가 좋은 친구라는 것을 이미 잊어버린 듯하다. 내 마음이 얼마나 아프건, 그들은 조금도 나아지는 기색이 없다. 삶과 죽음 사이에는 몇 겹의 막이 있는 것만 같다. 삶은 모든 것이고, 죽음도 모든 것이다. 생사 가운데에는 무한하고도 알 수 없는 것이 가로막고 있다. 꽃과 새에 대해서 해석할 수는 있지만, 그것들이 다시 소리 내게 할 수는 없는 것이다. 죽음의 침묵은 절대적인 진실이다. 나는 어떻게 해야 좋을지 몰랐다. 그들은 더 이상 움직이지 않기로 결정했다. 목숨이 더 이상 무슨 의미가 있는지 모르겠다는 생각이 들었다.

해가 뜰 때까지 멍하니 그들을 지켜봤다. 그들의 형체는 갈수록 뚜렷하게 보였고, 나는 점차 아무 생각도 나지 않았다. 미의 얼굴에 비친 빛은 여전히 아름다웠지만, 가엽게도 묵묵부답뿐이었다. 샤오시에의 머리는 담 모퉁이에 숨겨져 있었다. 얼굴에는 그가 이따금씩 하고 있던 그런 따분한 표정이 드러났다. 죽음조차도 그의 비관만큼은 치료하지 못한 것 같았다. 한편 미의 얼굴에는 조금의 두려움도 없었다.

더 이상 그들을 지켜줄 수 없다는 생각이 문득 들었다. 만약 계속한다면 나는 분명 미쳐버릴 것이다. 그들을 떠날까 생각하고 나니 줄곧 떨어지지 않던 눈물이 비 오듯이 흘러내렸다. 망망한 대지 위, 나는 어디로 가야 할까? 두 친구를 포기하고 혼자 유랑한다는 것은 지구를 떠날 때보다

훨씬 더 난감한 일이었다. 낯선 땅의 외로움은 감당하기 어렵고, 사별까지 했으니 그들의 죽음은 영원히 나를 뒤쫓아올 것이다. 얼마나 오래 울었는지 모르겠다. 그들을 두 손으로 잡고 소리쳤다. “미! 샤오시에! 또 만나!”

묻어줄 겨를은 없었다. 한시만 더 지체하더라도 영원히 일어날 수 없을 것이기 때문이다. 이를 악물며 권총을 움켜쥐고는 부서진 담을 뛰어넘었다. 고개를 돌려보니 다시는 돌아가지 않아야겠다는 결심이 들었다. 그들의 시체가 그곳에서 썩을 테니 어찌 다시 돌아갈 수 있겠는가! 나는 쓰레기 같은 인간이라고 스스로를 욕했다. 지구에서 함께 온 친구는 이곳에서 죽어버렸고, 지금 다시 저 둘이 이렇게 된 것을 보고 있다. 나는 다시는 친구를 사귀어서는 안 되는 놈이다!

어디로 갈까? 당연히 묘성으로 돌아가야지. 그곳에 내 집이 있다.

길에서 묘인을 하나도 보지 못했다. 죽음이 모든 것을 뒤덮고 있었다. 하늘은 회색빛이 되었고, 검누런 길에는 죽은 병사 몇 명이 쓰러져 있었다. 흰꼬리독수리들은 먹이를 쪼아먹고 위아래로 날아다니고 비명을 질러댔다. 나는 빠르게 걸어갔다. 하지만 눈에는 미의 미소가 보이고, 귀에는 샤오시에가 습관처럼 하던 말들이 들리는 것 같았다. 그들은 계속 나를 좇아오고 있었다. 묘성에 거의 다다르자 내 심장은 긴박하게 뛰었다. 희망 때문인지 공포 때문인지 헷갈렸다. 도착했지만, 한 명도 없었다. 거리의 동쪽과 서쪽 모두에 수많은 여자들이 쓰러져 있었다. 병사들은 이곳을

지나쳐갔는데, 나는 그 이유를 짐작해냈다. "화도 도망쳤네!" 마치 미가 내 귓가에 말하는 게 들리는 것 같았다. 그렇다. 화가 만약 떠나지 않았다면 분명 병사들에 의해 살해됐을 거다. 나는 자세히 살펴볼 겨를도 없이 곧바로 앞으로 달려갔다. 따잉의 머리가 내걸린 곳으로 갔다. 그는 여전히 빈 도시를 지키고 있었다. 머리의 살점은 이미 매와 새들에 의해 물어뜯겨 있었다. 그는 이 쥐죽은 듯 조용한 묘성의 영혼이었다. 샤오시에의 거처까지 달려갔다. 아무것도 남은 게 없었고, 담벼락은 두 방향으로 넘어져 있었다.

나는 기념품으로 삼을 수 있는 아주 조그만 것이라도 얻길 바랬지만, 병사들은 샤오시에의 물건을 하나도 남겨놓지 않았다. 떠나는 수밖에 없었다. 이곳의 벽돌 하나 돌멩이 하나도 눈물을 흘리게 했다.

동쪽으로 향했다. 내가 아는 묘인들은 죄다 그곳에 있을 터였다. 뒤를 돌아보니 잿빛 허공에 죽은 도시가 서 있었다.

따시에의 미혹나무 숲을 향해 걸어갔다. 아는 길이었다. 길가에 있던 그 작은 마을에는 이미 아무도 없었다. 나는 병사들이 분명 이곳을 지나갔음을 알았다. 미혹나무 숲에 도착했으나 아무도 없었다. 나는 나무 아래에 앉아 잠시 쉬었다. 아직 더 가야 했는데, 정적 때문에 움직여지지가 않았다. 자주 목욕하던 백사장으로 걸어가니, 안갯속에서 서쪽으로 행인들이 지나가는 게 보였다. 짐작건대 정세의 전기가 마련되어 묘인들이 다시 묘성으로 돌아가는 걸지도 몰랐다. 시간이 갈수록 묘인들은 많아졌다. 많은 귀족들이 여전히 많은

병사를 거느리고 있었다. 나는 강변에 앉아 쉬면서 관찰했다. 묘인이 갈수록 많아지고, 병사를 대동한 이들이 앞다투어 앞으로 나아가는 모습이 마치 약간의 이익이라도 얻기 위해 서두르는 것 같았다. 이리저리 길을 다투다 보니 귀족들이 직접 지휘하고 있는 병사들이 싸우기 시작했다. 나는 이해할 수가 없었다. 묘인들의 전쟁은 쉽게 승패를 볼 수가 없다. 다들 나무몽둥이로 서로를 때리기만 하고, 쓰러뜨리는 정도까지 가지는 않기 때문이다. 때리는 시간보다 피하는 시간이 많다. 네가 날 피하면 나도 널 피한다는 식이다. 누군가 정신 못 차리고 달려가지 않는 한, 나무몽둥이는 몸에 닿을 기회도 없다. 틈은 많지만 다들 계속 어지러이 맴돈다. 게다가 돌면 돌수록 서로 간의 거리도 멀어진다. 그런데 한 무리는 때리면서 앞으로 전진하고 있었다. 지휘하는 자는 모두가 아무렇게나 때리는 틈을 타서 자신의 병사들을 전방으로 돌아가게 하여, 서쪽으로 계속 이동시키려는 것 같았다. 이 무리는 해안에서 비교적 가까워 대장을 알아볼 수 있었다. 따시에였다. 그는 역시 전략가였다. 잠깐 기다린 후 그의 병사들은 앞쪽으로 돌아서더니, 과연 내가 예상한대로, 아수라장에서 벗어나자마자 앞으로 빠르게 나아갈 수 있었다.

기회가 왔다. 나는 나는 듯이 달려가 따시에를 붙들었다.

그는 나를 봐서 반가운 것 같으면서도 말조차 나오지 않는 듯 앞을 향해 달려갔다. 나는 숨을 헐떡이면서 어디로 가느냐고 물었다.

"저를 따라오세요! 따라와요!" 그는 매우 간절하게 말했다.

"적들이 곧 묘성으로 와요! 어쩌면 이미 그곳을 지나갔을 수도 있어요!"

마음이 조금 통쾌했다. 이제 싸우지 않으면 안 될 때가 와서 함께 묘성을 지키러 가는구나 싶었다. 하지만 연합해서 적과 싸우러 가는 거라면, 왜 가는 도중에 자기들끼리 싸우는 걸까? 내 생각이 틀린 걸까? 나는 따시에에게 뭘 하러 가는지 말해주지 않으면 따라가지 않겠다고 말했다.

그는 진실을 말해주기 싫으면서도, 나를 필요로 하는 것 같았다. 게다가 그는 내 기질을 잘 알고 있었다. 그는 사실대로 말했다.

"우리는 투항하러 갑니다. 그런데 먼저 도착해서 수도를 적군에게 넘겨야 벼슬을 얻지 못할 염려를 안 하겠죠."

"제발!" 내가 말했다. "당신이 투항하러 가는 걸 도와줄 시간 따위 없어요!" 그에게 다른 말은 덧붙이지 않았다. 나는 바로 고개를 돌려 돌아갔다.

뒤쪽의 병사들도 따시에의 방식을 따라, 싸우면서 전진하고 있었다. 그중에는 내가 만난 붉은리본군의 지도자도 있었는데, 여전히 목에 매우 굵은 리본을 매고 있었고, 원기백배하여 투항하러 가고 있었다.

그런데 앞쪽에서부터 갑자기 모두 멈춰섰다. 고개를 돌리자 적군이 벌써 도착해 따시에와 마주보고 있었다. 도리어 이제는 봐야겠다는 생각이 들었다. 따시에가 어떻게 투항하는지를 말이다.

내가 앞으로 달려나가자 뒤쪽의 지휘자들도 모두

빠르게 앞으로 달려나왔다. 붉은리본군의 수령은 제비처럼 가볍고 빠르게 달려와 따시에의 앞에 떨어지더니, 적군을 향해 무릎을 꿇었다. 뒤쪽의 지도자들도 모두 연이어 무릎을 꿇었다. 마치 우리가 과거에 큰집에서 제사를 지낼 때 효심 있는 손자 손주들이 영전에 가득 꿇어앉은 것 같았다.

이것이 내가 처음 본 묘인들의 적군이었다. 그들의 키는 묘인보다도 더 작았고, 얼굴 기색을 보아 그리 똑똑하지는 않아 보였다. 하지만 옹졸하고 악랄한 모습만은 역력했다. 그들의 역사와 민족성을 모르니 판단할 수는 없지만, 첫인상은 그랬다. 손에는 모두 쇠붙이로 된 짧은 몽둥이를 쥐고 있었는데, 무슨 용도인지는 알 수 없었다.

묘인 수령들이 죄다 무릎을 꿇기를 기다린 후 적군 난쟁이[1]들 중 장관이 한 손을 들었다. 그러자 그의 뒤쪽에 있던 병사 일렬이 매우 날렵하게 앞으로 뛰쳐나왔다. 작고 짧은 몽둥이가 매우 정확하게 따시에 무리의 머리통을 때렸다. 나는 똑똑히 보았다. 따시에 무리 모두가 고개를 떨구었고, 몸을 덜덜 떨며 땅에 쓰러져 조금도 움직이지 않았다. 몽둥이에 전기가 흐르는 걸까? 모르겠다. 뒤쪽의 묘인들은 앞쪽에서 투항한 수령들이 모조리 맞아 죽는 걸 보고 절규했다. 그것은 마치 천만 개의 칼이 목에 꽂힌 수탉 소리 같았다. 그들은 소리를 내지르며 그 소리보다도 빠르게 일제히 뒤로 달려갔다.

---

1. 원문에서 '矮人(왜인)'은 난쟁이를 뜻한다. 고대 동아시아에서는 '일본'이라는 국호가 생기기 이전부터 이곳 사람들을 '왜인'이라고 불렀다. 음이 같은 '矮'(키가 작다)에서 기원했다는 주장도 있는데, 이 소설의 작가 라오서는 이러한 속설에 근거해 소설 집필 당시의 일본군 침략과 소설 속 '난쟁이'를 연결지으려 한 것으로 보인다.

밀려 넘어지는 일이 부지기수였고, 밟혀 죽는 묘인도 많았다. 적군은 결코 그들을 쫓아가지도 않았다. 따시에들의 시신이 발길질당하자, 군대는 천천히 전진했다.

"적들은 우리를 몰살하기 전에는 끝내지 않을 겁니다!"라고 했던 샤오시에의 말이 떠올랐다.

하지만 나는 아직도 묘인들을 위한 희망을 안고 있었다. 투항한 자들마저 죽임을 당했는데, 설마 아직도 묘인들을 격분시키고 저항하게 만들 수 없단 말인가? 일치단결해 저항한다면 그들은 멸망하지 않을 것이다. 나는 전쟁에 반대하지만, 역사적으로 볼 때 전쟁은 때로 자신을 지킬 수 있는 유일한 방법이기도 하다. 우연치 않게도 전쟁이 불가피한 상황을 맞았을 때, 전쟁터에 나가 죽는 것은 모든 이들의 책임일 거다. 옹졸한 애국주의는 싫지만, 자기 자신을 지키는 것은 하늘의 섭리다. 나는 묘인이 타격을 받으면 반드시 성을 등지고 싸울 수 있을 것이며, 승자가 누가 될지 알 수 없으리라 생각했다.

적군 부대를 따라갔다. 그들은 아직 밟혀 죽지는 않았지만 다쳐서 도망칠 수 없는 묘인들을 작은 몽둥이로 후려쳐 모두 죽여버렸다. 나는 이 난쟁이들이 높은 문화를 가진 사람들이라는 걸 인정할 수 없었다. 묘인과 비교한다면 아마 묘인보다 조금 더 나은 수준일 것이다. 다른 건 몰라도 어찌 됐건 이 난쟁이들에게는 국가 관념이 있다. 물론 국가 관념은 확대된 이기주의에 불과하다. 하지만 그것은 그나마 '확대'된 것이고, 묘인은 그저 자신밖에 모른다.

운 좋게도 샤오시에와 함께 길을 떠났을 때 챙겨둔 미혹나무 잎이 있었다. 그렇지 않았다면 나는 분명 굶어죽었을 것이다. 나는 난쟁이 군대를 멀리서 따라갔다. 그들에게 음식을 구걸하기는커녕 가까이 가지도 못했다. 그들이 나를 밀정으로 여기지 않을지 어찌 알겠는가. 내 우주선이 추락한 지점까지 걸어간 후에야 그들은 좀 쉬었다. 그 우주선이 그들의 주의를 끄는 것을 멀리서 보았다. 이는 이들과 묘인들이 다른 점이기도 하다. 이들은 지식을 구하는 마음이 있었다. 내 친구가 생각났다. 불쌍한 내 친구. 그의 시신에 남은 유골들조차 난쟁이 병사들에게 짓밟혀 산산조각이 났을 것이다!

잠시 쉬는 동안 일부 병사들은 땅을 파기 시작했다. 겉보기에는 서툴러 보였지만 일을 할 때 주저하지도 게으르지도 얼렁뚱땅하지도 않았다. 잠깐 사이에 그들은 깊은 구덩이를 하나 팠다. 다시 잠깐의 시간이 지나고 동쪽으로부터 수많은 묘인들이 왔다. 뒤쪽에는 몇몇 난쟁이 병사들이 쫓아오고 있는데, 마치 양떼 무리를 모는 것만 같았다. 구덩이 근방에 도착하자 쉬고 있던 병사들이 묘인들을 에워싸더니 구덩이로 밀어붙였다. 묘인들의 절규는 실로 강철로 만든 심장마저 부숴버리기에 충분했다. 하지만 난쟁이 병사들의 심장은 강철보다도 더 단단한지, 쇠몽둥이를 들고서 구덩이로 몰아댔다. 묘인들 중에는 남자도 여자도 있었고, 어떤 여자들은 아기를 안고 있기도 했다. 나는 말로 표현할 수 없을 정도로 괴로웠지만, 그들을 구하러 갈 순 없었다. 눈을 감아버렸다.

그 울부짖는 소리는 지금까지도 귓가에 맴도는 것만 같다. 그러다 갑자기 소리가 작아졌다. 눈을 떠보니 난쟁이 병사들이 구덩이에 흙을 메우고 있었다. 모조리 생매장하다니! 이는 묘인들이 자강하지 못한 것에 대한 징벌이었다. 누구를 미워해야 할지 모르겠다. 단지 하나의 교훈을 얻었는데, 인간을 자처하지 않으면 인간으로 대접받지 못한다는 사실이었다. 한 사람의 이기심만으로도 얼마나 많은 동포들이 생매장 당하는 잔인한 형벌을 받을 수 있는가!

내가 본 모든 것을 설명한다면, 내 눈은 흐르는 눈물에 멀어버릴 것이다. 난쟁이 병사들은 내가 본 사람들 중 가장 잔혹했다. 묘국은 완전히 멸망해버렸다. 어쩌면 파리조차 몇 마리 남지 못했을 거다.

마지막으로, 사실 나는 저항하는 고양이들도 일부 목격했다. 하지만 고작 셋에서 다섯 정도가 무리를 이룰 뿐이었다. 그들은 죽는 그 순간까지 협동할 줄을 몰랐다. 나는 작은 산에 올라 있다가 십여 마리의 묘인들이 도망쳐온 것을 봤다. 당시 그 작은 산은 아직 난쟁이 병사들에 의해 점령되지 않은 유일한 장소였다. 사흘이 채 되지 않아서, 피난 온 십여 마리가 서로 싸움박질을 하기 시작했다. 그 결과 절반 넘게 목숨을 잃었고, 난쟁이 병사들이 산중에 다다랐을 때는 이미 두 마리밖에 남지 않았다. 아마도 묘국 최후의 생존자들이었을 게다. 적들이 도착했을 때 그 둘은 눈코 뜰 새 없이 싸우고 있었다. 난쟁이 병사들은 그 둘을 사살하지 않았다. 그들을 커다란 나무 우리에 넣자, 둘은 계속해서

싸웠다. 서로를 물어죽일 때까지 말이다. 이렇게 해서 묘인들은 그들 자신의 절멸을 완성시켰다.

이후로도 나는 화성에서 반년을 더 보냈다. 나중에 프랑스에서 온 탐험 우주선과 맞닥뜨리게 된 후에야 비로소 나의 위대하고도 찬란하며 자유로운 중국으로 생환할 수 있었다.

옮긴이 해제

회색 안개 가득한 격동기 중국 사회의 거울상

1. 혼돈 속에서

세상이 혼란스러워지면 지금의 세계가 어떻게 해서 이런 색깔과 풍경, 악취를 지니게 되었는지 궁금해지기 마련이다. 대체 왜 이렇게 엉망이 되어버렸는지 이해할 수 있어야 부당한 시간을 버티며 살아갈 수 있기 때문이다.

위기에 대한 인간의 반응은 일관되지 않다. 지금의 위기가 외부의 침해로부터 온 것이라고 여기는 사람들은 단순히 외부세력을 비난하는 일에 집중하고, 우리 삶에 당도한 총체적 위기에도 불구하고 자신에게는 아무런 문제가 없다고 여기는 사람들은 자족과 무시를 그치지 않는다. 반면 이 위기의 근원이 우리 안팎을 관통하는 구조적인 모순에 있다고 여기는 사람들은 모순의 적나라한 실체를 노골적으로 들여다보려 분투한다. 『고양이 행성의 기록』은 그 고통스러운 노력의 일환이다.

이 소설은 1930년대 초 상하이를 무대로 활동하던 젊은 소설가 라오서가 문학잡지 《현대(现代)》 편집진의 청탁으로

쓴 과학환상소설 형식의 정치우화이자 풍자소설이다. 1932년 8월에 연재를 시작해 1933년 4월 완성됐다. 《현대》지는 비록 짧은 기간 발간되긴 했지만 당대 중국의 신문학운동을 대표하던 작가들이 대거 포진되어 있었다. 국내에서도 널리 알려진 루쉰(魯迅), 궈모뤄(郭沫若), 바진(巴金) 등도 이 잡지를 통해 작품을 발표했다. "문학작품 자체의 가치"를 주창할 뿐 프롤레타리아 문학 또는 순수문학과 같은 특정한 사조를 내세우지 않은 채 문학계의 논쟁을 활발하게 주도했다.

1930년대 초 중국은 극도의 혼돈과 정치적 불안이 소설 속의 음침한 회색 안개처럼 지배하고 있었다. 이 소설이 집필되기 1년 전인 1931년 9월 일본은 선양(沈阳) 인근 류탸오후(柳条湖)에서 만주 철로를 폭파시키는 자작극을 벌여 괴뢰국가인 만주국을 세웠다. 중국인들이 오랫동안 우려하던 일본 제국주의의 침략이 본격화된 사건이다.

당시 상하이는 미국·영국·프랑스·이탈리아·일본 등 조계지가 집중된 세계적인 무역도시였고, 아시아에서 가장 먼저 자본주의를 받아들인 상업 중심지였다. 한데 만주를 집어삼킨 일본군은 만주에 쏠린 시선을 돌리기 위해 서구의 이권이 모여 있는 이 도시에서 또 다른 음모를 기획한다. 1932년 1월 28일 제1차 상하이 사변(一二八事變)이 그것이다. 소설 후반부에 등장하는 난쟁이들의 공격은 중국 대륙에 대한 일본의 공격이 본격화될 것을 예견한 것으로 보인다.

19세기 말부터 20세기 초 세계는 거대한 격변을 마주하고 있었다. 국민국가가 형성되고 서구 제국주의

열강들이 세계 곳곳에 그 힘을 뻗쳐나갔다. 급속한 국가의 멸망과 식민지화 속에서 지구상의 4분의 1에 달하는 지역이 여섯 개국의 식민지로 전락하는 신세를 맞이했다.

오늘날 중국을 둘러싼 중요한 질문 중 하나는 중국에 근대가 어떠한 풍경으로 도래했느냐이다. 근대는 중국의 문을 수백 년에 걸쳐 두드렸고, 그러던 어느 날 천둥번개처럼 지붕을 산산조각 내며 찾아왔다.

19세기 말까지만 해도 중국의 관료들과 지식인들은 중국 문명이 천하의 중심이고, 천하가 중화와 오랑캐로 구성돼 있다고 여기는 전통적인 화이관(華夷觀)으로 세계를 인식하고 있었다. 19세기 중순 서양에서 온 오랑캐 상인쯤으로 여기던 영국이 일으킨 아편전쟁은 그 인식이 깨진 시발점이었다.

2. 아편전쟁과 오랑캐

누구나 감지할 수 있듯이 『고양이 행성의 기록』에서 핵심적인 소재로 등장하는 '미혹나무 잎'은 아편을 지칭한다. 19세기 초 청나라 정부는 아편이 비윤리적이고 보건상 해롭다고 인식하면서부터 금지 정책을 폈지만 큰 위기의식은 없었다. 1823년 아편 밀수는 눈에 띄게 늘었고, 1825년에는1만 상자를 넘었으며, 1839년에는 4만 상자를 넘어 절정에 이르렀다. 그때까지 수입된 아편 양은 60만 상자를 초과했고, 이를 당시 중국 시장 가격으로 환산하면 은 6억 냥(7억 달러)에 해당한다. 이 시기 청나라 조정 1년 재정이 은 7천만 냥이었으니 나라 재정의 8.5배에 해당하는 대량의 은이 아편

밀수의 대가로 해외로 빠져나가고 있었던 것이다.

청나라 왕조는 밀수를 막기 위해 금지령을 반포했지만, 관료들이 유럽 상인들과 결탁해 밀수를 자행하니 실제 단속 실적은 거의 없었다. 이런 상황에서 아편은 이미 육로와 해상 무역을 통해 대륙 전역에 유통되고 있었다. 아편은 이제 경제 문제로 간주되기 시작했다. 아편 밀수로 은이 대량으로 유출되면서 심각한 재정 위기를 초래했기 때문이다. 은의 가치는 높아지고 화폐 가치는 떨어지니 상인과 농민들이 큰 피해를 입었고, 나라 재정에도 큰 타격을 줬다.

1839년 발생한 아편전쟁은 이러한 사회적 혼돈을 배경으로 한다. 상황 악화에도 불구하고 청나라 관료들은 제대로 된 대응책을 모색하지 않았다. 황제 도광제(道光帝)는 사형이라는 강력한 제재를 도입하고 밀수 단속을 위해 자신의 전권을 위임받은 대신을 파견했지만 이미 너무 늦은 대처였다. 짧고도 충격적인 전쟁에서 일방적으로 밀리면서 중국은 비로소 서구 제국주의의 물결을 인정해야 했다.

라오서는 당대 중국이 겪은 혼돈의 원인을 아편전쟁을 전후로 한 윤리적·사회제도적 공백, 사회불평등과 엘리트들의 몰인식, 그리고 루쉰과 마찬가지로 대중의 무지에서 찾는 듯하다. 이는 외부 세계에 대한 묘인들의 편협한 인식 묘사에서도 나타난다. 한편으로는 외국을 전통적 관념 속 '오랑캐'이자 배척의 대상으로만 인식하고, 다른 한편으로는 무조건적인 공포의 대상으로 받아들이고 있던 당대인들이 사회를 얼마나 쉽게 위험에 빠뜨리는지 드러낸다. 묘국에서

일하는 외국인들은 조계지를 통해 진입한 미국과 프랑스, 영국, 독일, 일본에서 온 다양한 외국인을 연상시키는데, 당시 이들에 의존했던 관료들은 소설 속 묘인들처럼 수동적인 태도를 벗어나지 않았다.

1860년대 소위 '사대부'들은 중국을 서구에 뒤지지 않는 강력한 나라로 만들겠다는 양무운동을 개시한다. 19세기 말 청일전쟁 패배 후에는 혼돈 속에서 정치개혁운동이 일어난다. 이런 시도들은 서구의 입헌정치를 모사해 왕조를 '국가'로 바꾸는 것을 비전으로 삼았다. 소설 속 묘성의 갖가지 '왁자지껄(哄)'들은 당시 각양각색의 정치적 풍경을 암시한다.

이처럼 19세기 말 이후 서구 바깥의 민족주의 운동은 서구 제국주의를 극복해야 한다는 나름의 과제를 품었지만, 극복 방식이나 사상은 모두 서구로부터 빌려와야 했다. 제국주의와 식민주의 담론, 자유주의와 사회주의 사상 등 모든 것이 수입됐고, 식민화된 사회의 주류 지식인들은 서구를 모방하고 진화함으로써 그것을 따라잡아야 한다고 여겼다. 특히나 동아시아에서는 근대국가 건설이 서구 제국주의를 모방하는 데 있다고 여기는 왜곡된 이데올로기가 형성됐고, 식민지, 팽창주의, 적자생존, 문명과 야만 등 진화론적이고 국가주의적인 개념들이 전 사회적 목표가 됐다.

묘성에서 살아가는 대중의 습성에 대한 묘사를 보면, 한편으로는 작가의 답답함이 납득이 되면서도 다른 한편으로는 체제의 타자가 된 계몽주의 지식인의 대중에 대한 거리감과 이질감이 엿보인다. 당대의 여느 진보적

지식인들처럼 사회진화론적인 시각으로 근대화 과제를 설정한다는 점에서 일정한 한계가 드러난다. 계몽주의는 신문학운동의 지배적인 사조였지만, 여기서 빠지기 쉬운 함정을 어떻게 극복하느냐의 문제는 우리에게 구체적이고 심원한 고민을 남긴다.

3. 동시대와의 불화

『고양이 행성의 기록』은 지배 계급의 낭만과 풍요가 망국에 대한 정신적 공허와 뒤섞여 있던 도시에 본격적으로 침략의 서막이 오른 해에 집필됐다. 그런 만큼 당대 중국 사회 안팎의 갖가지 모순들에 대한 지식인의 비판적 인식과 울분이 그대로 느껴진다. 젊은 시절에는 사회 개혁을 꿈꾸며 외국으로 유학을 떠났지만 돌아와서 이전 세대와 다를 바 없는 지배 계급으로 변모한 따시에, 묘성에는 아무런 희망이 없다고 보고 관조하듯 냉소를 쏟아붓는 샤오시에, 금전적인 이해관계와 개인의 탐욕에 취해 사회적 책임이나 교양을 망각한 대다수 묘인들의 모습에서 동시대인들의 도덕적 타락을 목격한 작가의 차가운 시선이 느껴진다. 반면 작품 내내 희망을 가져보려 안간힘을 쓰며 나름의 여정을 이어가는 화자의 모습에서 라오서가 어떻게든 희망의 근거를 찾고 사회 변혁의 실마리를 제시하고자 고뇌하고 분투한 비판적 지식인이자 작가였다는 점 역시 확인할 수 있다.

그러나 부패한 관료에 대한 비판, 서구로부터 수입된 사상에 대한 의구심, 자기 잇속을 챙기는 것에만 몰두하는

엘리트들, '난쟁이'로 묘사되는 제국주의 외세 등에 대한 신랄한 서술은 그가 시대의 조류들 중 무엇과도 화해하기 어려웠음을 보여주기도 한다. 아마도 이런 점은 라오서가 초현실주의 자동기술법에 의존해 풍자소설을 쓰게 된 이유였는지도 모른다. 그는 화자를 화성으로 보내 존재하지 않는 세계의 이방인으로 만들고 완전한 타자의 거리감을 확보하고 나서야 비로소 자신이 살고 있는 중국의 정치·경제·사회적 풍경에 대해 말할 수 있었다. 소설 속 화자는 이따금 자신의 고향을 "광명의 중국, 위대한 중국", "태평하고 즐거운 중국"이라고 떠드는데, 어느 대목보다 차갑고 날카로운 시선이 느껴진다는 점을 부정할 수 없다.

라오서의 이런 음울한 시선은 '사회주의 운동'에 대한 거리감에서도 느껴진다. 소설에 등장하는 '모두푸스키'는 모두가 똑같이 나눠먹고 살아야 한다는 정당한 논리가 아니라 매우 속류적이고 몽매한 형상으로 그려지는데, 아무래도 이는 이 운동에 동참하는 이들 각각의 자율성과 심층적인 대안상이 부재하다면 언제든 후퇴할 수 있음을 예견한 것이라 볼 수 있다. 생동하는 주체들의 운동이 없다면, 단순히 대의명분만으로는 그저 우두머리 하나를 바꾸는 혁명으로 그칠 수밖에 없으니 말이다. 각종 '왁자지껄'의 혁명이나 학교에서 마음에 들지 않는 교장과 교사들을 살해하는 학생들의 잔혹한 모습 역시 다르지 않다.

4. 라오서의 일생

라오서(본명 스칭춘舒慶春)는 1899년 2월 3일 베이징에서

태어났다. 본래 청나라의 귀족가문이라 할 수 있는 만주족 정홍기 계통의 수무루씨 가문 출신으로, 부친은 베이징 정양문을 지키는 수문장이었다. 그가 태어난 해 중국은 의화단운동이 발발한 대혼돈의 시기였다. 의화단은 '청을 도와 서양놈을 멸하자(扶淸滅洋)'는 구호 하에 반외세·반제국주의·반기독교 반란을 일으켰는데, 이에 제국주의 열강들은 연합군을 구성해 톈진을 거쳐 베이징까지 쳐들어온다. 그 결과 청나라 군인과 의화단뿐만 아니라 무고한 민간인까지 수만 명이 학살당한다. 라오서의 부친 역시 이때 일본군에 의해 살해당했다.

이후 라오서의 유년기는 빈곤한 환경을 벗어나기 어려웠다. 14살 때 시험을 거쳐 경사제3중학에 입학했지만 가난 때문에 자퇴 후 다시 장학금을 얻어 북경사범학교에 입학한다. 졸업 후 여러 학교에서 교직 생활을 전전하던 그는 1919년 5·4운동이라는 정치변혁 운동을 경험하면서 희망을 본다. 스스로 "5·4는 내게 새로운 영혼을 주었고, 새로운 문학 언어를 주었다. 나를 작가로 만들어준 5·4에 감사하다"고 회고할 정도였다.

청년기 라오서의 인생에 또 다른 전기를 만든 것은 기독교를 접하면서다. 스물둘, 교회를 다니며 교인이 된 그는 1924년 가을 영국으로 떠난다. 런던대학교 동양 · 아프리카스쿨(School of Oriental and African Studies)에서 중국어 강사로 일하며 학생들에게 중국어 관화와 고전문학에 대해 가르치는데, 동시에 영문학 소설들을

접하고 스스로 소설 집필을 시작한다. 1926년 《소설월보》를 통해 발표한 장편소설 〈라오장의 철학(老张的哲学)〉은 그의 첫 소설로, 베이징의 불량배 라오장의 시선을 통해 당시 세태를 적나라하게 풍자한다. 동시대에 대한 블랙유머는 처음부터 라오서의 작품 세계를 구성하는 주요한 색채였던 셈이다. 1929년에는 싱가폴로 가 체류하면서 〈샤오포의 생일(小坡的生日)〉을 집필한다. 그가 다시 베이징으로 돌아온 것은 1930년 봄이다.

이후 6년간 산둥반도에 머무르며 대학 교직을 맡고, 집필 활동도 활발하게 이어간다. 『고양이 행성의 기록』은 이 시기에 쓴 여러 소설들 중 하나다. 회고록에서 라오서는 이 소설을 "실패작"이라고 고백하고 있다. 세간의 많은 인사들이 충분히 가치 있는 작품이라고 격찬했음에도 이를 인정하지 않는다. 그러면서 이 소설을 쓰게 된 연원이 "나랏일에 대한 실망"에 있다고 고백한다.

그러나 소설의 행간에서 느껴지듯 라오서는 동시대를 함께 살아가는 사람들을 누구보다 사랑했다. 항일전쟁이 본격화된 1937년부터 종전까지 내내 항일을 소재로 한 소설들을 연달아 발표하기도 했고, 평범한 사람들의 분투로부터 만들어지는 희망을 작품 속에서 놓지 않고자 했다. 회고록에서 그는 "묘인들이 엉망진창이란 사실은 부정하기 어렵"지만, 자신이 그들의 단점을 적나라하게 드러낸 것은 "그들을 사랑하기 때문"이라고 밝히고 있다.

문화대혁명이 일어난 1966년 여름 라오서는 참혹한

밤을 맞이하게 된다. 8월 23일, 그는 아픈 몸을 이끌고 베이징시문학예술계연합회(北京市文学艺术界联合会)가 주최한 문혁 집회에 참가했는데, 늦은 오후 갑자기 베이징여팔중(北京女八中)에 다니는 열여섯 살 남짓의 여학생들이 두 대의 트럭에 타고 와 문인들을 덮친다. 학생들은 라오서를 비롯한 문인 30여 명을 무릎 꿇게 하고, "주자파", "잡귀사신", "반동문인"이라는 검정색 팻말을 목에 걸게 하고 국자감까지 끌고 간다. 공자사당 문 앞에서 경극 소품들을 불태우고는 라오서를 심하게 구타한다. 학생들은 라오서를 향해 "반혁명분자"라고 비난했다고 한다.

크게 상심한 라오서는 이른 새벽 혼자 집을 나서 자금성 서북쪽 모퉁이에 있는 타이핑 호수로 향한다. 길이 500미터, 수심 20미터에 달하는 큰 호수다. 그는 『마오쩌둥 시사(毛泽东诗词)』를 처음부터 끝까지 읽고는, 한참을 주저앉아 밤을 지샜다. 그러고는 호수에 투신해 67세를 일기로 세상을 떠난다.

5. 상처의 힘

국내에 라오서의 소설이 많이 소개되지 않은 데는 여러 이유가 있을 것이다. 88년 전에 쓰여진 초현실주의 환상소설 『고양이 행성의 기록』은 이야기 자체가 독특할 뿐만 아니라, 망국에 대한 우울한 기운이 소설 전체를 지배하고 있다. 역자로서도 이 낯선 비관주의와 냉소를 온전히 통과하는 것은 꽤나 고역스러운 일이었다. 동시에 비극 속에서도 이상을 잃지 않으려는 안간힘에서 근대를 통과해온 동아시아 전반의

고통과 분투를 느낄 수 있기도 했다. 태어나면서부터 죽는 순간까지 가장 격렬하고 혼란스러웠던 시대를 살아간 작가의 삶을 관통한 무수한 상처들이 그 힘을 만들었다고 생각한다.

오늘 우리 역시 혼돈의 시대를 살고 있다. 동아시아 각국 사회는 민족주의와 국가주의라는 이데올로기로 분열되어 있고, 서로에 대한 차이를 부각시키며 혐오 정서를 배양하고 있다. '근대국가 형성'의 왜곡된 비전들은 100년이 지난 지금도 여전히 각 사회를 지배하고 있다.

가장 가까운 나라에서 유사한 문화와 정서를 관통해온 사람들이 반목과 갈등의 고조를 겪는다는 것은 우리 시대의 불행이다. 이런 불행에서 벗어나려면 각자의 입장에서 편의적으로 재단하고 비난하기에 앞서 이해하고자 하는 노력이 필요하다. 그 과정에서 우리 자신이 보일는지도 모른다. 라오서가 불평등과 폭력이 난무하는 사회를 고발하며 그려낸 세계는 평등하고 자유로운 사회를 설계해 나가야 할 우리에게 하나의 반면교사가 된다.

SF가 좋고 중국에 관심이 있어서 알게 된 이 소설을 소개하게 된 것도 단순한 우연은 아니리라 생각한다. 독자들에게도 그런 우연이 만드는 필연적 사유의 순간이 있길 희망한다.

2021년 가을, 홍명교

고양이 행성의 기록

지은이: 라오서
옮긴이: 홍명교
삽화: 우정수
편집: 김영글
디자인: 이재민

펴낸곳: 돛과닻
등록: 제2019-000091호
주소: 서울시 은평구 증산서길 101-6 201호
전화: 010-3680-1791
전자우편: sailandanchor.info@gmail.com

ISBN 979-11-968501-6-6
(부가기호 03820)
1판 1쇄 발행 2021년 11월 8일
1판 2쇄 발행 2022년 1월 14일

KB001445